The rhino with glue-on shoes

犀牛脚上的鞋子

[美] 露西·斯佩尔曼 / 泰德·真岛 编著　孙张静 / 许立红 译

全国百佳图书出版单位
时代出版传媒股份有限公司
黄山书社

目录

序

我们可以用下列词语形容兽医：耐心，坚持，关爱，怜悯，奉献，心灵手巧，医术高明……而这些词语还不足以完全描述兽医这一职业，正是他们，为了全人类的动物朋友的福祉，奉献了自己的一生。

我和各种生物打了三十多年交道，遇到过全世界许多兽医。无论是给宠物看病，还是给动物园或荒野地区野生动物治疗的兽医，都有一个共同点：他们仿佛生活在相同的模式中。

星期六晚上，兽医和朋友共进晚餐时，完全有可能被叫去医治一头患病的动物。平常时候，这种急诊天天都有——而且事前毫无预兆。有些动物能迅速康复，有的则需要数日或数周甚至数月治疗，才能痊愈。如果患病动物的情况没有好转，兽医会冥思苦想，尝试其他治疗方法，好让动物们再展活力。

面对不能言语、不明事理的动物，兽医们必须足智多谋、富于创造性，给野生动物看病的兽医还得技高一筹。比方说，怎么医治一条厌食的鳗鱼？或者，森林里有头受伤的野生动物，你却找不到它的踪影该怎么办？有些动物会“隐身”，和医生玩捉迷藏。这种时候，兽医既要聪明坚韧，还要有敏锐的直觉，再加上点运气，才能发现患病的动物——不过，这还不算最糟糕的。想想看，如何能安抚一只素不相识的动物？比如，船在波涛汹涌的大海上航行，船上一个巨型鱼缸里有头不安分的鲸鲨，你如何才能让它安静下来？

兽医们每天都会遭遇类似的难题，必须凭借冷静的头脑和超脱的心态才能应付裕如，这真是件苦差事！通常，兽医是无法完全超脱的，他们同样会忧虑悲伤。兽医的命运和动物的命运是交织在一起的。无论是章鱼还是老虎，我们和心爱的动物之间总有种特殊的联系，使得我们无法眼睁睁看着它遭受病痛折磨，自己却袖手旁观。

动物都得益于兽医的照顾。兽医学领域在近代取得了长足的发展，野生动物——无论是国内还是国外的——都因此受益无穷。现代技术手段使诊断和治疗更简便有效。目前，兽医的治疗范围是动物园、水族馆、国家公园和野生动物保护中心的野生动物。他们在动物保护方面做出了极大贡献，并协助繁殖濒危物种，延长动物寿命。

在露西·斯佩尔曼和泰德·真岛这本妙不可言、鼓舞人心的书里，你将看到兽医是如何在那些难以想象的场景中工作的。这些全世界顶级兽医亲自讲述的故事，能带你游历千奇百怪、让人抓狂的动物世界，你将不虚此行。

故事揭示了动物园、水族馆和从事野生动物保护的兽医们的成长之路。他们都是顽强坚韧、受过良好训练的医生，他们充满爱心，将毕生精力都献给了所钟爱的动物。在漫长的职业生涯中，他们仿佛和动物融为一体。我想所有生灵均是如此，从滑稽可笑的德克萨斯蜣螂到身躯庞大的非洲大象，我们都是地球生命的一部分，惟其如此，我们才息息相关。

救治濒危动物曾经只是个梦想。如今，我希望圈养动物和野生动物都能得到越来越好的医疗护理。全世界有众多珍稀物种需要我们每一个人的关爱，这是可悲的现实。但如果我们都能像书中的兽医一样尊重一切生命，那么，我们就一定能帮助大自然保持奇妙的生态平衡。

杰克·汉纳
美国哥伦布动物园名誉园长
电视节目《杰克·汉纳的野生世界》主持人

编者前言

作为动物园的兽医，人们经常让我们讲述自己亲身经历的故事以及最难忘的病例。我们会举行讲座，到学校演讲，参加基金募捐活动，带人们领略兽医的幕后故事。我们撰写通讯，也接受媒体采访。通常，我们的开场白是这样的——事实上，在兽医的职业生涯中，一切皆有可能：也许要精心照料龟壳破裂的乌龟；也许要给海豚做超声波检查，看看它是否怀孕；也许要给一只老鹰做白内障摘除手术。

“动物园兽医”可以被诠释为“动物园动物的医生”，或“野生动物的医生”，或“水生动物的医生”，每种称呼指的是同一种基本职业，即对动物医学进行实践，也就是护理野生动物。这与护理家养动物截然不同。这些兽医为动物园、水族馆、大学、野生动物恢复中心、国家公园和野生动物保护区等机构工作，同时也为保护濒危物种贡献着自己的专业知识。

动物园兽医到底是怎样工作的呢？人们常常如此发问。你和“患者”保持多远距离？你被其中一个伤害过吗？你和动物关系亲密吗？如果是，它们死亡时，你会伤心吗？

有些问题是对野生动物的饲养和动物所受的限制进行道德拷问：你难道不希望所有的“患者”都能自由生活吗？或者，反之，有真正“野生”的动物吗？

但愿本书中的故事能解答许多类似问题，包括读者可能从未考虑的一些问题。29位当今世界的顶级兽医撰写了书中的故事。这些特约作者赋予了每个故事独特的视角，这取决于他们所受的不同训练和不同的工作环境，还有促使他们选择兽医为其职业的主要动机。古灵精怪的“患者”们来自整个动物王国，其中有受长期脚病困扰的犀牛、失去母亲的幼鲸、颈部骨折的袋鼠、逃跑的野牛，还有患上厌食症的鳗鱼。

尽管书中的每个病例都十分独特，不过却有某种共同点。兽医面临的最大挑战是要辨别“患者”的正常和异常情况。在此过程中，我们总会面对相同的疑问：我们该于何时、何地以及如何援救这只动物？如果能施以援手的话，又该做些什么呢？我们的“患者”不像一般宠物那样会乖乖被主人牵着来就诊，所以，即便是一次简单的体检也要想办法束缚或麻醉它们。为了避免可能出现的风险，兽医们一般会先观察再行动。

除了明显的肢体损伤和喷射性腹泻外，野生动物极善于隐藏自己伤病的临床症状。兽医们只能留意它们在神态、活动或食欲方面的细微变化。在戴着听诊器、拿着望远镜、身上散发着淡淡消毒药水味道的兽医面前，动物们学会了接受他们的观察。

一旦兽医做出了诊断并开始治疗，就会更依赖非技术手段。像怪医杜立德（美国电影,影片讲述了一个会与动物交谈的古怪兽医杜立德的冒险经历。——译者注，下同）一样，他们知道最可靠的信息来源于动物自己，经常得从动物身上寻找突破口。对动物的爱，尽力和它们心灵相通，再加上一点直觉，这几个元素总能帮助兽医治好野生动物的疾病。

总而言之，我们写下这些故事不是为了说明现代兽医学的复杂，而是想给普通读者一个难得的机会，让他们体验兽医和野生动物之间那种微妙而特殊的联系。

（美）露西・斯佩尔曼，兽医学博士
（美）泰德・真岛，兽医学博士

亲密关系 I.

给婴儿看病的儿科医生，给宠物或野生动物治病的兽医，他们都面临着同样的一大考验：病人全然不会讲话，医生只能靠听取旁人的转述来诊断病情。儿科医生要向婴儿父母询问几个关键问题：孩子是从何时开始生病的？有哪些症状？孩子今天的病情是在好转还是恶化？同样，宠物医生也会向宠物的主人或饲养者提出同样的问题。不过，像我们这样在动物园工作的兽医要想获得这些信息，就得麻烦一大群人：饲养员、馆长、经理，还有科学家，可这些人提供的信息总是十分粗略，不够完整。

收集完零零散散的信息后，下一步工作就是观察动物。可惜，大多数“患者”一看到我们，要么一溜烟跑开，要么拼命抵抗检查。有蹄动物、鸟类和爬虫类可以马上躲得远远的；老虎、科摩多巨蜥和其他的食肉动物则露出一脸凶相，准备随时发动攻击。我们能轻松搞定的只有青蛙和水母一类的小动物。通常来说，抵近观察会惊扰动物患者，所以，我们任务的第一步是选一个安全的地方，用精密的望远镜来观察它们。

就这样，我们建立起和“患者”的最初联系。渐渐地，野生动物开始容忍我们出现在它们面前，在它们的伤病不严重时，我们的出现会加深彼此的联系。不过，如果想得到更多资料，我们之间的关系便会趋向紧张。为了治疗野性十足的动物，我们必须找到和它们建立进一步联系的方式，当然，前提是要保证不被它们咬伤、抓伤、踢伤甚至毒死。

有些野生动物并不介意兽医的出现，甚至还乐于接受医生的抚摸。为了换来食物，犀牛可以安安静静地站在笼舍里，任凭我们检查。山地大猩猩会允许兽医走到几步之遥观察它们的伤口。不过，对于大多数野生动物来说，能得到它们身体数据的唯一办法是先捉住它们，麻醉后再进行彻底检查。

现在，兽医和动物的关系变得更直接了。我们亲自给动物做检查是一次难得的彻底了解它们的机会，这是两个物种间的一次亲密接触。我们在内心深处对“患者”感到好奇，甚至敬畏。因此，兽医和技术人员为了在短时间内多掌握病情，总是以团队合作的形式工作。虽然我们着重处理的是当前的疾病，但我们还是会记录下它们的日常生理情况，以便为建立生理数据基数提供样本。

如果动物长期患病，就需要接受多次检查，那么医患之间的关系就变得更为密切。彼此间的忍耐渐渐发展为亲密和尊重，甚至是友谊。这一点在智商高、寿命长的动物身上表现得尤为突出，如猿、大象、海豚、鲸、乌龟、鹦鹉和猛禽等。这其中还存在着一种责任，每位兽医都会进行职业宣誓，为患病的动物提供帮助。

情感能为兽医和动物间的联系注入能量，并促进良好关系的形成。治疗过程中，我们殚精竭虑。病患康复，我们欢欣鼓舞；病患死亡，我们倍感伤心。对于疑难杂症，我们苦苦思索，钻研教科书和学术期刊并向同事求教。给一头北极熊动完四个小时手术，或彻夜精心看护一头袋鼠后，我们会为它们担心不已。兽医真是使出了浑身解数。

如果病患康复，我们会替它高兴，专业成就感油然而生。不过，动物们的感受大多与我们相反。每位动物园兽医都能举出这种例子：康复者用“嘶嘶”的威胁声和大吼大叫，或是冲医生吐口水、扔粪便的方式来表达“感谢”。

当然，不可避免的是，兽医也有失败的时候，原因也许是诊断错误，也许是病患伤势太重，也许是先进的医疗手段并不适用于野生动物。这时，我们的任务是尽量减轻动物的痛苦，有时会让它们安乐死。兽医和动物间的特殊关系使我们不得不心怀怜悯地考虑能保证它们生命质量的最佳处理方式。

以下故事中，兽医和“患者”产生了非常紧密的联系，每对医患间的关系都是独特的，有的还特别密切，这些动物“患者”包括鳗鱼、黑猩猩、小鹿、小熊仔和幼鲸。

露西·斯佩尔曼

野小子洪都

芭芭拉·伍尔夫
兽医学博士

面对眼前的 13 头大猩猩，我的同事是这样评价它们的："大猩猩是一个令人厌恶的爱好暴力的族群。"故事发生在 1997 年的北卡罗来纳州动物园，那时我刚刚当上兽医，对于黑猩猩所知甚少。我站在那里，看着这群安安静静的家伙，对同事的话不以为然。一头两岁大的猩猩在摇摇摆摆地行走，头上顶着毛巾。两只略微年长的猩猩正在耍弄袜子，其他猩猩们有的用树枝拨弄着食物，有的伸出瘦长的手臂抓扯一旁的草杆。我觉得自己太幸运了，找到了一份好工作——我今天的首要任务就是和照料黑猩猩的饲养员见面，从他口中了解这些有趣的动物。

笼舍里响起一声低沉的吼声，打断了我的思路，吼声随即响成一片并愈加高亢。我身旁的饲养员轻声嘱咐我："沉住气。"我在猩猩群中搜寻最先发出吼声的猩猩，然后便看到它们的首领雄猩猩洪都正盯着我，还威胁似的上下抖动身体，其余的猩猩配合着它，吼叫着——在黑猩猩语言中这是与动作匹配的紧急情况的信号。突然，洪都猛地从笼子后面跳上前来，抓住隔在我们中间的铁丝网，朝我脸上吐了一大摊口水，差点把我淹没。我惊慌失措，情不自禁朝后退去，却被一堆软管绊倒，最后退无可退，只好靠在墙上。我一身口水，又惊又臊，心里七上八下，担心这摊口水会不会让自己染上埃博拉病毒（一种引起人类和灵长类动物发生埃博拉出血热的烈性病毒）。

我从未料到动物园里的动物会憎恨兽医。兽医对动物的爱是根深蒂固的，并决定以毕生来实践。当儿时好友纷纷步上生儿育女、购置房产的人生正轨时，我们却在没完没了地义务加班，一切都是为了这份光荣的职业：动物园兽医。而现实中，卡车还没开进去，大多数动物就能闻出兽医的味道，并做好准备要以最不友好的方式来迎接我们。要是它们有力气，就会找个东西来砸你；要是它们能喷出臭气，迎接你的一定是天底下最难闻的气味。那些满嘴利齿、吼声如雷的家伙又是如何对待兽医的呢？瞧瞧，一头刚刚接受了麻醉注射的狮子高高立起，朝你怒吼，哪怕你和它之间还隔着粗粗的钢铁栅栏和四英尺的距离，这样的景象也会吓得你体如筛糠。

洪都也不例外。开头那几年，我每次去黑猩猩馆时，它都以同样的方式来“欢迎”我。饲养员告诉我，让它消停的办法就是不去理睬它的无礼举动，就像我们教育孩子如何对待别人的威胁一样。于是，年复一年，每当有黑猩猩流鼻涕或是割伤了手指，我都会镇定地靠近笼舍，一边让饲养员隔着铁丝网给它喂食果汁或酸奶，一边耐心查看它的病情。这时，我眼角的余光总会瞟见洪都正在从水龙头里往嘴里灌水，紧接着，猩猩群警告的吼声开始响起，我的“患者”吓得一溜烟跑开，随后，洪都出现了，犹如一头横空飞来的金刚，对我进行口水袭击。我会默默起身，抹去脸上的口水，对饲养员交代好治疗方案，随即离开，瞥都不瞥洪都一眼。

据说，曾有个兽医穿了件明黄色的雨衣进入猩猩馆以免遭口水袭击。不过道高一尺魔高一丈，洪都看到眼前兽医的服装变了，竟然加强了口水战的攻击力度。它可不像那只“卑鄙的”海狮乔伊。那家伙会趁你不备才咬你一口。你要是盯着乔伊，它就会乖乖投降，像是被大牧羊犬盯着的小绵羊般温顺。不过，和洪都发生眼神接触只会让局势更紧张。我无力改变一切，只好将它视为空气。

兽医并不是洪都的唯一目标，它还有一个习惯，喜欢从黑猩猩馆中间的小山坡上朝游客扔石头。动物园只得建了一片新展区，好让公众避开洪都充满敌意的举动。

新展区为黑猩猩扩建了一块活动场地，里面有一棵可供它们攀爬的大树，还有吊床、天然植物和供其活动的原木，甚至还造了一个假的非洲白蚁窠臼。在15英尺高的厚实玻璃幕墙保护下，游客们能免遭来自黑猩猩的石块和口水袭击，也可以更清晰地观察它们。他们可以靠近站在笼舍内的黑猩猩，在它们面前俯下身子，注视它们的眼睛，甚至可以把手放在玻璃上，隔着玻璃触摸黑猩猩放在玻璃那边的手。黑猩猩们同样喜欢聚集在玻璃前近距离观察游客，它们也觉得新奇。新展区启用那天，一大群重要人物参加了剪彩仪式。洪都则用自己的方式来表示庆祝：它仍然试图将树枝和土块扔向玻璃墙外的人群。

时光流逝，新展区仿佛渐渐磨掉了洪都的坏脾气。一次，我去黑猩猩馆时，一只名叫乔纳森的黑猩猩把脸贴在玻璃上，仿佛想吻我。这家伙样子丑丑的，长着对招风耳。看到它如此举动，我便弯下腰满足它的愿望。此时，我看见后面的洪都正在往嘴里灌水，便打算躲起来避开它的水攻，随后，我意识到置身玻璃之后的自己是安全的。这次，我没有忍气吞声地走开，而是盯着它的眼睛。洪都缓缓走过来，坐在我面前，我们冷冷地注视着对方。它已经把水吞进了肚里——也许经验已经告诉它，玻璃可不像兽医一样好欺负，是会把水喷回来的。它就这样坐在我面前，聚精会神地看了我一阵，然后便开始轮流触摸自己的下嘴唇和胸口，仿佛在说“我”或是“喂我吃点东西”。我模仿它的动作，它又重复我的动作。我问饲养员这个举动的含义，可没人明白，它并不经常做这个动作。

从那以后，我每次去黑猩猩馆巡视时，总喜欢先去新展区。洪都会在玻璃后面迎接我，静静地坐在我面前，有时我们会玩玩那个“你来比划我来猜”的游戏。这时，游客们会兴奋地围过来，热切地询问它在对我说些什么。我猜它真正想说的话也许是不能告诉他们的，不过，我暗自好笑，游客们居然以为兽医都是杜立德再世，都能和动物简单交流，了解它们的病情。而事实上，有时我们真盼望自己有个能预测一切的水晶球。

一天，饲养员跟我反映洪都最近有个新爱好——头朝下倒立。我来到新展区，它走过来，没有和我一起坐下，而是倒立在草地上，好像在从两腿间朝后看。它这样坚持倒立了几分钟，然后停下来抬头看看是否有人在观察它。

动物用力压迫头部的原因主要有两个：头疼和肝脏病变。我们了解到洪都的一只眼睛有白内障，便猜想它也许是患上了青光眼，这种病会让眼压不断升高，使“患者”痛苦不堪。

兽医眼科的咨询医生愿意抽出时间来参与这一个案，于是洪都在麻醉后接受了一次全面检查。常规项目检查没发现什么问题，可是眼科检查证实了我们的怀疑：长期的白内障导致了严重到无法治愈的青光眼，只能摘除那只病眼。会诊后，眼科医生提供了两个方案：我们可以摘除眼球，在眼睛里固定上硅胶做的假眼球；也可以给它做一只人类使用的假眼——这种假眼能随时取出或安上。

我看着这位温和而博学的医生，暗自揣测一位兽医眼科大夫怎么会提供第二种方案。如果以后每次洪都把假眼扯出来朝谁扔过去，我们得费多少时间才能在灌木丛中找到它啊。想到这里，我毫不犹豫地选择了前一种方案。

手术进行得异常顺利，之后洪都立即停止了倒立。不过，它的术后护理需要每天进行眼部检查，滴眼药水。

我经常去看它，在它的“病房”里没有玻璃的阻隔，这样我就可以检查它的创口并进行追踪拍照。一天，隔着有点昂贵的照相设备，我突然意识到它停止了冲我吐口水。这是怎么回事？多年的口水战经验让我一直小心翼翼地回避它，而最近几周的麻醉注射、手术、检查、抗生素治疗和滴眼药水竟然神奇地改善了我们的关系。还不止如此，洪都现在喜欢靠近我，坐在我身边，彻底放弃了吐我一脸口水来羞辱我，好给全体黑猩猩留下深刻印象的做法。

洪都的伤口快痊愈时，我在一次“病房”巡视中发现它有了新花样。

它伸出食指，仿佛想碰碰我戴手套的指头。我鼓足勇气，终于让它摸了摸我的手指尖。洪都握着我的指头，凝视着它，似乎被我的“塑胶皮肤”迷住了。

饲养员们开始拿我们的关系打趣，还邀请我在洪都不需要体检的时候也去看看它。大伙儿都知道，这家伙喜欢某种类型的女性，显然，如今我也成了其中一员。私下里，我也为赢得了动物园里某个家伙的青睐而高兴。

每年给黑猩猩做例行体检时,我都不愿做举着麻醉枪对准洪都的人。黑猩猩们可不喜欢麻醉枪，它们是躲避麻醉的高手。它们会尖叫着扑过来，还会砸墙，并朝我们扔粪便。如果你能承受这一切并准确地射出麻醉针，接下来你就得赶紧跑开，以防黑猩猩冲你扔回麻醉针。我看到过这样一幕：一头漂亮的雌猩猩拔出麻醉针，走到铁丝网跟前，哀嚎着坐下，先用手掌按压着大腿上的针眼，再用手指头反复抚摸针眼，让饲养员看里面渗出的鲜血，嘴里叽里咕噜的，似乎在求得饲养员同情，过了一会儿它才睡着。我可不想让洪都把这种侮辱和我联系起来，所以在麻醉药让它失去知觉入睡前，我不会出现在它视线里。

有一年，在给洪都体检时，我摸到它体内有个硬硬的肿块，就在肝脏上方靠近胸腔的地方。我强忍担忧，给它做了个穿刺的小手术，取了些肝脏组织样本。几天后，病理报告出来了，我难过地告诉洪都的饲养员们诊断结果。

普通人难以想象，饲养员们和这些聪明多情的人类近亲之间的感情有多么深厚。我的确和它的关系不一般，可是，我毕竟每天在动物园里跑来跑去，诊治着成百上千的哺乳动物、鸟类、爬虫和鱼类。它的饲养员则是整天和黑猩猩们待在一起，训练它们，喂养它们，和它们交流，保持它们的清洁，他们亲如一家。我向伤心的饲养员解释，洪都得了肝淀粉样变性，这是由于某种炎症蛋白质的积累造成的，病因不详，也没有特效的治疗方法，唯一可行的办法是让它远离暴力打斗——这在黑猩猩中是司空见惯的事情，是它们文化的一部分。因为肝脏有凝血功能，所以只要罹患肝病的洪都在打斗中被狠咬一口，它就很可能会因流血不止而死亡。

饲养员和馆长决定把洪都和无法无天的雌猩猩分开，让它和那头相貌丑陋、有几分调皮的乔纳森去过几天安宁日子。我们不知道洪都还能活多久，在泪眼蒙眬的饲养员的请求下，我到它的住所去看它。我发现它躺在那里，非常痛苦虚弱，这情景真让我心碎。它看到我来了，从铁丝网里伸出食指，我也伸出我的手指，它缓缓抚摸我的手指。但我觉得自己无力改变它的命运了。

不过，洪都却没有放弃自己。自从洪都不再和那些暴躁好斗的雌猩猩住在一起，不再为让它们乖乖听话而劳神费力之后，它和乔纳森过上了悠闲自在的日子：在消防水龙头上荡秋千，享受大片大片的莴笋叶，有时小打小闹一番，穿上供它们玩耍的袜子，在宽敞的展馆里晒太阳。渐渐地，洪都的体重增加了，毛发也长多了，看上去比从前更健康。一年后，它又重归族群，重掌对雌猩猩的权威，一直到现在。它的病没有痊愈，不过，与族群隔离的日子里，它身上的压力减轻了，这对肝脏的恢复有好处。

我离开那家动物园已经快两年了。我很想念洪都和它的伙伴们，要是有机会重返那里，我一定会径直跑去黑猩猩馆。它还会安安静静地走过来和我聊天，我知道它也想念我——因为，自从我离开后，它又开始冲着新来的兽医吐口水了。

芭芭拉·伍尔夫

芭芭拉·伍尔夫在俄亥俄州的辛辛那提长大，从小酷爱阅读有关动物的书籍，一直认为动物行为非常有趣。她在加州大学戴维斯分校获得分子遗传学的学士学位，在德克萨斯州农机大学获得兽医学的生殖生理学博士学位。伍尔夫博士对于动物医疗的兴趣始于对辅助濒危动物繁殖的研究，其中既包括羚羊，也包括猫科动物和大象。获得美国动物医学会的专业资格认证后，她到美国国家动物园和北卡罗来纳州立动物园做研究和兽医工作，目前，她是俄亥俄州坎伯兰野生动物园的野生动物和保护医学部主任，也是《动物园和野生动物医疗》杂志的副主编，并在莫瑞斯动物基金的野生动物科学顾问委员会供职。

鳗鱼和酒吧招待

伊丽莎白·奇迪克·诺兰
兽医学硕士

故事发生在20世纪90年代末。附近某州的一位酒吧招待捐赠了一条绿色的海鳗给新英格兰水族馆。几年来，这条鳗鱼都生活在酒吧旁的一个水箱里，不过，它越长越大，酒吧的水箱已经容纳不下它了，于是酒吧招待便把它捐给了我们。

野生海鳗一般生活在水下温暖的区域，比如岩石遍布的海边或是珊瑚礁旁。它们喜欢独居，白天躲在岩石缝里，夜间才出来捕食鱼虾、螃蟹或章鱼。据我所知，这条鳗鱼没有攻击性，酒吧的老主顾们都喜欢它，去酒吧时总会去瞧瞧它。

鳗鱼来到水族馆后，我们沿着展馆后墙为它建了一个大水箱，把它放进去，和其他的水族进行一段时间的隔离检疫，直到我们确定它身体健康并能融入新环境了，再把它放入水族区。它来后不久就躲到了水池的假山后面，这是鳗鱼的习性。

最初几天，鳗鱼躲在角落里，拒绝进食。这对于某些鱼类来说是反常的，尤其是在迁居之后。但对鳗鱼而言，它们在生活环境改变后的确可能会禁食多日。时间过了一周又一周，鳗鱼一直躲着，不肯露面进食，漫长的禁食肯定已经对它的身体造成了伤害。

水族馆的工作人员想尽一切办法诱它进食，投放了形状不同、味道各异的食物：宰好的小海鱼、青鱼，全虾，鱿鱼条，甚至是活饵，可是，这条鳗鱼却毫无兴趣。工作人员还不停监测水质以确保所有参数都在鳗鱼能适应的范围内。他们试过遮住水池、调暗灯光以减轻它的压力，还有人开玩笑说："干脆把周围伪装成鳗鱼以前待过的酒吧。"然而，一切努力都没用，鳗鱼依旧拒绝进食。

到第三周的时候，水族馆的工作人员越来越担心，我也很关注此事。鳗鱼没胃口是不是疾病引起的呢？我们讨论了应对方案，包括血液检查、寄生虫筛查以及管饲等等可行办法，最后决定先给它做体检。检查前需要先麻醉鳗鱼，否则谁能有本事握住一条像蛇一样滑溜溜、黏糊糊的动物，何况它还有一口尖牙。

我们把鳗鱼捞出来，放入一个带盖子的桶里，桶内的水溶入了麻醉剂，水里放着块气泡增氧石，能在检查中为它提供充足的氧气。不久，鳗鱼的腮动频率减缓，身体开始侧翻，麻醉剂奏效了。

不一会儿，它就完全进入麻醉状态，可以任人抱出水面，不再挣扎了。我给它做了个全面检查，想找到疾病的迹象。和它的同类一样，这条鳗鱼淡绿色的皮肤上也裹着一层厚厚的黏液。

在它长长的背鳍和尾巴上，我没有发现伤痕或是不寻常的地方，腹部也没有肿大或是异常，它的腮是正常的深红色，嘴里的牙也完好无缺。按照给鱼类检查的惯例，我提取了一些腮部组织和粪便的样本，还刮取了一点皮肤上的黏液，以便在显微镜下观察是否有寄生虫。可是我一无所获。我从它尾巴上取了点静脉血，检测结果依然正常，白细胞指数不高，其他指数也没有反映出疾病迹象。

收集完有助于诊断病情的样本后，我们用一支小饲管从鳗鱼的嘴里伸入胃部，给它喂了一些鱼食，这样至少能给它增加一点营养。随后，我们把它放回了水池，并往它的腮里灌了点盐水，好促使它苏醒。没多久，它就开始自主活动了，不多会儿就径直游到假山后面藏了起来。

我坐在水池旁，担心着这条鳗鱼的命运，不由想起儿时记忆中的鱼，那是多么平凡的动物啊。我对鱼类最初的经验可能源于鱼条——那种加工过的美味小点心；小学时，我和弟弟在小溪里跑来跑去抓米诺鱼；再长大一点后，我和爸爸钓到过三英寸长的太阳鱼，我们骄傲地将它放在相机前拍照留念。鱼是海鸥的美食，是长岛海湾防波堤上脾气暴躁的老人的捕捉对象。

五年级时，我在学校游园会上赢得了一条小鱼苗，这让我喜出望外。当然妈妈的感受正和我相反。虽然我钟爱这条宠物金鱼，喜欢看着它在小鱼缸里游玩，不过，它死的时候（一天下午，妈妈在家里洒除虱剂，不幸除掉了小鱼）我虽然难过，却没有心碎。毕竟，正如别人安慰我的那样，它“只是条鱼而已”。

所以，儿时的我完全没有当鱼类兽医的理想。但在兽医学院读四年级时，我得到了一个机会，跟随新英格兰水族馆的首席兽医工作一个月。令我惊奇的是，水生动物医学所面临的挑战和发现深深吸引了我。其实很少有兽医愿意冒险涉足该领域，因为其中有众多人类了解甚少的物种：

从无脊椎动物中的水母、龙虾，到有脊椎动物中的鱼类、海龟和海洋哺乳动物，水生动物医学涵盖的范围宽广，而兽医学院的标准课程中涉及这个领域的课程并不多。

仅仅隔了几年，我又回到了这所水族馆做实习兽医，并面临着一条厌食鳗鱼的考验。问题依然没有答案：这条鳗鱼为什么拒绝进食？三周过去了，它难道不饿吗？我们可以用饲管给它补充营养，可是，这样要持续多久？这个“患者”把我们都难倒了。

最后，一位工作人员建议和捐赠鳗鱼的酒吧招待取得联系，或许他能给我们一些建议，看看如何刺激它的食欲。虽然我们不抱多大希望，但必须让鳗鱼进食，我们别无选择，所以只好给酒吧招待打了电话。

酒吧招待听说情况后，也无法立刻想出更好的法子喂食鳗鱼，便答应亲自来看看它。那天早晨，当这个大块头、宽肩膀的男子踏进水族馆时，我碰巧也在场。酒吧招待朝水族箱走去，愁眉紧锁。他静静地站在水池前，等待着。水池的另一端，一个小脑袋从假山的底部探出来，迟疑地窥探着周围，随后，鳗鱼慢慢地，或者说非常迟缓地从藏身处伸出了它瘦弱的身体，小心翼翼地朝酒吧招待游去，停在他面前，圆圆的双眼直直盯着他的脸。让我惊奇的事情出现了，鳗鱼开始前后摆动身子，节奏悠扬而舒缓，还一直和酒吧招待保持着眼神交流。和老友重逢后，酒吧招待脸上的愁容一扫而光，他翘起嘴角，露出了笑容。

我记不清那天酒吧招待对鳗鱼说了些什么，但我记得他亲自喂了鳗鱼一点鱼虾。从那儿以后，鳗鱼再没有拒绝进食。而最重要的是，我记得这条鳗鱼只为了他才从藏身处现身时，那人脸上流露出的真挚爱意。

过去，我曾经多次体验过人和动物之间建立起的深厚关系和感情。在我实习过程中，我曾亲眼目睹许多主人和宠物之间的关系有多么亲密，不论这些动物是大是小，是胖是瘦。虽然我受过兽医的专业训练，虽然海洋生物不断吸引着我的兴趣，虽然我有一些个人经验，可是，我还从未真正意识到人鱼之间竟能产生如此亲近的关系。是酒吧招待和鳗鱼的故事给了我启迪，他们之间的关系远比鳗鱼对食物的渴望更重要。

伊丽莎白·奇迪克·诺兰

伊丽莎白·奇迪克·诺兰生于美国的康涅狄格州，从小便梦想成为一名非洲野外生物学家，不过，她就读哈佛大学后，便把目光投向了兽医学。获得生物学学士学位后，她进入塔夫茨大学攻读兽医学，大学四年级时，她获得在新英格兰水族馆工作一个月的机会，这增加了她对水生动物医学的兴趣。诺兰医生在波士顿完成了两次实习，一次是在安吉尔纪念动物医院的小动物医学外科，另一次就是在新英格兰水族馆进行的水生动物医学实习。为了了解非家养动物，她接受了北卡罗来纳州大学的动物学住院医生一职，后获得美国动物医学会的专业资格认证。她在奥兰多市的海洋世界做了五年兽医，在水生动物领域取得了宝贵经验。2006年，为了开辟新的研究领域，诺兰决定接受迪斯尼动物计划的兽医一职，她说：“我非常享受这份工作！”

戴耳环的小鹿

内德·根茨
兽医学博士

故事发生在 1997 年 7 月的一天。那天炎热潮湿，弗吉尼亚州的谢南多厄河峡谷里，一辆挂着外州牌照的小货车停在了哈里森堡一家杂货店的停车场上，车窗紧闭。两个好事者朝车内观望，看见里面有个东西在动——像是个孩子，不，也许是只宠物，于是，他们通知了警察。小货车的主人从杂货店出来时，惊奇地发现两个警察正站在车旁监视。开车的母女二人打开车门，这下轮到警察感到惊奇了：车里是一头白尾巴的小鹿。警察召来了狩猎监督员，开始调查此事。

年轻女子告诉警察，她和母亲是开车从北卡罗来纳州回到她位于弗吉尼亚州哈里森堡的家中。五天前，她们遇上了这头带斑点的小鹿，它躺在靠近弗吉尼亚州罗阿诺克镇的路边草丛里，鹿妈妈被一辆车压死了。她补充道，因为不知该如何处置小鹿，所以就把这头“小鹿斑比”（迪斯尼动画片中的动物）放到货车后面，继续往前开。从那以后，这只小鹿就一直和她们在一起。

警察检查小货车后厢时发现，这头带斑点的小鹿已经被高温炙烤得气喘吁吁。两名女子喂它喝的牛奶让它患上了腹泻，所以它身上还裹着一次性尿布。更奇怪的是，灿烂的阳光透过敞开的车门照进车内，小鹿的耳朵居然在闪闪发光。警察疑惑地仔细瞧去，才发现它的两只耳朵上都被穿了洞，上面戴着十字架形状的人造钻石耳环。

狩猎监督员来了，他没有理会两名女子装腔作势的抗议，当场宣布没收小鹿,并将此事通知了位于韦恩斯伯勒的弗吉尼亚州野生动物中心。当时，我是中心的首席兽医。弗吉尼亚州野生动物中心既是野生动物医院，也是野生动物教育中心。每年，这个中心都要为好几千只野生动物治疗伤病，或是照料失去双亲的动物幼仔。我们告诉狩猎监督员，我们当然乐意看看这头小鹿的健康状况。

小鹿被送来时，我给它做了体检。莎拉·斯尼德是一位我非常信任的医院管理人员，也是首席兽医技术员。她解开了小鹿，安慰着这头受惊的小家伙。小鹿的体重只有 13 磅，我们猜它可能刚出生几周，所以暂时还不能将幼小的它放归大自然。我们得让它在这里接受几个月照顾，直到它能够靠自己生存时为止。

因为高温和腹泻，小鹿已经脱水了，此外，它一直待在炎热的小货车里，这引起了体温上升。我摘掉它的耳环，它两只耳朵都感染了，耳洞周围的皮肤红肿发炎。

我给它背部的几处地方分别注射了药物，用皮下液体注射来治疗脱水。小家伙会慢慢吸收这些液体，然后我们会再进行几次注射。接着，我开始给小鹿进行抗生素治疗，用青霉素注射来治疗耳部感染。

下一步，我们需要治疗腹泻和可能由此引发的胃疼。因为西弗吉尼亚的猎鹿季节已经开始，所以我们早就为可能成为孤儿的白尾巴小鹿们准备好了羊初乳。

按照以往的经验，要喂养成为孤儿的幼鹿，最好用新鲜的羊奶或是仔羊用代乳粉，牛奶并不是最佳的选择。喂养幼仔的技巧是不要让它们吃得太快太多，以免超出其消化系统的承受力，对患有腹泻的幼仔而言尤其如此。给小鹿喂的第一瓶奶里最好是用 25% 的羊奶加上 75% 的水，第二瓶改成一半对一半的比例，第三瓶变成 75% 的羊奶加 25% 的水，这样才能让小家伙的肠道有时间适应纯羊奶。新来的小鹿饿极了，贪婪地吮吸着奶瓶。过了两周左右，它的耳洞愈合了，我停止了抗生素的使用。

每年，弗吉尼亚州野生动物中心都会接收 20 到 30 只白尾巴小鹿。其中一些的的确确是失去双亲的孤儿，因为人们发现它们时，它们正站在死于路边的母鹿身旁。母鹿是被来不及刹车的汽车撞死的。不过，还有许多小鹿根本不是孤儿，因为母鹿并不是时刻陪伴小鹿左右，相反，它们每天只喂小鹿几次奶。大多数时候，母鹿都在外忙于“采办食物”(可以这样说吧)，总是把小鹿藏在某处茂密的草丛里。小鹿的天性让它们安安静静地躺在草丛里，除非听到母鹿回来找寻它们的声音。

不幸的是，大多数人只要碰巧在野外遇到形单影只的小鹿，都会认为它是个弃儿。于是他们轻而易举抱走小鹿，还认为这是为了小鹿好。但显而易见，从野外带走完全健康的野生动物对它们没有任何好处。

每当有人送来变成“孤儿”的小鹿，我都会询问这位自誉为“拯救者”的人，他们是否真的目睹了死亡的母鹿。如果他们没有看到，我会敦促他们把小鹿放回原处。

有人会担心小鹿染上了人的气味，母鹿就不会再接受它了。不过，这种事情很少发生。当然，我们需要监测放回原地的小鹿以保证母鹿会回来哺育它。多数情况下，母鹿都接受了重返家园的小鹿。那么这头戴着人造钻石耳环的小鹿是不是孤儿呢？掳走它的女子讲述的故事模棱两可，我想我们永远无法知道真相了。

好在它早就有了同伴，我们最近刚收容了今年第一只小鹿孤儿。它真是个能掐会算的“戴耳环的小子”，野生动物中心的同事已经开始这样叫它了。我们通常不给中心救助的野生动物取名字，因为我们想强调它们不是宠物，我们的目标是让它们康复之后顺利回归大自然。更重要的是，小鹿最好能在鹿群中成长，尽量不接触人类，这样才能保持自己的野性。不过，这个名字留了下来。

狩猎监督员打来电话，要来看看“戴耳环的小子”。我告诉他小鹿恢复得不错，他说很好，但你们要照顾它直到开庭那天。狩猎监督员指控开小货车的两名女子非法占有及虐待野生动物，因为她们不仅开着载有活鹿的汽车到处跑，还给小鹿打了耳洞。他还说，法官庭审那天，我可能要作为证人出庭。

我怀着一种复杂的心情盼望着开庭，这不仅仅因为我认为“戴耳环的小子”不是真正的孤儿，而且我还认为有必要向带走野生动物的人宣传一些基本常识。人们常常把这些野生动物饲养几天，认为它们会变成驯服的宠物，而不去征求专家的意见，直到大错铸成，造成野生动物脱水或是伤病。随后，他们就将野生动物随意抛弃，这常常置它们于死地。如果被遗弃的动物够幸运，会被送到我们这样的野生动物保护中心。可即便如此，人们也需要知道何时才能介入野生动物的生活，何时该让它们在大自然中独立生活。我想让负责审理此案的法官明白这些道理。

庭审当天，我准时到达法庭。被指控的女子在审判中的辩解很可笑，她对法庭解释打耳洞的原因："我以为它戴上耳环会很漂亮。小孩子都能打耳洞戴耳环，人和小鹿的耳朵有什么不同吗？"一位来自《詹姆斯·麦迪逊大学报》的记者给其中一个被告拍照时，她做出了一个下流的手势——这照片正好用在报纸的头版上。

最后，两名女子承认了非法占有野生动物的指控并接受了罚款的处罚，虐待罪名没有成立。对她们的罚款数额刚好是我计算出的小鹿在离开中心前接受治疗和照料所需的花费，她们将把这笔钱赔付给我们中心。我一直期待着能在法庭上作证，当他们达成协议时，我颇有几分失望。从头到尾，两名女子都对指控不服气。

"戴耳环的小子"康复了。初秋的时候，它已经重达 60 磅了，也褪去了幼鹿身上的斑点。我们来到离西弗吉尼亚边界不远的奥古斯塔县，在一处远离人烟的森林里将它放归自然，和它一起放归的还有其他六只小鹿。鹿群跑进了茂密的松林，它们的尾巴翘得高高的，这是它们的联络信号，也是在向我们道别。这些鹿会群居一段时间，好互相帮助躲避食肉动物的攻击——当然也要提防戴耳环的女人。不过，最后它们会分开，融入到成年鹿群中。

看着小鹿们消失在树林中，我的心情很复杂。兽医的工作会让他们不由自主地对动物产生依恋之情，猫狗或是动物园里的狮子老虎都会成为他们的精神伴侣。可是，野生动物的救助是一个特殊领域，在此领域工作的兽医的首要目标是将“患者”放回到大自然中，从此再不相见。不会有“患者”感谢我们，更常见的是，它们不惜动用尖牙利爪来逃跑——连回头看上一眼都不愿意。

救助野生动物的兽医得到的不是小狗的亲吻，而是被成功救治的小鹿们回归山林时朝我们摇晃的、高翘的白尾巴，我想，这正是给我们的最美妙的回报。

内德·根茨

内德·根茨于1990年在科罗拉多州立大学获得兽医学博士学位，在堪萨斯州立大学完成了动物园、野生动物及外来动物医学的实习工作。自2000年以来，他一直是新墨西哥州阿尔伯克基市生物公园的助理兽医师及研究联络人。之前，他曾是弗吉尼亚州野生动物中心的兽医部主任，“动物星球”频道（一个以动物为主角的电视频道，带领观众深入认识动物的习性、本能、与自然和人类的关系及各种生活趣事）曾经在“野生动物急诊”系列节目中报道过他。同时，他还担任康奈尔大学动物和野生动物医学的临床指导教师。根茨博士获得了美国动物医学会的专业资格认证。在他目前的工作中，他志愿做祖尼族（居住在新墨西哥州的印第安人）鹰拯救项目的咨询兽医。他认为兽医是一项非常励志的工作。

小熊克奇纳的骨头

丽贝卡·耶茨
兽医学博士

一个周五下午，马丁从亚利桑那州的度假屋给我打来电话。

“亲爱的贝基（丽贝卡的昵称），我需要你马上过来，小克奇纳出了点问题。”

坦白地讲，我最不喜欢的事情便是驱车五小时从加利福尼亚赶往亚利桑那去看一头熊崽。挂上电话后，那个让我纠结过无数次的疑问再次涌上心头：“我为什么要为他们工作？为什么我的周末总是这样被毁掉？”再说，我们自己的动物已经让我忙不过来了。

20年前的1976年，马丁在洛杉矶以北买了一块地，就在安琪拉国家森林公园里面，并在此建立了“野生动物小站”，收容被非法拥有或遗弃的动物。她收容过美洲豹、美洲虎、非洲狮、山狮、山猫、熊、郊狼、美洲驼、鹿、鹰，甚至是乌龟。一个东海岸的动物研究所关闭后，她又收容了许多无家可归的黑猩猩，她还为爱达荷州某人饲养的一群狮虎兽（狮子和老虎杂交的后代）提供庇护所。而每年春天，病房里总是挤满了负鼠幼崽。

这个关于熊崽的电话让我心情沮丧。动物小站入口处的标牌底部写着这样的座右铭："不拒绝任何动物。"这话说得轻松，事实上，诊所需要更多设备和补给，更需要增加人手了。我真想念我的周末啊，工作一段时间后能休息上一天该是多美的事情啊。

这头熊崽不是野生熊崽，而是一头宠物熊崽。亚利桑那州有人饲养黑熊并卖给别人当宠物。我太了解马丁了，知道别无选择，只能去那里看看。她不是在请求我过去，而是在通知我过去。从理论上说，我是她聘请的有执照的兽医，尽管我已经开始做兼职教师了。我们一直想找人来分担我负责的临床工作，尤其是这种急诊。

那个星期五，我心烦意乱地叫上小站的另一位兽医西尔维奥和我同去。我们匆匆拿上设备就开始穿越沙漠，朝着亚利桑那州驶去。他开车的时候，我在收音机上搜索，最后在一个播放乡村音乐的频道上停下，这是收音机唯一能接收到的清晰信号了。后来，西尔维奥告诉我，他还是第一次听这种音乐，从此，他就把乡村音乐叫做"沙漠音乐"。

为什么我要为小站工作呢？途中，我一直在思考这个问题。当然主要是因为动物，我熟悉它们，包括它们的名字和病史。我定期进入小站看望我的新老"病人"们。小站的工作人员大多是墨西哥人，是个很好的团队，几乎能应付任何情况。我也渐渐爱上了小站：它在一个风景优美的峡谷里，只用铁链与周围隔开。马丁告诉过我她是如何从酒吧的一个醉汉处听到这块地，并骑马赶到峡谷来看它的经过。

马丁是我为小站工作的另一个原因，不仅因为她熟悉业务，而且还因为她善于鼓动别人拼命为无家可归的动物服务。她从未对我谈过她的成长经历，只说起她父亲曾经是外交官，小时候她跟着父母在非洲旅行过多次，这肯定就是她爱上动物世界的原因。

那天晚上，我站在了马丁的后院里，看着一头小小的黑熊崽，它失去了行走能力。马丁把它抱起时，它几乎没有反应。我们猜测它只有两个月大，约有十磅重。小熊短胖的前爪耷拉在胸口处，它的身体每动一下，嘴里都要哼哼唧唧的。每次呼吸都会让它皱紧眉头，那双黯淡无神的眼睛几乎无法张开。

马丁坐下来，把小熊放在大腿上，好让我检查。虽然她是个坚强的人，可一旦怀里抱着动物，就变得异常温柔。她说，有个当地人听说马丁建了野生动物救助站，就把小熊扔在这里了，她强调，小熊一周以来都很正常。她给这头小母熊取了个名字叫“克奇纳”，这是印第安霍皮族人崇拜的神，她本打算等小熊长大点就带它回洛杉矶。

我详细询问了克奇纳的病情。小熊从当天早晨开始脚步趔趄，不喝奶，不让右前爪负重，所以马丁请我过来看看。现在，克奇纳的左前爪也不能动了。

开始，我怀疑小熊在发烧，或许是某种细菌或病毒感染引起的，要么就是患上了影响关节和大脑的传染性疾病。可是，克奇纳的体温正常，我摸摸它的前爪，感觉爪子是肿胀的。它需要拍一张X光片。当时我还不知道该上哪儿去弄X光机，好在马丁人人都认识，不到一小时，西尔维奥、克奇纳和我就坐在一家小动物诊所的暗房里了。

诊所的主人看起来有些警惕——或许他没有听清我的电话，不知道“病人”是头小熊。很快，我们给克奇纳戴上了麻醉面罩，它吸了几口气，异氟醚气体开始发挥作用，这一步进行得很顺利。我们拍了几张片子，找到了答案：小熊两只前爪肘部的骨头都断了。

我的脑子迅速转动着，一只幼崽，左右前爪上突然无法承受重量，两边的肱骨骨折……我再次观察X光片,那些骨头不只存在骨折的问题，它们的形状也不正常。骨头的外层是给予骨头支撑力的，在X光片上应该是十分厚实的样子，而克奇纳的X光片清楚表明，它体内的每根骨头都薄如纸片。

它那副小骨架支撑不了自己的体重，所以骨折了。原因是什么？如果没有外力伤害，那么它的饮食中一定缺少了某种物质，这头小熊吃的食物肯定出了问题。

我给马丁打了电话——她出去了。她十分担心克奇纳的病情,可惜,她不是能守在一旁等待结果的人。马丁认为反正有西尔维奥和我一起处理，而且我会告诉她所有情况。

“马丁，你给这只熊喝的什么奶？”我拨通了马丁的手机，尽量在问话中不流露出责难的语气。食肉动物的幼崽需要喝特别配方的奶，马丁当然明白这点，因为她过去几十年喂养过许多食肉动物幼崽，对此一清二楚。

“就是给熊崽吃的那种配方奶啊，我之前给你讲过的，它到昨天晚上都一直吃得好好的。奶装在房子后面的一个塑料瓶里。你怎么问起这个？有什么发现了吗？”她的声音猛地升高，显然，她对这头熊崽非常关切。

“小熊前爪肘部上面的骨头都断了。”我告诉马丁。西尔维奥在一旁准备包扎的材料。

“哦，这就解释了它走路不稳、拒绝进食的原因。”马丁平静地答道，情绪恢复了正常，“我们怎么固定好它的骨头？”

她太乐观了，至少我不是这样想的，这不像缝合伤口那么简单。我马上答道：“我们要给它的两个前爪打上石膏板，也许要用石膏来固定它整个上半身。它还没醒呢，我得挂电话了。”

西尔维奥和我都赞成，要固定这些细细的骨头，唯一的选择就是上石膏板。尽管这是头年幼的熊崽，可它要用的石膏板却是巨大的。在多年的兽医生涯里，这还是我们头一次给一只比蜥蜴（那又是另一个故事了）更大的动物全身上石膏。

我们终于完成了这个大工程，克奇纳看起来怪异而可怜，它整个上半身都罩在白色石膏里，毛乎乎的屁股和后腿露在石膏模下面，脑袋露在石膏板上面。我们试着把石膏板弄弯了点，这样，它的双腿就不用笔直地伸着。我们最担心的是它能否顺畅地呼吸，因为石膏板无疑挤压住了它的胸部。我们认为自己能为小熊做得最好的事情便是尽量让它保持平静。

克奇纳醒来后，我们就把安定药片调在蜂蜜里喂它。没有熊会拒绝蜂蜜，它乐颠颠地喝完了。两小时后，我们回到马丁家，小熊拿起了奶瓶，这是个好兆头。后续治疗就是让马丁负责让克奇纳乖乖“穿”着石膏板，直到骨头愈合为止。第二天早晨，西尔维奥和我就带着血液样本返回洛杉矶了。

途中，我意识到自己忘了查看奶粉的标签，就给马丁打电话，请她去看看。“贝基，我告诉过你，标签上写着商业熊奶粉，这是和克奇纳一起送来的。”

“标签上还写什么了吗？”我问。

“贝基，上面就只标明了是‘商业熊奶粉’。”马丁答道，语气有点不高兴。

一周后，我去复查克奇纳的病情并取一份奶粉样品。我们检验了小熊的血液样本，发现其中有一定比例的钙转化为磷的迹象。这一结果证实了之前的诊断：克奇纳的骨头细弱是由一种代谢性骨病引起的。年幼的食肉动物要消耗一定的钙和磷，母兽的乳汁中所含的钙通常超过了磷的含量。幼兽开始食用其他动物的肉时，它们能从这些动物的肉和骨头、软骨中获取这些矿物质，不过，如果它们所摄取的矿物质的比例不对，体内的骨头就不能正常地矿物质化。要是食物中缺乏含有骨质的肉和奶，圈养的食肉动物就会生这种病，包括狮子、老虎和熊在内。

我走入后院，以为会看到一头安安静静、不能活动的小熊，谁知跃入眼帘的却是活力十足的克奇纳。它学会了用石膏板当雪橇，用后腿推着自己前进，碰到拐弯处就把石膏板翘起来转弯。让我惊喜的是，克奇纳已经很好地适应了被石膏板束缚的生活。这家伙真惹人喜爱。受它的鼓舞，我们改变了它的食谱，不再让它喝以前的无名奶粉了。我们让小熊试着吃一点专门用来喂熊的食品，一种叫“杂食动物食物”、味道不错的粗磨口粮，看上去它还挺乐意吃。我们计划让它渐渐远离奶粉，逐渐适应固体食物——这样能给它提供比例正确的钙和磷——也有助于它的骨头承受身体重量。

我不再介意到亚利桑那州出诊了。克奇纳的病也明显好转，不再疼痛难忍。我第三次去的时候，石膏板已经用了四个星期，我注意到石膏板已开始出现裂缝，小熊的个子在长大，快挤破石膏板了。小熊恢复得越好，它给石膏板施加的压力也就越大，看来石膏板坚持不了多久了。不过，在取下石膏板之前，我们必须查看小熊骨头恢复的状况。我们再次来到当地的兽医诊所，在那里给小熊拍 X 光片。这次，我们只是让克奇纳躺在桌上，透过它身上的石膏板给它的两只前爪拍片。

X 光片给满怀希望的我们带来一个沉重的打击：小熊的骨头根本没有恢复。我们几乎看不到骨头，它们正在消失！或许是石膏板质量太好、太坚固，承受了本来该由它的骨头承受的压力，而骨头需要这些压力来促使骨质矿物化。

我心里一沉，担心这头小熊不行了，它的骨头再不会痊愈了。虽然克奇纳的状况看上去不错，但这只不过是石膏板帮着它支撑身体的缘故。我们决定继续治疗，并给它更换石膏板，这意味着它要再次接受麻醉。幸运的是，熊是很容易被麻醉的“病人”，我们趁它安然入睡的时候给它拍了新的 X 光片，并换掉了旧石膏板。整个过程中我们都沉默不语。如果治不好小熊，那在它弱小的身体上加一大堆石膏真是一种罪过。我失望地返回了洛杉矶。

之后我们反复讨论小熊的后续治疗方案。西尔维奥和我复查了 X 光片和血液检查结果，并和马丁进行协商。她希望我们能带小熊去找整形外科医生看看。小站的座右铭是“不拒绝任何动物”，而“为动物不遗余力”是另一条不成文的座右铭，哪怕这里总面临着经费紧张的问题。

我们对马丁解释道，小熊的骨头无力承受要用到钢板钢钉的外科修复手术。马丁不愿接受这个解释。于是，我们用了一种特殊的技术——数字式X射线成像，给小熊拍了更多高质量的X光片。我们把照片发给一位专家，专家的建议和我们俩的一致：不要进行外科手术。

我们遍查资料，通过电话咨询相关领域的专家，也找了好几位兽医会诊，还试图找到小熊喝的奶粉的成分。尽管还没有奶粉的成分分析结果，但我们相信它早期喝的奶粉没能为小熊的健康成长提供充足营养。现在，小熊吃的是我们精心搭配的食物。

不过，这些食物是否搭配得太合理了？或许该矫枉过正，给它提供不平衡的食物，以便补充更多的钙质。这个办法有几分冒险，因为过多的钙质会在肾脏产生沉积，可是，我们仍然觉得值得一试。我们选择的药物是葡乳醛酸钙，一种专为不喜欢喝牛奶的儿童准备的、富含钙质的糖浆。我们通常会给不下蛋的鸟类喝这种药剂。克奇纳看来并不讨厌这糖浆。

两周后，我再次到亚利桑那州出诊。我们又来到当地的兽医诊所。现在，大伙儿都认识克奇纳和为它远道而来的兽医了。每个人一见到它就都爱上了它。取下它身上的石膏板后，我触摸着它的骨折处，那里还没有稳固,治疗似乎毫无进展。我的脑子里不禁浮现出“安乐死”一词。我给它安上新石膏板，决定和马丁进行一次艰难的谈话，如果我们无法令它痊愈，那么，让这头小熊承受一辈子痛苦是不人道的。

回到马丁家后，她给自己倒了一杯酒，给我倒了一杯啤酒，开始用我熟悉的命令语气说：“贝基，在克奇纳和其他三岁大的小熊一样满院子乱跑的时候，你为什么想让它安乐死呢？小家伙看上去不错，我们为什么不多给它点时间呢？”

马丁的意思是不会选择让小熊接受安乐死，这也不是我愿意做出的选择，所以，我没有回答，只是默默喝酒。我回忆起兽医学院一位整形外科医生的建议：如果小猫小狗的腿骨折了，把它们关在箱子里就能痊愈。他的意思是说，只需限制动物的活动，不需要给它们动手术。X 光片反映出来的变化往往滞后于骨头自身的变化，骨折处周围的组织可能已经愈合了，可它几周都不会完全矿物质化。

西尔维奥和我再次讨论了小熊的病情。克奇纳现在的食欲好极了，它还在继续成长，我们也看不出它有任何疼痛的迹象，因此都赞成再观察几周时间。

我再次去那里时，情况发生了变化。它变得更健壮活泼，需要再次更换石膏板。我们又给它拍了 X 光片，原本不指望能看到任何好转，然而，奇迹出现了，它骨头的轮廓出现了！

克奇纳很幸运，碰上马丁来负责它的治疗，是她坚持多给它一段时间，她是正确的。那天，马丁给我上了一课，那一课是多年前我曾在兽医学院学过的：要学会观察你的病人，而不是检验结果。

作为兽医，我见过许多未能康复的动物，所以一旦看到奇迹就会十分惊喜——这次则是喜出望外。我真的以为这头小熊活不长了。我给生产那种所谓“熊奶粉”的公司打去电话责备他们，滔滔不绝地说到他们挂断电话。奶粉的成分分析报告证明这家公司的产品完全不适合熊，他们却不愿承担责任。

我在小站前前后后工作了15年，最近，我离开小站，选择了一份教职。不过，只要有机会我就会去那里。克奇纳已经长到200磅重了，它和另一头母熊一起快乐地生活着。不过，想到它全身裹在石膏里在马丁家后院溜来溜去的模样，我不禁莞尔。感谢马丁和小站，这头熊找到了好归宿。

丽贝卡·耶茨

丽贝卡·耶茨早些年在洛杉矶时便喜欢照顾小动物，如小鸟、蜥蜴、乌龟和昆虫。她在洪堡州立大学获得学士学位，在加州州立多明戈斯山大学获得理科硕士学位，在加州大学戴维斯分校获得兽医学博士学位。完成兽医学业后，耶茨博士主要医治猫和狗一类的动物，后来，她发现了自己真正的兴趣所在：动物园动物和野生动物医学。她在加州洛杉矶的野生动物小站工作，花了近十年时间和多种野生动物打交道，包括当地的野生动物。之后她搬到东海岸，在华盛顿的国家动物园做了两年兽医，然后又回到加州，继续为小站做兼职兽医，直至得到一份教职。目前，她是皮尔斯学院兽医技术学的全职教师。人们经常看见耶茨博士骑着越野独轮车在陡峭的峡谷中行进。

变成孤儿的小白鲸

杰夫 · 博姆
兽医学博士

到 2000 年为止，全世界还没人成功地养大过一头成为孤儿的、五个月大的白鲸。无疑，我们可做的选择极为有限：可以给幼鲸配制出人造乳汁，也可以让一头刚失去孩子的母鲸收养它，或者让幼鲸提前断奶改吃其他食物。在从芝加哥奥海尔国际机场赶往密歇根湖边的谢德水族馆的路上，我思考着是否还有第四或是第五种选择。我真希望自己不曾离开芝加哥去加利福尼亚，不过又还是期盼能和家人共度假期。

意外发生在前一天，就在圣诞节这天的晚些时候，鲸鱼训练员和值班兽医安娜丽萨 · 基尔伯恩发现母鲸依米亚克的表现有点奇怪，便加强了对它的观察。依米昏昏欲睡，对训练课程毫无兴趣。安娜丽萨打电话通知我，他们都认为我最好赶回来看看。水族馆的工作人员快速行动，把母鲸和幼鲸隔离到一个单独的水池里以便密切关注这对母子。然后，他们开始慢慢降低水池的水位，并计划第二天上午给依米进行体检，此时，我正在回程的航班上。

坐在飞机上，我反复考虑着可能引发依米疾病的原因，从最简单的行动困难到严重的感染。我心急如焚，为了缓解紧张的心情，我打量着周围的乘客，猜测这些人中有谁的圣诞节会像我一样根本没有度假和旅行安排，我敢打赌，没人会接到一头生病的母鲸和她五个月大的幼鲸的求救电话。

航班一着陆，我就打电话询问最新情况。电话那头传来的啜泣声证实了我最担心的事情：依米死了。我马上体会到同事们的难过之情，完全能想象出他们伤心欲绝的表情。他们在讨论着下一步该怎么办，幼鲸很快就会饿了，得做出重大而艰难的决定——还得尽快。

我回到水族馆时，夜幕已经降临，时钟滴滴答答，仿佛在为幼鲸卡亚瓦克倒数。安娜丽萨、馆长和我一起开会讨论下一步怎么办。没有乳汁喂养，幼鲸很快会脱水和衰竭。同时，我们需要找出导致母鲸死亡的病因。这可能是个孤立事件，也可能会威胁其他鲸鱼和幼鲸的健康。给母鲸依米验尸是件困难的事情，它重达 1700 磅，这需要所有兽医和大部分工作人员花好几个小时才能完成。不过，那头 250 磅重的幼鲸同样需要我们，这意味着要和它亲近，这个任务可不同寻常。

我们决定立刻降低幼鲸所在水池的水位，这样可以给它体检并为它输液。注入电解质溶液至少可以减少它脱水的危险，并给我们留出找到解决方案的时间。水池的水位一降到几英尺深的时候，工作人员就爬入水池，慢慢围拢在卡亚瓦克身边。它是个温顺的“病人”，跪在水里的训练员们用手臂温柔地搂着它。我用一根柔软的管子伸进它的嘴里，然后再伸进胃里，安娜丽萨则用一个漏斗往软管里注入液体。

我们喂完这头幼鲸后，它缓缓地游走了。在过去的 24 小时里它经历了太多变故，无论我们为它做出何种选择，它仿佛都乐意接受。第二天，我们初步计划每隔三四个小时就给它输入液体，好保持它身体里的水分。这样，我们就赢得了时间来研究依米的死因和下一步喂养卡亚瓦克的计划。

我们手头的第一个选择——看上去也是最直接的选择——就是开始配制鲸鱼乳汁。但每种哺乳动物的乳汁配方都是独特的，无法按照统一标准来生产，要找出鲸鱼乳汁的最佳配方需要做多次试验，经历多次失败。我们当然不能用人类、狗或是马的乳汁配方来喂养幼鲸。和所有的海洋动物一样，幼鲸需要含有大量热量和脂肪的乳汁。我们可以用商业奶粉作为一个基础，但是，奶粉的需要量颇为庞大，而且还要计算出正确的配方比例。也许，我们可以使用人工喂养小海豚的方法，用混合着鲱鱼肉的浓搅拌奶油来喂养幼鲸。

我们打电话四处求助，想得到更多信息，好决定到底该怎么办。如果选择用配方奶粉来喂养卡亚瓦克，那它将是第一头按照这种方式喂养的白鲸。关键点在于要配制出富含热量的流质食品。它需要的远非人类婴儿每日所需的几盎司热量，而是鲸鱼所需的每日几加仑的热量（1 加仑等于 128 盎司或 3.7853 升）！随着幼鲸的成长，它需要的热量还将更多，我不知道标准搅拌器是否能够胜任这一工作。

给卡亚瓦克喂奶更是棘手的问题。我们无法在短时间内教会它如何喝奶，以保证它能获得今天或几天内所需的热量。因此，我们还是得着手给它插管喂奶，就像给它注入电解质液体一样。安娜丽萨和我不必参与此事——技术员和训练员就能完成。不过，喂奶的间隔时间是多长呢？

母鲸每20分钟到1小时给幼鲸哺乳一次，我们不可能用管饲法像母鲸一样频繁喂养幼鲸。事实上，我们每天能喂养幼鲸三次。我们也确实不清楚它每次要吮吸多少母乳，尽管我们猜测肯定有好几盎司。这意味着三次管饲时，每次都要给它喂大量的奶——可能重达一加仑。

我们知道这种方法开始时能奏效，因为先前给卡亚瓦克喂流质时还挺顺利。不过，这头幼鲸会继续配合还是会开始抗拒呢？管饲带来的压力会引起新问题吗？因为每次我们都得将大剂量的奶汁通过胃管输送到它胃里，肺炎可能成为管饲引起的并发症。一旦我们输入的奶过多，或是它在管饲的过程中挣扎，稍有疏忽便会导致奶汁倒流，从气管误入它的肺部。和其他动物一样，这会引发严重到致命的疾病。

最终我们会让它学会从瓶子里喝奶，不再采用胃管饲养的方式。可是，这要花费多少时日？同时，兽医病理学团队开始对依米进行尸检。安娜丽萨和我不时停下手里的工作去看看他们的进展。不过，让我们灰心的是，尸检结果没有提供明确的死因。动物意外死亡后，我们总希望至少能了解死亡原因，就像这次的依米之死。没有比无法确定死因更让人沮丧的事情了。有时，初检就能发现明显的答案，可是这次的情况不同。病理学家们在继续工作，从继续肉眼检查到用显微镜观察肌体组织，但都没有得到母鲸明确的死因，线索太少了。

我们认为最有可能引起依米迅速死亡的原因是一种难以抗拒的致命病毒感染。如果对母鲸死因的诊断正确，那该如何防止幼鲸被感染？我们只有两面下注，在卡亚瓦克当前的饮食中加入抗生素。至于感染源，我们开始了一系列的测试，希望在食物和水中找到不同寻常的病毒，这至少要花 24 小时才能得到结果。最后，我们证实依米死于丹毒，这是一种可怕的病毒，海洋哺乳动物感染它后会迅速死亡。

依米的死让大家伤心不已。它是水族馆首批引进的白鲸之一，卡亚瓦克是它的第一个孩子。这对聪明合群、魅力无穷的白鲸母子也是芝加哥媒体的宠儿。水族馆工作人员和公众都爱上了它俩，它们也代表着我在白鲸饲养项目上的成功。可现在，母鲸去世了，留下前途未卜的幼鲸。我们还为水族馆里余下的白鲸们担心，但愿杀死依米的病毒不会再危害它们。

在照料卡亚瓦克的时候，我们多次抽空去看其他的鲸鱼，想知道它们是否感知到过去几天里发生的事情。研究大象的专家曾观察到一头大象死后，象群为它哀悼的过程。鲸鱼也会如此吗？鲸鱼也像人类一样会感到伤心吗？我们无从知晓。可是，我们的确明白一件事情：不能让它们从大家眼前消失，要保证其他鲸鱼的健康。

我们针对卡亚瓦克的第二个选择是让另一头鲸鱼普吉来当它的养母。它比依米早几周生育，不幸的是，它的幼鲸只存活了很短一段时间。不知道如果另一头幼鲸出现在普吉身边，它是否会继续分泌乳汁？

之所以将普吉列入救助选项是因为，这样不仅可以让幼鲸吮吸到真正的乳汁，还能让母鲸陪伴它一起成长。对幼小的白鲸来说，第二年还在接受母亲的哺育是不足为奇的。尽管卡亚瓦克已经创下了许多纪录，但刚出生五个月的它离自然断奶期还早呢。

不过，我们也面临着许多挑战。卡亚瓦克从来没有和普吉同住过，两头鲸之间可能不会产生感情。这头成年母鲸可能会有攻击性，或者压根对幼鲸不感兴趣，还可能不再分泌乳汁了。我们要给这两头鲸鱼多长时间来建立感情呢？而在此之前，我们都不能去插手喂养卡亚瓦克。我们如何才能确定这头幼鲸得到了充足的供它生长发育的营养？母鲸的哺乳何时能开始？是否会开始？最后，面对这项选择中众多的未知数，我们只好决定放弃。如果选择由普吉哺育卡亚瓦克，就意味着这头幼鲸的命运大部分都不在我们的掌控之中了。

午夜后，水池的水位重又降低，好再一次给幼鲸输液，这让工作人员疲惫不堪。而另一方面，卡亚瓦克的表现却仿佛是夜幕才刚刚降临，它好像是在寻求关爱，不停地游到水池旁的训练员身边，显然，它希望他们到水里来陪伴自己。

我们读懂了暗示，开始轮流陪着卡亚瓦克游泳。训练员们轮番执行这项任务，真不像是在工作。他们陪在这头好奇的幼鲸身边，或是躺在它旁边的筏子上，它经过训练员身旁时，会蹭蹭他们的手。如果卡亚瓦克是在表达哀思，那它同时也是个实用主义者。它很快学会了从何处得到它想要的慰藉。这些浑身湿漉漉的人也许不算游泳健将，却是它能接受的新同伴。

我常常惊讶于人类对白鲸的了解已如此深入，同时也惊讶于我们依然有许多东西要学习。尽管从图书馆的书堆里无法找到将成为孤儿的白鲸喂养长大的方法，但我们会发现，全世界的兽医都勇于创新和想象，并乐于分享经验。我们再次进入世界水族馆的网络系统，想探索我们想到的第三种选择：让卡亚瓦克直接断奶吃鱼。

从未有人在幼鲸身上试过这种方法。可是，我们听说过几个关于海豚的故事，那令人兴奋不已——小海豚在还需要哺乳的时候就开始吃整条鱼了。我们还听说过一头六个月大的海豚成功断奶的故事，虽然这只是同事们听来的故事，没有在经同行评议的科学文献上记载，但对我们而言，这种方法的诱惑力巨大。从多方面考虑，这是三个选择中风险最小的一个。一般都认为六个月大的鲸鱼还需要母鲸的乳汁喂养，但如果六个月大的海豚能够以鱼为食存活下来，幼鲸为什么不能呢？再说，我们相信可以教会卡亚瓦克吃鱼。

我们紧急开会讨论这个办法。兽医、管理员和训练员们各抒己见，水族馆的馆长逐一考虑。我们通过电话咨询专家并检索文献，从美国国内动物医学的研究成果中获得了一些资料，不过没有得到明确的答案。但此时唯一错误的答案是不行动，因此，我们都快速行动起来。

第二天一早，晨曦微露时，我们已经做出了决定，让卡亚瓦克断奶，改进固体食物。通过这种方法才能掌控它的营养和食物摄入量。我们会定期给它称体重，监控它的健康状况，必要时，还是可以用管饲法给它提供液体和乳汁。我们把强效药物治疗、动物专家的照料和强化动物训练三者结合起来，我们要教会卡亚瓦克如何进食，如何独立生活，不再依赖我们——这是迟早的事情。

12 月 29 日，卡亚瓦克吃了第一条鱼。那次一共吃了三条鲱鱼。虽然它用疑惑的目光看了我们一眼，但好像并不排斥这种食物。当天它共吃了 2.5 公斤的鱼，大约是我们算出的它每日所需食量的 20%。我们继续给它提供液体和抗生素治疗。第二天，它的食量涨到 3.5 公斤。到那周末为止，它已经学会游到训练员身边进食，并得到训练员的爱抚。三周后，它已经急着到训练员处索要鱼食了。

一切正如我们所料，最初，幼鲸的体重下降了，不过，它两眼有神、精力充沛、反应敏捷。它非常喜欢新食谱，食欲也在不停增长。两个月后，幼鲸的体重已经大大增长，可以和其他鲸鱼一起生活了。

依米去世以前，卡亚瓦克和妈妈一起生活在一个单独的水池里，没有和其他白鲸住在一起。它们只能通过被网格隔开的水门和其他白鲸交流。我们想通过这种方式把白鲸生育期间的并发症降到最低，并减轻其他鲸鱼攻击新生幼鲸的风险。母鲸对自己的孩子有强烈的保护欲，另外，母鲸有时会想偷走别的母鲸的孩子。现在，我们一步步安排让卡亚瓦克慢慢接近这些成年鲸鱼，一次接近一头鲸鱼，总共要花好几十天时间。每次，我们打开连接它的水池和别的鲸鱼水池的水门，让它和一头不认识的鲸鱼见面，这种会面都让我们感到几分不安。

在生育卡亚瓦克之前，依米一直是鲸群中的头鲸。鲸鱼族群的社会性表现很大程度上依靠遗传，我们不清楚卡亚瓦克是否从母亲处继承了优势地位。鲸鱼的社会动态是复杂的，我们了解到的白鲸族群的等级制度只是冰山一角。依米死后，情况可能已经难以预料。

果然，虽然它妈妈曾是鲸群中的头鲸，卡亚瓦克却没有赢得相应的地位。相反，它在水池中处于最底层，常有大白鲸想侵犯它。不过最后，它稳住了自己的位置。渐渐地，它学会了在新水池中如何与鲸群相处，在鲸群中的地位日渐稳固。

即便如此，卡亚瓦克还是和我们保持着紧密联系。它会时不时瞟瞟它的人类同伴，仿佛是在冲我们眨眼点头，好让我们明白它会成功的。

我们和它之间建立起了特别联系。现在，卡亚瓦克是水族馆白鲸群中的“年轻人”，是鲸群中不可缺少的一分子。游客无法分辨它和其他鲸鱼，可是，水族馆里的每个工作人员一眼就能找出它来。

卡亚瓦克的故事起初令人悲伤震惊，可结尾却是美好的，给我们留下了难以磨灭的印象。那年冬天我们学到了一切——包括白鲸的营养、传染病和习性方面的知识以及我们如何改善环境、做出艰难的决定和勇于冒险——也许，最难忘的是卡亚瓦克带给我们的启迪，它教会了我们适应和生存，这头可爱的鲸鱼向我们索取关爱和陪伴，我们也乐于给予它这些东西。

杰夫·博姆

杰夫·博姆在加州大学圣地亚哥分校获得兽医学学士学位，在加州大学戴维斯分校获得兽医学博士学位。他在南加州完成了小动物医学的实习，然后在洛杉矶动物园当临床兽医。1992 年以来，博姆博士一直在芝加哥的约翰·谢德水族馆工作，目前任动物健康和保护科学部高级副总裁、路易斯家族保护协会主席，负责监督水族馆的兽医部门并开展许多科学保护活动和五大湖区动物保护项目。博姆博士对水生动物的保护非常感兴趣，尤其重视动物园和水族馆在野外和研究工作中担任的角色以及它们最终在公众眼里的地位。

技术支持 II.

核磁共振能提供清晰的乌龟影像，激光能减少鱼类在外科手术中的出血量，超声波能探查到大猩猩的心脏病，整形外科手术适用于鸟类，牙根管填充术已经应用于狮子、老虎和狗熊。这些动物都会在麻醉状态下接受脉搏氧饱和度、心律、血氧饱和度监测。在医疗技术的帮助下，兽医能及早做出诊断，更准确地预测结果，成功地对症下药。

考虑到动物医学涉及的物种和潜在问题众多，兽医有时会创造性地采用某种技术来解决问题，可能是将一种众所周知的技术应用到不熟悉的物种身上，也可能是用一种新型医疗器械代替传统器械。

然而，将这些技术应用到野生动物身上的过程绝不只是例行公事。即便是最简单的技术也需要根据不同的动物做一定程度的改变。为了进行适度调整，我们会和其他医疗领域的专家们合作，包括家畜和大型家畜的兽医、内科医生、医疗技术人员、动物及人类的牙医等。更具有挑战性的是，我们必须让大部分病患接受束缚、麻醉或几个月训练，这样，它们才能忍受哪怕是最简单的医疗检查过程。比如，要给一头患病的章鱼拍 X 光片，那就需要三双手来按住它的众多腕足，再加上一桶水，还得准备可溶于水的麻醉剂待用。

用 X 光机给动物拍片是将医疗技术应用于动物医学的一个最佳例证。在 X 光片上，无论是人还是动物，其骨头和软骨组织都呈现出白色，内脏都是灰色的阴影，含有空气的组织看起来则是黑色的。X 光片能显示出“患者”的骨骼，包括它的牙齿，还能显示出“患者”主要组织的轮廓，如心肺、肠道、肝肾和膀胱。

动物的体型大小决定了装胶片的暗盒大小，也决定了成像所需的电量大小。人类在牙科医生的椅子上咬合牙齿便能照出牙齿的 X 光片，这种大小的胶片可适用于小型动物的全身照片，如蜂鸟、小鱼和蛙类。要是给小型哺乳动物，如海岛猫鼬和猴子拍全身照，或是给大型动物的身体局部拍照，如狼的喉部、老虎的腹部、貘的头骨或是斑马的蹄子，我们就需要使用标准暗盒。无论是在设备齐全的兽医院或是在野外进行检查，几乎都需要麻醉或轻微束缚住“患者”。

解读 X 光片又是另一项挑战。人类 X 射线解剖学的相关经验和知识对于准确地解读野生动物的 X 光片至关重要，虽然解读的结果可能有所不同。大猩猩的 X 射线解剖大部分与人类相同，不过还是有一定差异，不仅包括手掌和头骨相对于身体的大小，还有颈下和腋下存在的小气囊等等。鸟类也有气囊，鸟的一些骨头里充满了气孔。当然，物种间存在着许多不同之处，鹦鹉的 X 光片看起来和鹰的差别很大。

随着数码照片和数字式 X 射线照相技术的诞生，许多兽医使用电子邮件来传送 X 光片，以便向其他研究机构的专家请教。总的来说，我们这一行很快利用了互联网的好处，互联网不仅是交流工具，还经常是我们首先想到的，可以寻找最新医疗技术支持的好地方。

下面的故事里，兽医们显示出了运用先进或原始技术的创新精神：他们尝试着给犀牛钉上马蹄铁以减轻其脚伤的痛苦，用光学纤维仪器救治大熊猫，运用大型的便携式生命维持系统长途运送鲸鲨，给猎鹰做整形外科手术，让蛙类受益于新麻醉术……

露西·斯佩尔曼

犀牛脚上的鞋子

露西·斯佩尔曼
兽医学博士

莫罕的脚伤必须得到更好的治疗。兽医和技术人员正急于切掉它脚上的患病组织，鲜血从它脚垫上流下。犀牛的脚可不小——每只脚直径都有十英寸。地上逐渐堆积起扔掉的脏纱布和毛巾。下一步是包扎它的伤脚，然后让这头犀牛翻个身，处理另一侧的脚伤。我们并不担心它流血。在莫罕治脚过程中，即便它流失几品脱（英美容积单位，1 美制湿量品脱约等于 473 毫升）鲜血，也不会有损于这头 5000 磅重的动物。

其实，我们很高兴看到它脚上流出鲜红的血来。这想法有点古怪吧。因为那些黑色的腐坏组织嵌在它脚趾间和脚底的裂缝里，已经妨碍了血脉流通。它的后蹄病情最严重。我们修剪它后蹄的外层组织，一直要剪到露出健康的组织为止，这时才会有鲜红的血液流出。我观察了一会儿修脚的团队，估计着还需要麻醉犀牛多长时间。然后，我把注意力转回到犀牛身上。虽然我们之前已经多次给它修过脚，但要让一头犀牛顺利进入麻醉状态并安全醒来，依然需要兽医打起十二分精神。

32 岁的莫罕是基因优良的圈养独角大犀牛中最老的一只。三年前，也就是1998年，它抵达华盛顿特区的国家动物园时，人人都指望它能和母犀牛米琪繁殖后代。它从未繁殖过后代。我们清楚它有脚伤的病史，不幸的是，它的脚病一直未能痊愈。尽管这两头犀牛相处融洽，米琪对莫罕的兴趣浓厚，但莫罕则相反，因为它的脚伤在继续恶化。

好在麻醉莫罕并不算很困难。它静静地站着，等待接受麻醉注射，十分钟后，药物发作，它便轰然倒地。有时，它会走到圈舍中间倒下，这样我们的工作就更顺利些。有时，它会把大鼻子伸进角落里，得动用绳索和好几十号人才能把它拖到正确位置。我在它耳朵里放进一根导管，给静脉注入肌肉迟缓剂，再往它鼻孔中插入一根橡皮输氧管。一旦它的生命体征保持稳定，团队中的其余人员就开始行动，给它修脚。

考虑到它的年龄及可能出现的并发症，莫罕要一直保持在轻度麻醉状态。如果出现了一丁点儿危险征兆，我就要立刻弄醒它。轻度麻醉方式意味着不能有噪声和亮光刺激，我们便用布帘遮住它的眼睛，用纱布堵住它的耳朵，还有一支装满麻醉剂的注射器备用。

我掀起犀牛的蒙眼布，凝视它深色的大眼睛。即使是被麻醉的动物也会有某种面部表情，这种表情能反映出它们的精神状态。莫罕没有眨眼，也没有盯着我看。它的眼睛张得大大的，这是麻醉的副作用，也是麻醉过程中本阶段的正常表现。我给它抹了点眼膏以保护眼角膜表面，然后盖上了眼罩。

该检查它耳朵的抽动反应了，我挠了挠它耳朵上部的毛发，很好，没有反应。一大块棕色耳垢沾到我戴着手套的指头上。我摆弄了一下输氧管，它没有喷响鼻，呼吸声也没有变化。监测仪显示它的心率正常，血氧饱和度良好。我把手伸进它嘴里摸摸它的下颌骨——肌肉有抗拒反应。看来，在工作人员把它翻过来之前还需要再麻醉它一下，否则，它可能会踢人，或甚至想站起来。我还闻到了它嘴里喷出的臭气，要是有时间，也许该清洁一下它的牙齿。

“保罗，怎么样？”我问大型动物兽医保罗·阿尼基斯博士，他一直是动物园顾问组的重要成员。今天凌晨，他从弗吉尼亚州的乡下驱车90英里赶来，这会儿才早晨七点半。

“露西，它的几只脚简直是一团糟。我们今天要试着给它用药，就像给马治病那样，至少治疗后蹄。我认为口服抗生素不会对这些伤口有效。”保罗摇摇头说，“看起来这些趾垫就是问题所在，它们让犀牛疼痛难忍。如果我们可以对趾垫进行头孢类药物的静脉注射，就可以减少这些肿胀，我们正在准备药品。”

莫罕需要修脚时，它的性情会有所变化。

一般来说，它从不会错过享受美食和给肚子挠痒痒的机会来做普通非麻醉状态下的例行修脚。它的饲养员爱兰已经教会它站在馆舍的栏杆旁，尽量挨着栅栏，好让饲养员靠近给它做例行修脚。在其他饲养员用红薯分散它的注意力时，爱兰就可以给它稍稍修下脚了。

不过，爱兰只能修剪掉多余的组织。犀牛每只脚上有三个脚趾，而莫罕的脚趾与脚底间的皮肤生长出现了异常。从某种程度上讲，裂口处的皮肤组织让污垢和病毒有可乘之机，引起了感染，它的脚因此肿胀起来。莫罕的脚一用力，感染的皮肤就会疼痛，导致它无法站立。因为四只脚都被感染了，所以它连一瘸一拐地行走都不行。

于是它性情大变。它会避免长时间站立，拿它最爱的洗澡来说，它不再享受长达一小时的淋浴，而宁愿躺在圈舍中央。它的眼皮和耳朵都耷拉着，它也很少走到栅栏边来。如果出现这种情况，我们就得让它在麻醉状态下接受一次全面的修脚治疗。

我跪在莫罕的大脑袋旁，再次观察它的情况。保罗还在为它修脚，他用一根绳子做止血带，绑在犀牛的跗骨和中骨关节处（即脚踝）下面。他通过一条顶端带针头的短管——蝶式导管，很快找到了静脉并开始进行药物注射。他又给莫罕注射了一些利多卡因，这是一种局部麻醉剂，能保证它不会感到疼痛。

至于绷带，保罗开始用的是棉布和纱布，外面裹上叫做“兽医包”的弹性材料。对于如何给它包扎，我们做过多次试验，也经历过多次失败。我们最初扎的绷带只用了几个小时，莫罕弄湿了脚，把绷带踢掉了。我们希望绷带能把它的脚包上一两天时间，这样才能让它在修脚后保持脚部清洁。到底用哪种绷带呢？最终的答案是胶带，这种宽大的深色粘胶带可以粘住任何伤口。那天我们准备用的胶带有个好听的名字——鸭牌胶带，商标上画着一只站在水洼里的黄色小鸭。

大伙儿都在等着我再给犀牛一点儿麻醉剂，然后把它的脚压住，推着它翻个身。莫罕翻身时，大脑袋沉沉地压着我的大腿，像是把我钉在了地上。我调节了眼罩后又开始检查它的眼睛，没有发现什么变化。追加的麻醉剂起作用了。我忍不住想轻轻拍拍它的脖子。它粗糙的皮肤摸起来就像带褶皱的水泥，让我想起拉迪亚德·吉卜林（英国小说家、诗人、诺贝尔文学奖获得者）的一个描述：凹凸不平的盔甲。

30 分钟后，保罗正好包扎完第二只后蹄，莫罕突然眨眨眼，瞪大了眼睛。最初的麻醉剂按预计时间渐渐失效。又过了 30 分钟，大部分工作人员和仪器都撤离后，我给莫罕注射了一针，好退去麻醉剂的余威。我监测了一遍它的生命体征，拔去了导管。爱兰和我站在它头部旁边，她的鞋上还沾着犀牛血。在给莫罕修脚的过程中，爱兰总是弯腰帮忙握住犀牛脚，现在已累得疲惫不堪。

在等待清醒剂发挥作用时，我轻声对她说："它过几天就会好些了。"

爱兰答道："我明白，只是希望它能别遭这份罪，它年纪太大了。"

清醒剂开始奏效，莫罕长长出了口气，翘起了鼻子。我们扯出了它耳朵里的纱布，揭开眼罩，退到栅栏外。莫罕摇摇晃晃地站起来，血水从脚弯处滴下来。它走了几步，甩了甩裹着绷带的脚，胶带没有脱落。它又一次挺过了麻醉这一关。两小时后我再来看它时，它已恢复了正常。

按照以往的经验，犀牛的伤情在修脚后会有所好转。但同时我们也清楚脚伤没有完全根除，几个月后，感染会再次缠上莫罕。事实上，它一生都遭受着脚伤的折磨。很久以前——那时它还没来华盛顿，生活在佛罗里达的一家动物园——它的脚伤就已经发作了。或许，这次注射的抗生素会赶走细菌，推迟脚伤复发的时间。但我和爱兰一样，担忧它还能几次成功地挺过麻醉关。

数月后，我参加了一次兽医会议，在会上提出了犀牛的脚伤问题，本以为会听到大家老调重弹：再给它修脚，或是用抗生素给它洗脚。不过，这一次，马克·爱金逊博士谈到他所了解的大型独角犀牛在野外生存的情况。这种犀牛主要生存于印度、尼泊尔、不丹和泰国，也叫做印度犀牛，它们总是生活在潮湿的草地和泥坑里。

马克建议动物园大力改变犀牛的饲养方式，仅有一个供犀牛游泳的池子不够，还要提供它们所需的沼泽和泥坑，让它们远离砾石和水泥地，这样能减轻犀牛脚掌承受的压力。他还指出，许多动物园里的犀牛体重超标，更加剧了犀牛的脚伤。动物园为什么不给犀牛提供更好的环境呢？部分原因是由于人们不了解这种动物需要哪种环境来保持健康，还有一部分原因是建造泥塘会增加成本。天气影响也是原因之一。

在华盛顿，莫罕拥有专属的室外池塘和泥坑，大部分时间都待在那里。不过，冬天它主要在室内避寒。莫罕的脚伤就是从初冬进入室内生活后开始恶化的。

马克博士用图片为大家展示了生活在尼泊尔一带野生犀牛的正常的脚，还有圈养犀牛带有伤病的脚。犀牛的脚有三个脚趾，一个足垫，每个都和外层坚硬的马蹄相似，延伸在外，保护着内凹的脚底。健康的野生犀牛靠脚趾走路，因为它们一般在柔软的地面行走，所以它们的脚趾甲不耐磨。相比之下，圈养犀牛的脚趾甲更短，脚底则是平的。

我猛然醒悟了，莫罕的病因清晰地展现在我面前：它一生都在坚硬的地面上行走，所以脚趾甲完全磨掉了，暴露在外的脚底和足垫承受不了体重。潮湿的地面或许能避免这种情况发生，可以从根本上解决这个问题。不过，现在这头犀牛的脚伤正处于恶性循环状态，每次我们剪掉脚底附生组织，脚趾甲又会出现问题。它主要是在靠疼痛的脚底行走。

我请保罗过来看看莫罕，好顺便给他看看马克的一些照片。马克的发现让保罗想出了新点子。

“那好，我们给它穿上鞋子吧！”他说。

“鞋子？”我惊奇地问，“保罗，你疯了吧？我们怎么可能给犀牛穿鞋子呢？”

“没问题，我们可以把鞋子粘上去。我已经试过给美国马术队的盛装舞步马穿上铝制鞋子，因为铝制鞋轻便，也用不着钉马掌来固定鞋子。我们使用的是环氧树脂和玻璃纤维来粘牢鞋子，你知道的，就像你们修补海龟壳一样。要是我们能让它靠脚底站起来，减轻它脚趾甲的压力，那它的脚伤就可能好转。”

“可是，我们难道不需要再次取下它的鞋子吗？”我问，担心我们和犀牛不知道要经受多少次麻醉关。给犀牛的脚底粘上铝制鞋子，我越想越觉得这主意太离奇了。我的脑海中浮现出两个场景：一个是犀牛从麻醉中苏醒，在馆舍里跑来跑去，踢掉了鞋子；另一个是胶水把鞋子永远粘在了犀牛的脚上。

“不，鞋子最终会磨损掉的。大多数人可能甚至不会注意到它穿着鞋子。”保罗思索片刻后说，“把它后蹄的尺寸寄给我——那里的伤情最严重——如果饲养员能搞到的话，我还想要它脚印的描图。我会先预制一双鞋子，这样进展会快点。我认为这件事早做比晚做好，免得它的脚伤再次恶化。”

给莫罕穿新鞋的时刻终于到来了，我们都很兴奋。它的后蹄又被感染，而且面积扩大了，相比之下，前蹄的伤情还不太重。经过修脚和抗生素注射后，保罗从包里取出鞋子。我想象过类似的厚底鞋，不过，这些鞋子看起来像是标准的马蹄铁，只是没有洞，形状也略有差异。当然，不同之处还在于莫罕的每只后蹄上要穿三只鞋子，每只脚趾上各穿一只。

保罗开始准备用环氧树脂粘鞋子，他先检查了每只鞋子的尺寸和形状，中间脚趾上穿的鞋子像字母 C 的样子，要比里面和外面的脚趾头上的鞋子大一点。因为犀牛站立时，脚趾是伸展开的，三只鞋子就能承担大部分体重；它的足垫承受余下的重量。鞋子间连接的部分起到代替脚趾功能的作用。

保罗的行动迅速，犹如闪电。他在每只鞋子内层涂上薄薄一层胶水，空气中弥漫着胶水的刺鼻味道。然后他把鞋子贴到犀牛脚底靠近脚趾边缘处，再往凯夫拉玻璃纤维带上涂抹更多胶水，用纤维带捆住鞋子，这就像邦迪创可贴的作用，能帮助伤口快速愈合，并延长鞋子的寿命。

保罗用力压了一阵鞋子，好让胶水粘得更牢固，再轻轻包扎好犀牛的脚，今天没必要使用鸭牌胶带了。我们希望绷带在黄昏前脱落，这样莫罕就能用新鞋子走路了。莫罕穿上所有鞋子后，我不由赞叹：“哇，好漂亮的鞋子！我敢打赌这是独角犀牛世世代代中的第一双鞋子！”

“没错，我很高兴，看上去棒极了。我们看看它苏醒后的反应吧。”

快到中午时，我回来查看莫罕的情况，它正懒洋洋地站着吃草。爱兰冲它笑笑，老莫罕真是好样的，又一次从麻醉中苏醒了。

莫罕脚上的绷带已经脱落了，它朝我们走过来，脚踏在水泥地面上，发出轻快的踢踏声。它的大独角在挨着一个个栏杆搜寻胡萝卜。治疗时给它涂的眼膏渗入到眼睛周围，使它的眼睛看上去仿佛比平时更圆更黑。莫罕看起来格外轻松平静，我们认为鞋子已经开始减轻它的负担了。爱兰取笑说，它大概随时能跳一曲踢踏舞了。

莫罕鞋子的寿命比我预期得还长。虽然内外两个脚趾上的鞋子三个月后脱落了，但中间脚趾上的鞋子又坚持了六周时间。尽管再次发生了慢性感染，但莫罕的脚趾甲确实长出来了。它和米琪后来离开动物园，到一个气候更潮湿温暖的地方去了，我们给它治好了脚伤，使它今后在动物园里的生活能更轻松惬意。

露西·斯佩尔曼

露西·斯佩尔曼在康涅狄格州乡下的一个奶牛场长大，熟悉各种动物。在读中学时，她总是盼望着“穿旧衣服的星期三”的到来，因为一位老师提议在这天到野外去探寻大自然的踪迹。她在布朗大学获得了生物学学士学位，在加州大学戴维斯分校获得了兽医学博士学位，在北卡罗来纳州立大学完成了博士后工作。她在1994年获得美国动物医学会的专业资格认证。她曾在史密森国家动物园工作了将近十年时间，先后担任临床兽医和兽医部主任之职。2006年10月，她参加了山地大猩猩兽医项目，成为这个以非洲为基地的项目的地区经理。斯佩尔曼博士乐于通过各种媒体与大家分享自己的工作。除了写作之外，她还在数十部电视纪录片中和动物一起出镜，是许多媒体和自然探索类传媒公司的教育部咨询顾问。谈到目前动物保护面临的挑战时，她说：“我们每一个人都有责任保护动物。”

熊猫之乡的大熊猫

卡洛斯·桑切斯
兽医学博士

故事发生在2005年，我来到中国成都，准备给一只患有无名肠道疾病的雌性大熊猫做结肠镜检查。这只叫做“亚罗达”的熊猫体重一直在减轻，毛色也变得黯淡，几年都没有发情迹象。此外，中国同行们还挑选出另外几只患有慢性病的大熊猫，计划让它们在麻醉状态下接受一次全面体检——包括内窥镜检查和腹部超声波检查。

我在华盛顿的史密森国家动物园担任兽医时，经常到中国出差。虽然到一个语言和文化迥然不同的地方工作是一个挑战，但我还是喜欢成都这个多雾的城市。熊猫基地有30多栋建筑，供260头大熊猫生活。我已经参与过大熊猫的例行检查，即便如此，在对大熊猫进行检查的前夜，还是难免感到几分紧张。我知道自己是少数几个能有机会照料大熊猫的兽医之一，它们可是人见人爱的世界级珍稀动物啊。

我一直记得1981年7月的一天，在墨西哥城的查普尔特佩克动物园里，中国境外的第一头熊猫幼仔出生了。我当时12岁，几个月后，妈妈带着我和弟弟妹妹去看这头熊猫幼仔“多威”。我们排队等了五个小时才来到大熊猫馆舍的玻璃窗外。因为人山人海的游客，我们只能看几分钟。我们等得心急如焚，才看到熊猫妈妈转过身来，那只全身黑白相间、毛茸茸的小家伙正想爬到妈妈的臂弯里。眼前的熊猫妈妈“迎迎”和它的宝贝让我意识到它们是一种奇妙的动物。可是，我从未想到这种来自异域的物种有一天会成为自己职业生涯和生命中的焦点。

多威14岁时，我完成了兽医学院的学业，同年，成为查普尔特佩克动物园的一名兽医。我的一个梦想终于实现了，那就是在这所动物园工作——园内当时有六只大熊猫。不过，我还想继续求学。不幸的是，墨西哥国内没有能让我接受更高等级兽医学教育的学府。为了成为一名优秀的兽医，我做出一个艰难的决定——离开墨西哥。我去了伦敦，凭着英国政府提供的全额奖学金在皇家兽医学院完成了硕士研究生学业。然后，在华盛顿的史密森国家动物园进行了三年动物医学实习。

我开始学习时，华盛顿最受欢迎的大熊猫“兴兴”因年纪太大而刚刚去世。不过，两只年轻的大熊猫“美香”和“天天”正在从中国运往美国。这两只活泼俏皮的熊猫在动物园里大受欢迎。像墨西哥一样，参观大熊猫的美国游客同样络绎不绝，参观时间也十分有限。游客们想了解更多大熊猫的情况，动物园工作人员和研究它们的科学家们也抱有相同想法。经过多次实验，美香通过人工授精的方法怀孕并产下了第一只幼仔“泰山”，这是令所有人兴奋的时刻，尤其是我，因为那年我完成了学业，刚成为史密森国家动物园的兽医，我的第二个梦想也实现了。

这次繁忙的成都之行，我们计划在三天内检查八只熊猫——其中几只有肠道问题，包括亚罗达在内。第一天工作进展顺利，然而，当我们准备第二天的检查时，有人不小心碰了一下内窥镜架，纤维内窥镜（一种极昂贵的专业设备）掉到了水泥地上。我伸手去抓，不过没够着。我仿佛是身处电影慢镜头中，眼睁睁看着这个精密设备的基座落到地面，镜头裂成三块。屋子里一片沉默。按计划明天给亚罗达检查时，需要用这个仪器来观察，不用说，人人都知道问题的严重性。

我查看了设备损坏情况，连接摄像机和观察仪的地方摔破了。没有摄像机，我就无法连接电视监视器，也无法向中国同行们展示和解释观察到的熊猫胃肠道情况，更无法对检查过程做文献记录。没有摄像机，观察仪几乎毫无用处。

我一边下决心要解决这个难题，一边把要使用的医疗器械收到一起，有医用胶带、剪刀和医用发推。临时修理好的内窥镜无法使镜头提供完美的图像，不过，这总比取消亚罗达的检查好。几个月来，它一直忍受着某种胃肠疾病的困扰，我不想让它再失去接受诊断和治疗的机会。

修理好设备的关键部位后，我们开始重温次日的安排：先给亚罗达检查，接着是另外两只熊猫。我们一大早便要开始工作，先装好并检查设备，其中包括我从美国带来的几个塑料箱子，里面是兽医专用设备。所有准备工作就绪后，我们再把混合麻醉剂装入注射器中，注入大熊猫体内，将它们麻醉。

我还特地简要介绍了使用内窥镜检查的技术。每次向中国同行做完介绍后，他们都会对自己的医术更有信心，相信总有一天，他们会亲手做同样的检查。等大熊猫安静下来，我们把它从睡房挪到一间有手术台的房间里。我们在它气管里插一根管子好保护气道，又在它手臂的静脉上插上一根导管，以便在麻醉状态下给它输液。它将接受口腔检查、腹部触诊、血液样本检查和内窥镜检查，最后这项检查将在刚修复的专业纤维内窥镜下进行。我们会把内窥镜深入它的胃部（胃肠道）和结肠，每次检查至少需要两个半到三个小时，对亚罗达来说，检查时间或许还要更长，因为我们知道它的病情最严重。

在给亚罗达体检的前一天晚上，热情好客的主人们请我们到一家餐馆吃饭，我们享受了一顿色香味俱全的川菜。和中国同行一起，我觉得非常放松。虽然大多数中国传统和墨西哥传统不同，但有些东西还是一致的，比如说，川菜味道辛辣，墨西哥菜也是如此。还有，和墨西哥一样，在中国，人与人之间的友情和信任是可以通过吃饭来建立的，这里的交际手段常包括饮用传统的中国白酒，当然，如果第二天早晨要给大熊猫实施麻醉就不行！（事实上，我们用茶代替了白酒。）中国白酒味道浓烈，不像墨西哥的龙舌兰酒，但我们都盼望这三天工作结束时举行一次热闹的宴会。

第二天清晨，成都街头不停传来的汽车喇叭声吵醒了我，就像烦人的闹钟。我乘出租车到了大熊猫基地。对“患者”实施麻醉前，我总喜欢先看看它们，所以我找到兽医部主任，和他一起去看亚罗达。它还躺在一个木头平台上睡觉，周围堆着许多竹子和树叶。看起来它整晚都没有进食。室外气温很高，而房间里的温度凉爽宜人，可亚罗达看上去却有不适的感觉。我能看到它的粪便是软乎乎的，不成形。

亚罗达体型瘦弱，腹部有点肿胀，皮毛灰暗粗糙，虽然只有八岁，但它看上去比实际年龄更老。我已经了解到，几年以来，它的粪便都软得不正常，常规治疗对它不起作用。在中国，常规治疗包括传统中医治疗和抗生素治疗。尽管我不清楚为什么以前的治疗对它无效，但是我相信，如果能做出明确的诊断，就可以实施不同的治疗方案，并可能最终治愈它的疾病。

整个团队都赞成对亚罗达进行结肠镜和胃镜检查。我们不确定它肠道的哪一部分受了疾病影响，只能从它胃部和大肠上取些样本在显微镜下观察，希望通过这种方式解开它长期患病之谜。

亚罗达非常温顺，治疗前情绪很稳定。熊猫基地的一位兽医用麻醉枪向它射击时，它轻轻跳起来，可马上又坐下，温柔的黑眼睛望着我们。我总感觉它心里明白我们是来帮助它的。它肯定认为这么多人如此关注自己真是件怪事。慢慢地，麻醉剂的药效发作，它进入了梦乡，在麻醉状态下表现良好。

虽然我仍然担心在使用过程中内窥镜会断裂，但我们没有其他选择，只能放手一试。

亚罗达侧身熟睡着，我们在它嘴里放了一个开口器，防止它的利齿咬坏内窥镜。我把内窥镜缓缓伸进它嘴里，先进入喉咙后部，再深入食道和胃部。在摄像机和电视监控器的帮助下，我们能根据图像诊断病情。它的胃部没有发现异常，我们决定不提取胃部组织活检，而是继续观察结肠。我把内窥镜从它嘴里拔出，转而放入结肠。目前我们没有发现它的病因，这仍是个未解之谜。

等亚罗达大肠的影像显示清晰后，我们看见大肠内层，或者是大肠的黏膜好像不正常，甚至有发炎的迹象。黏膜本应呈光滑的粉红色，而现在却出现了不正常的红点。我们找到答案了！按照人类临床医学的程序，我们从它的肠黏膜上取下了许多细小的样本，用显微镜加以观察。正如我们估计的那样，在肠黏膜的细胞中发现了严重的炎症，这与结肠的炎症是一致的。根据这些发现，我们建议给它进行一种特殊的抗炎药和抗生素相结合的治疗。

亚罗达可能终生都需要接受这种治疗。因为熊猫的寿命可能长达25至30岁，这就意味着它要接受20多年的治疗。我真担心它是否能承受这种治疗，因为大熊猫对混有药物的食物很敏感，而药物还可能导致消化方面的副作用。我们给亚罗达送去一片沾有药物的苹果，它居然安然接受了，真让我们感到惊奇和安慰。后来，它证明了自己是个了不起的“患者”，从第一天开始就乖乖吃药。它的肠道疾病马上有所好转，大便也恢复了正常。

我再次来到成都时，首先便去看望亚罗达。它的体重增加了，皮毛更厚了，也更有光泽了。它看起来欢快调皮，精力充沛。多年来，它第一次进入了繁殖期，因为之前一直生病，所以它的发情期也不正常，繁殖基地的工作人员认为它不适合怀孕。既然现在它已经恢复了健康，工作人员便给它进行了人工授精，过程和人类的相似。我们希望在不久的将来，亚罗达能当上母亲。

就我个人而言，这次经历不仅能让我有机会帮助一个温顺的生灵恢复健康，要是亚罗达能怀上孩子，也许我还对这种珍稀物种的保护有所贡献。一想到这些，我的内心无比快乐。大熊猫正在全世界巡展，并得到当地兽医的精心照顾，可是，在大熊猫的故乡，人们正在研究这种动物。我希望下一次去成都时，还能见到所有的好朋友——其中当然包括亚罗达。

卡洛斯·桑切斯

卡洛斯·桑切斯在墨西哥城的墨西哥民族自治大学获得兽医学学位。1992至1997年，他在墨西哥国家动物园和查普尔特佩克动物园工作。借助英国政府资助的全额奖学金，他完成了在伦敦皇家兽医学院的学业，获得野生动物健康的硕士学位。回到墨西哥后，他为墨西哥动物学会工作了一段时间，随后于2000年前往美国，成为首位拉美裔的动物医学实习生。2003年，桑切斯博士结束了在史密森国家动物园的实习工作，并留在那里做了一名兽医。他目前的兴趣主要包括麻醉的临床研究和培训拉美裔的兽医，喜欢参与那些能让他到异地工作并结交新朋友的活动。他在一些兽医学月刊上发表过文章，是美国动物医学会国际委员会的联席主席。

飞来的鲸鲨

霍华德·克鲁姆
兽医学博士、文学硕士

有人大呼："鲸鲨卡住啦！"

我脱口而出："鲸鲨卡住了，快说，你这话到底是什么意思？"虽然我十分清楚，训练有素的兽医要保持冷静和镇定——这是医生自信心的核心支柱——但此刻我的神经已接近崩溃了。

我旁边的大个子指着下面的一个气压脚轮，正是这几个脚轮支撑着装有鲨鱼和海水，重达25000磅的玻璃纤维箱子。他重复道："我们被卡住了！"脚轮被卡在崭新的水泥地面上一道小裂痕里。

我叹了一口气："老天——你简直是在和我开玩笑。"目的地就快到了，准确地说是只有27英尺远。我们刚刚把这两头叫做"拉尔夫"和"诺顿"的鲸鲨从8000英里外运来，现在目标就在眼前，我们却陷入了困境。在佐治亚州水族馆新的开放式海洋馆宏大的开幕式上，这两头巨兽将成为最耀眼的亮点。新展馆拥有全世界最大的620万加仑容积的鱼池，原计划在年末，也就是2005年11月开放。可眼下这两头鲸鲨正在定制的运输箱里挣扎，得越快把它们送入大鱼池越好。就在此时，诺顿反刍出大量污物，严重污染了水质——这不是第一次了。

这噩梦般的日子从54个小时前就开始了。我觉得自己快晕倒了，心想我可不善于处理危机或迎接挑战，也不愿意在凌晨时分从床上爬起来。为什么我要当兽医呢？我是个大块头的垃圾食品鉴赏家，像三趾树懒一样不爱动弹，而完成这项马拉松似的任务需要的是精明能干、视死如归的物流家。为什么要指派我运送两头巨鲨飞越半个地球呢？这可是件创纪录的活儿。

三天前，我还在台北，和当地"渔业委员会"的人会谈，大家眼看就要不欢而散。

"不签，我们绝不会签署它的！"当地的"渔业部长"砰的一声合上笔记本，起身开始穿外套。"它"指的是一份证明，证明上说按照国际准则，我们将安全和人道地运送这两头动物。他的反应太可笑了，因为是水族馆从两个台湾渔民手中买下了这两头鲸鲨，使它们免遭变成亚洲某地餐桌上美食的命运。不过，要是没有这份证明文件，所有行动只好立刻停止：两年来的计划以及用于水族馆建设的两亿美元都白费了。这两头鲸鲨本来是我们的捐助者伯尼·马库斯送给亚特兰大的一个惊喜，他也是家得宝公司（全球最大的家具建材零售商，美国第二大零售商）的共同创始人之一。

这位"部长"和其他随员气冲冲地准备离开这张50英尺长的会议桌，我们的中文翻译尤尼丝转达了他们的愤怒之词："你们侮辱了我们！其他人不会提出这种申请！"

我抓住尤妮丝的手喊："等等，等等！"我意识到他们没有理解我们的请求。"对不起，先生，这份证书只是用于证明你们信任我们会安全地运送这些动物。你们证明的是我们要付出的努力，而不是别的！"

听到翻译的话，"部长"停下脚步，慢慢脱下外套，回到桌旁，其他人也坐回原位。

"台北兽医委员会"的代表陈博士接着说："克鲁姆博士已经和水生动物打了多年交道，这次也带来了鲸鲨所需的一应医疗设备，包括静脉注射液，医疗测试设备，比如血液气体分析仪、超声波检测仪，甚至还有水质测试实验室。在飞行过程中鲸鲨会得到比普通人类乘客更周到的医疗护理。"

十分钟后，他们同意签署文件。

我们离开时，我感激地握住陈博士的手。他说："我非常欣赏匹茨堡兽医大会上你所做的关于金枪鱼的演讲。"天哪，我的运气太好了！

后面的计划是这样的：我们带着氧气面罩潜入水下检查两头鲸鲨，以确保它们的状态适合飞行。启程那天，如果天气好，两艘改装船（每艘装载一头鲸鲨）经过一小时航行后来到港口外直径200英尺、深50英尺的深海围栏，让两条15至17英尺长的鲸鲨游进它们的"担架"（我们已经这样训练过它们了），再小心翼翼地用起重机将它们吊上船，放入装满水的临时运输箱，然后把船开回港口，再将鲸鲨放入定做的"水上担架"（里面装有上万加仑的海水），将其固定在专为它们定制的ICU（重症监护）运输用水族箱里，箱内有电池驱动的综合生命维持系统。卡车会把我们和两头鲸鲨以及重达5000磅的支持设备一起运到花莲机场，装上一架重型运输机，经短途飞行到达台北。在那儿，一架UPS公司（世界上最大的快递承运商与包裹递送公司）的747货运飞机正等着我们。我们将飞往安克雷奇转机并在那里办理报关手续。飞机加满油，换上另一批乘务员，然后直飞亚特兰大。一到达亚特兰大，马上将运输箱装上带滚轮的牵引式挂车，把鲸鲨运到水族馆。卸下大箱子，把它们放在带气压脚轮的气垫上，送到开放式海洋展馆的起卸口。这样，就结束了八千英里零二十七英尺的路程，鲸鲨会从四层楼高的装满水的“担架”上游进宽敞的新家。

我们花了数月时间研究这次行动的每个细节。有哪些环节可能出问题？我如同患了强迫症一样，已经在脑子里计算过了：1462个环节，这里面没有任何一个环节是以前有人尝试过的。对了，我还忘了告诉你们吧，这次行动是在全世界媒体的关注下进行的。

结果是，新挑战一个接一个降临。鲸鲨起运前的不眠之夜，一次不小的地震把我从床上震到地板上，随之而来的是30节（节为轮船航行速度的单位，后来也用于风及洋流的速度。1节＝1.852公里/小时）的大风，好在海上灿烂的日出奇迹般地驱走了狂风。接着，鲸鲨莫名其妙地忘记了两个月以来的训练内容，以前我们总是用几桶虾便能诱使它们游入“担架”，从未失误过——直到启程这天。我们不得不临时改变策略，用一张巨网将它们驱赶进“担架”。没过几分钟，拉尔夫又差点弄翻了重达40吨的运输船，是这艘船的船长算错了吊运世界最大鱼类所需要的力量。

吊运诺顿的工作进展顺利。第二条台湾渔船有45英尺长，船上的起重机驾驶员将这头海中巨兽顺利吊起来，轻轻放进甲板上装满海水的20英尺长、6英尺宽的巨型箱子里。诺顿仿佛随身带来了一片炫目的、充满生机的西太平洋：几条惊奇地吸附在它身上的印鱼（一种海鱼，以能吸附在鲨鱼或其他海生动物或远洋船体上遨游而闻名），一小群闪闪发光的小鱼以及一大簇色彩各异的海藻都随着它出现在水里。这是我第一次近距离观察这种巨型鱼类。它全身肤色不同，由温暖的深蓝灰色到生气蓬勃的海蓝色，全身点缀着耀眼的白色斑点，真让我着迷，这也是我们希望成千上万的观众能很快欣赏到的画面。

地球上没有多少人见过能呼吸、进食的活鲸鲨。它是世界上最大的鲨鱼，也是世界上最大的鱼类：这头温和的滤食性巨兽能长到50英尺长。有些鲨鱼的确要吃人，但鲸鲨不会，它以小型动植物为食。鲸鲨的肉雪白如豆腐，因此又被称为豆腐鲨，是亚洲人餐桌上的一道美食。鲸鲨在海洋中遨游了6000万年，由于近几十年来的过量捕捞，已经到了绝迹的边缘。我们这次行动的目的就是想把拉尔夫和诺顿展现在世界最大的水族馆中，让公众都来关注鲸鲨并支持保护鲸鲨的行动。

船突突突地开了五海里，柴油机冒出浓浓的黑烟，我们在阵阵涌浪中航行。诺顿开始用它三英尺宽的口鼻部朝白色的玻璃纤维墙体上撞击。之前它在自由自在的海洋生活中，可能从未接触过任何物体的表面。看来，每一次撞击都让诺顿饱受惊吓，它全身紧张。我想象得出在撞击中它体内不计其数的细胞被挤压爆裂，因此会产生多么严重的内伤。如果让它的自虐行为继续下去，一定会引起易感染的创伤性溃疡。我可不知道该如何处理不停游动、重达半吨的鲨鱼头上的开放性创伤。

一位精瘦的渔民跑过来帮助我，他穿着粘满鱼黏液的拳击短裤和一件泛黄的T恤。我们伸手探到诺顿的口鼻部，想把它从墙边赶开。当然，我们的努力是徒劳的，不过，在这个过程中，我注意到诺顿能轻易地摆脱我们的触碰。我试着将一只手浸入水中，放到离它右眼一英尺左右处，尽管船在摇晃，它却能朝后退开。随后，我只用一根手指来测试，它也能和我的指头保持距离。没过一会儿，我们只用了两根手指就让诺顿和墙体保持了安全距离。看起来，这头敏感而温柔的巨兽只是需要有人给它一个参照物。大功告成后，那位渔民冲我咧嘴大笑，我竖起双手拇指，以“好”的手势来感谢他，这是我唯一会表达的汉语。

船到达码头时，一大群记者蜂拥而至。我们的秘密暴露了，我很沮丧。幸好，船长也不喜欢这群不速之客，短短的一番冲突以一位摄影师的落水而告终。随后，我们把两头鲸鲨装进了平板牵引式挂车上的航空运输箱里，朝机场驶去。在机场又遇上了麻烦，一位荷枪实弹的士兵坚持要我们等在停机坪上的毒日头下，办理早已完备的通关手续。

运输机的装卸长乔斯带来了更多坏消息：“博士，这些傻大兵告诉我，我们得将三卡车货物一个个分别装运，还得在跑道上进行，每次一车，先装箱，再出关，然后办理下一辆卡车。”

我知道乔斯曾为乌干达的一个军事头目当过保镖，便问他：“你认为你能说服这些家伙吗？”

乔斯大步流星穿过那些武装士兵，朝一个负责人模样的家伙走去。他冲着对方挥舞了一阵拳头，用西班牙语愤怒地抗议一番后，又快步走回来。

“我告诉他，瞧瞧，要是你想在全世界媒体面前成为让鲸鲨死在跑道上的罪魁祸首的话，”他指着200码外的照相机说，“那就随你便吧！”他拍拍我的背，大笑着说：“博士，行了，现在可以同时装货了。”

两小时后，满载着设备和补给，包括每只运输箱顶上近500磅重降温冰块的螺旋桨飞机终于开始发动了。机舱门全开着，飞机就像一个巨大的空中对流加热炉。这架笨重的飞机在起飞前还得滑行几英里，引擎加速运行，我们飞起来了——差不多算是起飞了。飞机猛然震动，机翼也在剧烈抖动，我们终于感到地面渐渐远离，通过打开的舱门，我看到了飞机旁不断掠过的铁丝网。

一位澳大利亚籍机组成员来到我跟前，他戴着机长帽，穿着老式的长袖衬衫、深蓝色短裤，脚上穿一双匡威牌的黑色高帮运动鞋。他对我说：“我想那些可怕的鲨鱼要比你预料的更重，我们快超出载重极限了，情况可能不妙。”

没错，我心想——飞机要是坠毁，我们会被五万磅重的机械设备和鲨鱼砸成肉酱，真是不妙啊。谢天谢地，十分钟后，飞机开始下降，最后优美地降落在台北机场。

登上UPS公司提供的波音747运输机后，我去查看了鲸鲨和箱里的水质以及生命维持系统的状况，一切正常。我可以通过运输箱上的窗口看见诺顿和拉尔夫的眼睛和鳃。两头鲸鲨比我预想的更镇静安详。

真正的长途飞行开始了，飞机起飞时如同火箭般从跑道上直射蓝天，让人印象深刻——我相信我们可以赢得747飞机的加速比赛大奖。唯一的问题是增加的重力加速度导致一个水密舱口猛然打开了。起飞后几分钟，一位飞机副驾驶员匆匆走下旋梯，来到巨大的货舱，拍拍克里斯·施莱伯的肩膀。克里斯是一个和气的、从不慌张的大个子，像弗雷德·弗林特斯（动画片《摩登原始人》中的主角）似的总是一副憔悴的模样，他可是运输鲨鱼的行家。

副驾驶冲着克里斯大喊："有个地方在漏水，飞机的电子温控和客舱压力设备失灵了。"

飞机引擎的声音震耳欲聋，克里斯耸耸肩膀，好像在说"OK，我会解决的"。他迅速关好了舱口，报告道："修好了，只流出了大约50加仑水。"

副驾驶说道："好！"又冲着他手里拿的一把小折刀点头说："我们会试试手动控制。"真奇妙了，我想，如果小折刀能管用，那要是别的东西，比如说有个引擎坏了，我的行李箱里还有个开瓶器，说不定也能派上用场呢。

我一遍遍检查水质，真像是强迫症患者。鲨鱼和其他鱼类不仅会产生大量排泄物，还能从鱼鳃里释放出纯氨，这些氨气如果是溶解在狭小的空间里会对水质造成致命污染。不过，现在水箱里的水晶莹透亮，没有检测到氨，溶解氧浓度值也在115%左右（溶解氧是水生生物生存不可缺少的条件，水体溶解氧对水中生物如鱼类的生存有着至关重要的影响，当溶解氧低于4mg/L时，就会引起鱼类窒息死亡），我们决定轮流休息。

刚过了四分钟，克里斯就摇醒我说："诺顿水箱里的溶解氧下降到30%了，它反刍出了好多磷虾，我都看不见它了。"我们立即执行另一个计划，往箱子里放入了四个工业用气泡增氧石，这些石头连在装有纯氧的氧气瓶上。溶解氧浓度渐渐升到了32%，还在继续上升。我们和诺顿一样，终于感到呼吸顺畅了。

克里斯说得一点没错，大量未消化的小虾堵塞了水箱的通气系统。他熟练灵活地把气泵清理干净，换掉了生命维持系统的过滤器，还更换了几个60磅重的深循环电池。现在，诺顿微露出水面的尾巴尖在有节奏地摆动，好像是在通知我们它还活着。几个小时后，水质恢复了清澈，我们能看见它明亮的双眼。令人惊奇的是，它看上去是那么的欢快、灵活，像是在酒吧中自得其乐的家伙。呵呵，运完鲸鲨后，我还真的去了一趟酒吧。

现在，我们终于到了亚特兰大，却在离新家几英尺远的地方搁浅，诺顿又遇上麻烦了。这头鲸鲨在它自己刚制造出来的、浑浊的海水中挣扎着。我看不清它是否还在呼吸，我感到额头上冷汗直冒。我都能闻到自己身上发出一股十分难闻的气味。

我没头没脑地大喊："快点，这头鲨鱼快死了，得马上换水。"

几个三英寸的水龙头奇迹般地出现在眼前，我们飞快注入干净的富氧人工海水（这也是我们准备好要对付的1462个潜在问题中的一个）。我踉跄着后退几步，尽管我们排除了最新的危机，却已经无法前进了。手持式空气压缩机停止了运转，装满鲨鱼和海水的运输箱在开裂的水泥地面上呻吟着停止不前。

我们尝试了四个小时都无法把它挪动半步，有人建议用小型叉车将箱子顶起，紧急关头，这个办法值得试试。叉车的发动机咆哮着，钢叉吱吱作响揳入了巨大的运输箱下面。叉车驾驶员轻轻拉起升降操纵杆，大喊：“好了，大家都退后，危险。”

刚开始，只听到一阵噼里啪啦的不祥之声，接着，叉车的后部马上翘起来了，这种情形下，你无法思考，只能行动。我们十个大个子立刻爬到叉车上，站在车子后部驾驶员那里。惊人的一幕出现了，随着叉车后部缓缓落到地面，大运输箱被抬起来了（我松了一口气，心想我长期坚持的信念是正确的，节食没好处。想想吧，要是我听了别人的愚蠢建议，堵住我爱吃甜点的嘴巴，诺顿的结果会是怎样）。

后面的过程一帆风顺。仅仅过了一小时，一大群游客就看到了他们仰慕已久的鲸鲨，它们正在开放式海洋馆的新家里悠闲地游玩。在四周雷鸣般的掌声中，诺顿继续进食，后面紧跟着拉尔夫。

几天后，我站在展厅走廊的后面，评估鲸鲨的表现，悄悄听游客们的交谈。

一个小女孩对她妈妈说：“妈咪，我想当个海洋生物学家！”

一个小男孩对他祖父说：“爷爷，我爱大海，我也爱诺顿。”

我心想，我和你们想的一样，这就是我当兽医的原因。

霍华德·克鲁姆

霍华德·克鲁姆出生于宾夕法尼亚州东北的波克诺，并在那里长大。他年轻时便喜欢在水边或水中取乐——经常逃课去钓鱼。他在巴尔的摩国家水族馆和波士顿的新英格兰水族馆完成了兽医学实习。在本章所描述的冒险经历中，克鲁姆博士是佐治亚州水族馆的首席兽医，也是兽医和保护医疗部的负责人。目前，他在伊利诺伊州立大学的兽医学院担任动物病理学住院医生，也为芝加哥的谢德水族馆、布鲁克菲尔德和林肯公园的动物园工作。除了在宾夕法尼亚大学获得的兽医学博士学位外，克鲁姆博士还在南伊利诺伊州大学获得生理学硕士学位，在约翰·霍普金斯大学获得科学写作的文学硕士。他曾在西欧和东南亚等地工作及游历。

猎鹰折翅

彼得·霍斯
兽医学博士

我望着帕奇越飞越远，最后变成空中的一个小黑点，不禁回忆起它传奇般的经历。

当然，帕奇的故事是伴随着汽车的一声急刹车开始的，还有不可避免的“砰”的一声以及飞起的片片羽毛。幸运的是，它在路边挣扎着扇动翅膀时，有人发现了它，并想到了将它送到希尔斯维尔庇护所动物医院。于是，它成了我的病人。庇护所动物医院是澳大利亚最大的本土动物公园，收治有伤病的野生动物，这里常常门庭若市。那年是1998年，我们救治了1500多头动物，其中有的是被汽车碾伤，有的是被猫狗咬伤，有的则是中了子弹或吃了毒药，还有的是以其他方式成为目前占有这颗星球的人类的牺牲品。

我的新“病人”是一头小猎鹰，也叫做业余猎鹰，是澳大利亚体型最小的一种猎食鸟类。不过，它的凶猛程度可不亚于其他猛禽，小巧的体型也丝毫不妨碍它捕猎。我用一条毛巾为帕奇包扎好，并抱着它来到检查室。它恶狠狠地盯着我。护士给它戴上一个连接着麻醉仪的面罩，它急速呼吸数次后便沉沉睡去。这会儿，我可以毫无压力地对它进行检查了。我细细抚摸着它的两翼和肩头，查看是否有异常之处，摸到它身体的左上方、靠近颈部的地方时，我听到了嘎吱嘎吱的声音，这说明它的骨头裂开了。我们给它的两只翅膀和身体都拍了 X 光片，证实了我的诊断：这头猎鹰的喙骨骨折了。

哺乳动物都没有喙骨，它位于鸟类的肩部上方（是叉骨的一部分），作用是支持翅膀的扇动，并帮助保持身体平衡。突如其来的外力经常会导致鸟类喙骨骨折，而我们见到的喙骨骨折多发生于在路边觅食的猛禽。令人棘手的是喙骨的位置在一大片胸骨的下面，或者说在胸大肌的下方。胸大肌是鸟类飞行时需要用到的重要肌肉群，这些肌肉连接着起支撑作用的骨头。要是单独治疗喙骨，会造成鸟类的肌肉硬化从而失去活动的机能。

治疗喙骨需要切开这些肌肉，实施外科手术困难重重，风险也大，因此在以前的病例中，我都采取保守治疗的方式，让鸟儿在笼子里静养一个月左右。庇护所动物医院的一个主要宗旨是治疗受伤的野生动物，最后将它们放归自然。但如果它们伤得太重，法律赋予我们权力让它们接受安乐死。这话听上去有几分刺耳，可是野生动物医院能为受伤的野生动物提供的资金、资源和空间都是有限的。我们得到的授权是关爱那些有机会重返大自然的动物，如若不然，医院里很快就会挤满伤残动物，使那些有可能回归自然的动物得不到应有的治疗。

安乐死通常是喙骨骨折的鹰类或猛禽的最终命运，这些鸟儿中没几只能获得重返大自然的能力。喙骨骨折是让全体兽医头疼的疾病。

我看到帕奇的 X 光片时，心里猛地一沉，它的命运就此注定了。可我真的想为这些鸟儿多做点事，而不是把它们关进笼子，一个月后再让它们接受安乐死。可以给它动手术吗？毕竟，我，或者，更重要的是，这只鸟儿会因此失去什么吗？

我心中充满英雄气概，决心要让这头猎鹰成为例外。它会在手术刀下重生或死亡，不会重复在鸟笼中腐烂的命运。猛禽饲养员把它视为珍宝，给它取名为“帕奇”（英文意为“补丁”），这个名字来源于它胸口那块奇怪的斑点。这可不是好兆头，我们这行里很多人都认为给受伤的野生动物取名会招致死神的降临。更让人紧张得使肾上腺素蹿高的是，我们正在实拍一部电视纪录片。摄制人员认为这是一个不容错过的良机。我的第一次喙骨手术会被拍摄下来并在全国性电视节目中播放。头头们已经投了赞成票，允许摄制组拍摄下一切能提高收视率的东西。

要是换做现在，我不会在意工作时一旁有一架摄像机对着我拍摄，我目前供职的这家兽医院允许来访者观看我们的每一步工作。不过，当时照顾帕奇的时候，摄像机跟踪拍摄可是个新鲜玩意儿，让人既兴奋又害怕。

就这样，我两腿哆嗦着，咬紧牙关上了手术台。帕奇就在我面前，为了消毒，它左肩处的羽毛被拔掉了，就像一只周日大餐上的烤鸡。架在我肩头上方的摄像机将记录下我们的成功或失败。

制片人立刻掌控了现场。“你能往左边挪点儿吗？你挡住这只鸟了，别忙，现在别开始，灯光还没准备好呢。你能再用手术单盖住这鸟吗？我们这次想换个角度拍。”澳大利亚的猎鹰重量不到 8 盎司，体长大约

10 英寸。周围的人和摄像设备让我的“患者”显得更渺小了。

我有些紧张地切开了它胸骨和锁骨旁的皮肤，试探性地伸入下面的肌肉。伤口中渗出血来，但没有我预想的那么多。只要有可能，我就会试着分开或慢慢剥离肌肉组织而不去切开它们。一大丛混杂着血管和神经的东西出现了，让我警觉起来。尽管手术器械已经深入帕奇的胸部，但手术造成的创口却小得像个钥匙孔，显得我那粗大的手指更加笨重。我的家族里从没有出过十指纤长的钢琴家。

我四处摸索骨折点，可好像总也找不到，我意识到摄像机转向了旁边。终于，我的手指触到了断骨，并在它的骨腔里插入了一根金属支架。这根金属支架是从肩膀柔软的组织处穿进来的。我将支架的这一端连在断骨的另一端上，将钢钉翻转，把它塞入骨腔内。我得非常谨慎才行，如果把支架推得太远，那它就会进入胸腔，刺入猎鹰的心脏，这个电视节目就会取得“惊人”的效果。好在我成功地对准了骨折处塞进了支架，钢钉也安安稳稳地进入骨腔中。

就在此时，资深的猛禽饲养员问我能否把钢钉截短，因为它冒出帕奇的肩膀了。为了缓和气氛，我冒失地开了句玩笑：“不用，要是让钢钉冒出来，等帕奇飞过时，我们就容易抓住它了。”等我想起全国的电视观众都能听到我说的话时，不禁吓得魂飞魄散。

手术剩下的步骤是缝合伤口，我们很快顺利完成了。让我感动和宽慰的是，帕奇和我都安然渡过了手术的难关。我们把这只猎鹰关在一个小笼子里，好让它的骨头慢慢愈合。术后，帕奇的食物里添加了抗生素和镇痛药，它的胃口很好。三周后，我们给它的肩膀拍了 X 光片，虽然骨折处的矫正不是十分完美,但骨头已经愈合了。鸟类的新陈代谢很快,这使得它们的骨折处愈合得比哺乳动物迅速。我们去掉了钢钉，帕奇进入了康复阶段，就像一位受伤的运动员。

猛禽饲养员给帕奇设计了一套康复训练计划,逐渐恢复了它的体能。最初，只是让它在屋子里的栖木之间做短程飞行，以便观察它是否还能真正飞行。它掌握了这项简单的练习后,就被转移到一个更大的鸟笼里,栖木间的距离也更长。飞行让我们对它的彻底康复有了点信心，不过,我们还得巩固它的健康，并看看它在飞行中能有多灵活。于是，我们在它的腿上安上了皮质踝环，上面连着一根长线，下一步便是让它自由飞翔了。

帕奇康复的这一步类似于豢养猎鹰者训练猎鹰捕捉鸽子的方法。饲养员们使用的是食物奖励法，先将片片鸽肉扔向天空，再把帕奇高高抛向空中，帕奇只好做俯冲、转身、捕食的动作，饲养员们会用食物诱使它飞回来。测试它刚愈合的骨头是否能完全适应野外严酷的日常飞行是非常重要的。帕奇通过了所有测试，逐渐恢复了体力和健康。摄制组成员坚持不懈地跟踪拍摄它的康复过程。

经过三个多月的艰苦努力,我们认为帕奇已经准备好重返大自然了。一群兴奋的饲养员和摄制组成员驱车护送它来到放归点，此地离最初发现这只猎鹰的地点不远。四驱车载着我们在一条崎岖的乡间小路上颠簸,最后在一处小树林前停下来。我们从车后搬下装帕奇的箱子，在它尾巴上安了一个无线电发射器，好让我们能追寻它的踪迹。我获得了放飞帕奇的殊荣，许多照相机在我身后不停地咔嚓作响，捕捉这个历史性的镜头。帕奇凝视着我，眼神中没有丝毫感激或赞美之意。我一松手，它飞上了灰蒙蒙的天空。

它箭一般直冲云霄，迅即变成远处的一个小黑点，随后就从我们的视野里消失了。无线电发射器传来持续的“嘟嘟”声，这是证明它存在的唯一线索。

接下来的两周里，我们每天都追踪帕奇的信号，监测它的情况。让人难过的是，大多数放归自然的动物都没有接受后续追踪。许多康复机构要么缺乏必要的发射器，要么没有足够的人手来跟踪监听。在这种情况下，人们无从得知花费在动物身上的人力和物力是否取得了应有的结果。庇护所医院优先考虑到了康复过程的这最后一步，我们追踪了所有放飞的猛禽，这使得我们能收集详细资料，以证明许多鸟儿确实成功康复并长期存活下来。

在帕奇这个病例中，追踪它的团队确认它在正常地捕猎和飞行。不过，我们无法知道它能否捕获足够的食物以维持体重。从远处看，鸟儿们总是显得很强壮，可说不定第二天就会死去。因此，两周后我们决定捕捉它，好给它进行最后一次体检。我们使用的是瑞典出产的带鸟食的苍鹰诱捕器，这样，在捕捉猎鹰时不会让它受到伤害。

在一处旷野里，我用毛巾包着帕奇，给它做体检。毫无疑问，它对于再次落到我手里十分恼怒，企图啄我，不过没有得逞。帕奇放归自然后，体重增加了，这是它恢复良好并能找到足够食物的重要证据。我们取下无线电发射器，最后一次把它放回大自然。我再次看着它在空中腾飞，和其他猎鹰一模一样。

帕奇是我喙骨修复手术的第一例病患。从那天起，我通过手术修复了所有的喙骨骨折病患，并将这项技术教给我的学生和同行。当然不是每一个病例都取得了帕奇般的成功，即便如此，目前我们已经将超过90%的曾经喙骨骨折的鸟儿放回了大自然，在鸟类整形外科的进程中取得了可喜的成功。

彼得·霍斯

彼得·霍斯1987年以优异成绩毕业于墨尔本大学兽医学院。1994年，他在加拿大的圭尔夫大学获得了动物园动物医学和病理学联合博士学位。1995年，他成为美国兽医学会认证的专科医师。1996年，他获得了澳大利亚兽医科学学会的动物医学会员资格。1994年以来，霍斯博士受聘于希尔斯维尔庇护所动物医院，这是澳大利亚最大的本土动物公园。他主要的研究兴趣包括爬行动物的药物动力学、猛禽的整形外科手术和康复、袋鼠的球虫病等，当然，更主要的是疾病对澳大利亚野生动物的影响。

被麻醉的箭毒蛙

马克·斯泰特尔
兽医学博士

蛙类最有趣的特点是它们能通过皮肤呼吸。在我治疗过的所有动物中，最喜爱的便是它们——不过，很久以来，我都为如何麻醉蛙类而苦恼。普通的麻醉术是使用一种麻醉鱼类的粉剂MS-222，这种粉剂能溶于水中。对鱼类来说，这是一种非常安全有效的麻醉剂，因为鱼儿游动时，药物会通过鱼鳃被鱼吸收并进入其血液，几分钟后，鱼儿便能进入睡眠状态，而一旦它们离开药水，很快就能苏醒。但对蛙类来说，它们的皮肤对这种药物的吸收太缓慢，大约30分钟后才能奏效，要让蛙类苏醒也需要更长时间（有时需要几个小时）。另外，许多陆栖蛙也并不喜欢被人长时间按在麻醉药水里。

我认为应当给蛙类提供更好的麻醉办法。诀窍就在它们有趣的皮肤上，不知道能否找到一种液体麻醉剂，可以直接作用于它们的皮肤。

我苦苦思考，终于等到了一个良机。1996年，我在纽约野生动物保护协会的布朗克斯动物园做兽医。一天，我正在中央公园巡视，一位爬虫和两栖动物的饲养员告诉我："马克，你在这里啊，我想请你去看看一只青蛙。我猜昨晚池塘里肯定上演了一场青蛙大战，今天早晨我来时发现了一只重伤的青蛙。”

第一个“患者”出现了！弗朗西斯是个理想“人选”，它是一只漂亮的箭毒蛙，来自新近展出的南美雨林展览。它浑身色彩艳丽，点缀着耀眼的蓝色和黑色斑纹。不过，尽管这些小家伙看上去十分可爱，仿佛对人类无害，但它们同类之间的攻击性却很强。为了获得统治权和交配权，为了争夺领地，它们毫不留情地互相攻击。在这方面，蛙类和其他动物并无二致。

箭毒蛙这个名字来自南美的捕猎者。这种青蛙的皮肤能分泌毒素，是南美的土著人惯用的速效毒药。土著人将镖尖在箭毒蛙的皮肤上摩擦一番，就能把镖变成热带雨林中的致命武器。有意思的是，生活在动物园和水族馆里的雨林箭毒蛙却不会分泌毒素，尽管与它们有关的一切都没有改变，而人工饲养的箭毒蛙和野生的箭毒蛙在外观和习性上也完全相同。科学家们认为蛙毒的主要成分是来源于箭毒蛙猎食的热带雨林中独有的某种野生昆虫和其他食物，因此它们的皮肤才能分泌剧毒。

弗朗西斯在昨晚的群蛙大战中受了伤，被弄破了左眼。虽然它是一只完全成年的雌蛙，但体型也仅如一枚硬币，眼睛大约有一支粗铅笔尖般大小。我得在手术显微镜下才能看清伤口尺寸，并尽可能修复伤口。这可是个细致活儿。不过，我如何才能安全地麻醉它，并确保在手术中它能躺在显微镜下纹丝不动呢？

我尝试蛙类新型麻醉法的大好时机到了。

有种叫做“异氟烷”的麻醉气体可供人类、猫狗以及多种野生动物使用。异氟烷首先呈液态装在一个小玻璃瓶里，然后被注入麻醉机的一个金属盒里。麻醉机同时连着一个氧气罐，启动后，把异氟烷与氧气混合，形成一种麻醉气体，通过“患者”脸上戴的面罩使其吸入这种气体。或者也可以切开“患者”的气管，插入导管再输入麻醉气体。对蛙类而言，除非万不得已，最好不要选这两种方式。要想给一只滑溜溜的小青蛙鼻子安上面罩，还得固定好面罩，这可比登天还难（我知道这有多难，因为我已经试过了）。

如果青蛙能通过皮肤呼吸，那么何不将异氟烷液体直接洒到它的皮肤上呢?

按照我以往的经验，可以将青蛙全身都放进一个面罩里，它的作用就像一间小小的青蛙麻醉室，最后能让青蛙进入睡眠状态。不过，这种麻醉法的问题在于，药剂发挥作用所需的时间太长了。

也可以采取麻醉哺乳动物的方法，直接给青蛙注射麻药，不过结果不一定有效，也不好掌握注射的药物剂量。如果剂量过小，青蛙会动弹，这台精密的手术便无法完成。如果剂量过大，会导致青蛙死亡。给体型如此娇小的病患注射麻醉剂，哪怕使用世界上最小的注射器，或尽量稀释药物，都不安全、不现实。

如果我能将异氟烷液体直接作用于弗朗西斯的皮肤，就不仅能避免使用费时过长的气体麻醉室法，还能创造出一种随时随地都能使用的新技术。如果采用这种技术，研究者们可以在野外麻醉两栖动物，动物园和水族馆的兽医也可以不必使用昂贵的麻醉机了。

液态异氟烷具有强烈的挥发性，一滴异氟烷药水可以在几秒钟内蒸发掉。我得将这种麻醉液体和某种能降低挥发速度的物体混合，才能让青蛙皮肤有更多时间吸收麻醉剂。

我决定将含有水分的异氟烷液体和一种皮肤润滑剂K-Y凝胶混合，产生出一种酏剂(通常由药物、甜料和芳香性物质配制而成的水醇溶液)。我将这些物质都注入一种黏稠的糖浆里，把糖浆洒在青蛙身上，其中的凝胶会延长药物挥发时间。

我往弗朗西斯背上滴了两滴这种糖浆，然后将它放在一个透明的塑料容器里。我拉过一把椅子，坐在手术台旁观察着。几分钟后，药效开始发作,弗朗西斯出现了一点眩晕的症状,身体左右摇摆。实验成功了!不过，它现在的状态是否能够接受手术呢？如果能，两滴糖浆的药效能持续多长时间呢?

过了约五分钟，弗朗西斯站立不稳，倒向一侧，开始熟睡了。我又等了几分钟，才将它从容器中取出，查看它是否已被完全麻醉。对青蛙来说，“全麻检查”不是通过心电图、听诊器或是脉动血氧仪来测试的，即使是在像弗朗西斯一样体型娇小的青蛙身上，你都能看到它皮肤下心脏的跳动。弗朗西斯的心跳稳定，身体没有动弹，我捏捏它细小的脚趾，也没有反应。太好了!

我开始给它动手术。即便有手术显微镜的帮助，这台手术也是个挑战。我让实习兽医参与清创以加大手术的成功率。在显微镜下手术时，关键是要让医生的双眼专注于显微镜下的图像，无论如何，都不要抬头看别处，要让医生的双手牢牢“固定”在手术台上，一旁的助手负责递取手术器械。

手术显微镜多用于人类和动物的眼部外科手术，尤其是白内障切除手术。这类精密手术需要外科医生在手术中瞪大眼睛，一动不动地盯着病患，哪怕眨一下眼都可能造成严重后果。在弗朗西斯的手术中，我不仅要控制自己的眼睛不能移动，还清楚地意识到我们正在把专为人类设计的显微镜的使用推向极限——台上这位“患者”的全身还没有人类的一只眼睛大！

显微镜下的检查证明弗朗西斯的眼睛遭受了破裂伤，不能再用这只眼睛来看东西了。我们唯一的希望是救治伤眼，将感染的可能降到最低。病毒或真菌生物可能会感染眼睛，感染如果在体内扩散就会危及生命。我们使用的是能找到的最细小的材料来缝合它的角膜。通常，受伤的角膜需要数次缝合才能修复，不过这个小家伙只需要一次缝合就可以了。

过了大约 30 分钟，弗朗西斯从麻醉中苏醒过来。这是一个好兆头，说明我用的麻醉药剂量准确。手术后，它在医院的蛙类 ICU 病房，一个温暖湿润的塑料容器里待了一晚上。这是一个安静的便于监测的好地方。第二天，它就回到了雨林展场，我们对它进行了密切观察。

我一直担心，弗朗西斯会被迫再次接受手术以摘除伤眼。然而，几天后，我到中央公园出诊复查它的情况时，发现其病情明显好转。伤眼的组织恢复了健康，伤口和手术仿佛都没有给它造成太大影响。它出院后，饲养员们格外照顾它，还帮助它觅食。

野生青蛙需要运用双眼来捕食，它们的视觉非常敏锐，这种能力有助于捕捉飞虫。眼下，弗朗西斯只能用一只眼捕食，这就需要得到外力援助。为了增加它的竞争优势，饲养员们想到一个让飞虫慢慢飞的招数：

冷冻飞虫法。弗朗西斯每次进食前，饲养员都把飞虫放进冰箱冷冻一下，这样便能减慢飞虫扇动翅膀的频率，降低飞虫的飞行速度，好让弗朗西斯能捕捉到足够的食物。

自从给弗朗西斯动手术后，我便把局部异氟烷凝胶麻醉法运用在许多青蛙和蟾蜍身上。我在多次学术会议上介绍了这种两栖动物麻醉法，并且在兽医学书籍中撰文说明，将这种技术在同行中广泛推广。不过，一切功劳都应归于弗朗西斯这只小小的箭毒蛙。

马克·斯泰特尔

马克·斯泰特尔在伊利诺伊大学厄巴纳-香槟分校获得了生物化学和化学的学士学位，后来又获得了兽医学学位。他在纽约的动物医疗中心完成了在小动物医学和外科方向的实习，并成为新奥尔良奥都朋研究所的一名兽医。其后，斯泰特尔博士在布朗克斯动物园/野生动物保护协会担任动物医学住院医生，并成为助理兽医师。1997年，他加入了刚开业的迪斯尼动物王国，目前是兽医部主任。他获得了美国动物医学会的职业资格认证，2006-2007年间，他是该组织的主席。斯泰特尔博士在朋友和同行间以思路开阔而闻名，对医疗技术的创新使用有着浓厚兴趣，一直率先将先进的诊断和治疗手段广泛运用于大大小小的物种身上。

拼命三郎 Ⅲ.

动物园里的兽医们需要照顾各种动物，因此，他们面临的挑战也是独一无二的：潜在的、无穷无尽的医学难题以及野生动物们生存的迥然不同的环境都让人头疼。他们得随时充当急救医生、护理员、麻醉师、外科医生，甚至是老年病学家的角色。每天的工作都不会重复，许多病例也是独此一例。这份危险重重的工作真是让人心力交瘁，难以安然处之。

给动物做体检总是从观察开始，这听起来很简单，但是由于动物天生怕人，这个看似简单的环节对于兽医来讲也会困难重重。而且，在野外，经常要费尽周折才能够找到目标，更多情况下，几个小时甚至几天都难觅其踪影。

有些动物已经学会了如何辨识兽医，这样就逼得我们有时不得不躲在车里，爬到树上，或者在远处一动不动地坐着，一直要等到这个家伙对我们熟视无睹为止。情急之下，有的时候我们只能伪装成它们的同类：很多兽医都有这个经历，他们穿上湿漉漉的衣服，背上水下呼吸器，和“患者”一起游泳，有时甚至于和鲨鱼共舞。

如果需要束缚、麻醉或者搬运动物，我们的每一步都必须计划周详。整个过程可能有一定风险，风险的大小取决于“患者”和当时的具体情况。如果只是处理德克萨斯州的甲虫，只需要用手术钳轻轻地把它夹起来；可如果是体重250磅的老虎，则需要麻醉枪来帮忙了。整个过程中最要紧的是人身安全，但是，不管事先如何精打细算，也总有智者千虑、必有一失的时候。

对于初次打交道的那类动物，我们一边努力回想过去处理同类动物的经验，一边想方设法查阅资料，向他人求教。

很多小动物，如小鸟、爬虫、两栖动物或者无脊椎动物，我们只需要用网子或者戴上手套小心地把它们抓住，为了最大限度地减少它们的恐惧，在给它们做检查时，通常会给它们注射少量的麻醉剂。而对于那些会咬、会踢、会抓人或者会喷毒液的动物，一开始就必须把它们制服。对于这些危险性强的动物，我们除了使用气雾麻醉外，还使用药效很强的麻醉剂。有时我们会先把动物关在网子里或者箱子里，给它们打麻醉针。更多时候，我们使用轻巧的二氧化碳气手枪或气步枪远距离投射麻药。

动物园兽医在处理棘手的问题时常常废寝忘食地长时间工作。我们有时候不得不跪在坚硬的水泥地上给动物做手术，有时候则必须钻过荆棘灌木丛才能给“病人”看病。即使是在最先进的动物医院里工作，如果一周每天工作 16 个小时以上，我们也感觉像是在深山密林中艰难跋涉。如果到野外工作，不管路好不好走，也不管是不是偏远地区，我们都得随身带上所有的医疗用品。考虑到突发事件，必须防患于未然，因此出发前我们必须详细地准备一份完整的物品清单。大多数兽医都认同制订计划时一定要考虑周全，这样才能灵活应对意外情况。

人们都说动物园兽医身体耐力好，体质好，心灵手巧，目标明确，还有一双好膝盖，再加上一点点自命不凡。在下面的故事里，我们会发现兽医们不得不像拼命三郎一样地工作：有一个兽医，为了把海豚送回新家，整整一个月都通宵达旦地工作；另一个兽医冒着生命危险给世界上最大的鳄鱼做体检；还有一些兽医在缺乏基地后勤支持的情况下，勇敢地克服重重困难，才有可能触碰到“患者”，比如说双峰骆驼、逃之夭夭的野牛群、山地大猩猩或者是森林中的野象。

露西·斯佩尔曼

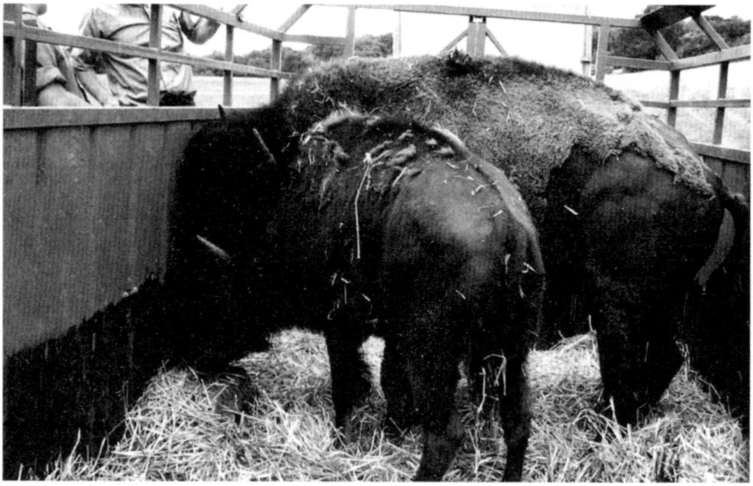

重获新生的野牛

弗洛伦斯·奥利维特·库尔图瓦
兽医学博士

“我从来没有成功地给野牛做过麻醉。你确定能行吗？”电话上，野牛的主人听起来要求很高，疑心也很重。他本人也是一名兽医。

“最小的野牛重700公斤，大多数重达一吨以上。”他这样告诉我，好像我从来没有见过野牛一样。

几天前，新闻报道说如果再不采取行动，当地的部队就要射杀那群逃出来的野牛了。这支部队驻扎在法国乡下的茹安维尔村，三个星期以来，这群野牛从它们原来的地方逃跑出来以后，就来到部队驻地周围肆意妄为。电视台已经把它们的劣行拍摄了下来：这些棕色的长满粗毛的巨兽们，头上顶着硕大的角，似乎正在享受无拘无束的自由生活。它们踩踏玉米，胡吃海塞，还在周围的村庄里横冲直撞。事情发生在2004年5月底，可能当时它们觉得外面的世界更精彩，所以就义无反顾地逃了出来。当地政府也曾尝试着用狗和马来抓捕它们，不过取得的最大收获却是撵得它们越跑越远。现在他们打算要用子弹了。

我绝对不允许这样的事情发生。如果我丈夫马克能来协助我，我有信心把大部分野牛抓回来。他是一位消防员，具备和受惊或者受伤的动物打交道的丰富经验。

“我已经多次给那些巨大的、容易激动的动物如犀牛、大象和野牛使用过止动剂（一种兽用麻醉剂）。我带的药足够20头动物使用，可以麻倒一半以上的野牛。我们一定能行！”

止动剂是一种药力很强的管制麻醉剂，在使用方面有严格的法律规定。我们必须经过严格申报才能在动物身上使用这种药物，而且必须对每次用药进行详细的记录。只有几家医药公司有资格销售这种或者相似的药品。这些药应该是从英国进口到法国的，每次购买都有数量上的限制。尽管我带的药不够给三十多头野牛使用，但是我了解它们的习性，它们总是集体行动，如果有几头野牛能够被带走，其他的就会跟着来。

尽管不太心甘情愿，野牛的主人还是默许了这个方案。我指导他如何为我们的到来做准备。他需要准备带牵引车的挂车，上面要配有起重机，能把被麻醉后的野牛从地上拉起来运走。

我也了解到，当时已到了危急时刻。这些大家伙们冲破农家的栅栏，不经意间就放出了成百上千头奶牛。农夫们忙着不断地修复栅栏，把奶牛赶回栅栏里。他们非常生气。有一个山林护林员用枪杀死了一头野牛，因为它冲进了村里的人群。但是当政府宣布要射杀所有野牛后，公众和动物保护组织都激愤地表示反对。不管怎么说，这个办法既不受欢迎也不现实。枪声一响，野牛一定会四散狂奔的。

最后，野牛的主人接受了护林员办公室和巴黎动物园（我曾经在巴黎动物园工作过）的建议，在已经别无选择的情况下，给我打了电话。

第二天下午，马克和我飞到法国东部。我们随身带着各种各样罕见的装备，过安检的时候居然一路畅通，没有碰到麻烦。大多数带着枪支、药品、绳索和粗重皮带的旅行者都不可能走出巴黎戴高乐机场。

又经过一个小时的飞行，我们见到了当地的政府官员。他们开着卡车把我们送到了那个乡村。这个星期以来，逃跑的野牛们已经以此为家。站在山头上，我用高倍望远镜看见野牛在点缀着鲜花的山坡上悠闲地活动——很明显，其中没有奶牛。有几头野牛正从水槽里喝水，其余的在躺着休息。这些逃亡者看起来完全是气定神闲，悠然自得。

二十多个焦虑的当地农夫帮助我们抓捕野牛。他们小心地看着我。那个野牛主人，兽医，也站在人群中，一言不发。野牛所到之处，所有的篱笆和栅栏都被毁坏，农夫们不得不把牛群赶到一起，锁在圈里。我能看得出来，要想和这些农夫沟通困难不小。因此我开始仔细地讲解注意事项。

“我们带的麻醉药叫止动剂，是一种专门为大型动物准备的麻醉剂，对人类非常危险。但它有两个好处：药效强而且配有解药。很小的剂量不到十分钟就能放倒一头野牛，不过麻药的全面效力只能持续一个小时，然后动物就会醒来，但是它们仍然会昏昏沉沉的，只有解药才能使它们真正清醒过来。这种解药我们也带来了，它能够使野牛在几分钟内恢复活力。”

我继续说明这个药的缺点。虽然这种药物对口蹄类动物，如野牛、长颈鹿、犀牛还有瞪羚没有危害，但是对于人有致命的危险，如果在皮肤上滴上几滴，或者眼睛和嘴里溅了几滴，5 分钟之内，人就会毙命。

因为药性很快就被人吸收，使人停止呼吸。

由于这样的危险，我要求大家全力配合，不要发生意外事故。虽然解药在人类身上也起作用，但是我们想完全避免发生这样的事故。任何人都不能碰那个麻醉镖，也不能直接触碰由于药力刚刚倒下的野牛。我和马克会把麻醉镖从野牛身上拿走，收拾那些没有打中野牛的麻醉镖。我还告诉他们一定不要让野牛的血沾在他们手上。虽然从理论上来讲，只要药物进入了野牛的血液系统，对人类就不再有伤害，但是我不愿意在这里验证理论的正确性。

接下来我向大家讲解该药物对野牛的风险。对于野牛来讲，这种抓捕方法仍然有一定的危险，因为它们在麻醉情况下可能会呕吐。如果在这个时候搬动它们，问题会更严重。由于它们的正常反应能力受到药物的抑制，滞留在它们瘤胃（反刍动物的第一胃）里的很多东西，如植物纤维、液体还有气体就会从野牛的嘴里喷出来。通常情况下，我们不可能立刻把这些东西从它舌头后面清除掉，因此它们会滞留在不该滞留的地方——气道口。

我向他们强调，为了避免这样的事情发生，最好的办法是随时使野牛的头高于它们的胃。每个人都必须遵守这个规定。马克会在野牛身上拴条绳子，然后使用车上的起重设备把野牛从地上拉起来。在把绳子拴在车辆的金属叉上后，马克会需要人帮他把野牛的头抬高，把它的身体抬进拖车。如果野牛身体太大，我们可能会额外需要两个人。

这些农夫似乎在认真听我讲话，尽管有几个人在窃笑或扬扬眉毛。毕竟他们好几个星期都费尽心力想抓住野牛，但是一直没有成功。他们可能对此将信将疑：这个从城里来的小女人怎么可能在一天内把事情搞定？我也想过一个问题，经过野牛这么多的破坏，如果有一两头野牛在我们的捕猎过程中死去，他们恐怕不会在乎。但是我在乎。

最后，我问了一个问题，“你们能不惊扰这些野牛把卡车开过去吗？”这些农夫说没有问题，他们能办到。于是，我们开始按计划行事。

我和马克上了卡车，麻醉枪安上了麻醉镖。我们都穿着深绿色的工装，手上戴着乳胶手套，包里装着听诊器，解药也抽进了注射器里，盖着盖子，以防万一。每头野牛都使用等量的麻醉剂，1.5毫升。虽然现场气氛紧张，但是我仍然有点抑制不住的兴奋。我非常喜欢和马克一起工作，也下决心要解救这些胡作非为的野牛。

为了防止野牛冲击卡车，有个护林员拿着子弹上膛的步枪保护我们向前。我们向牛群开过去。野牛丝毫没有察觉。我在离它们40米左右向野牛开了枪，打中了卡车右边的一头母野牛的尾部。马克很快也开了一枪，打中了左边一头公野牛的肩部。

幸亏野牛的皮厚，两个家伙看起来都好像只是被蜜蜂蜇了一下，而不是被麻醉镖打中。它们几乎没动，整个牛群仍然聚集在一起。我们装上麻醉镖，又开了一枪。工作刚刚开始10分钟，我们就打中了四头野牛。现在它们有反应了，走路摇摇晃晃，然后重重地跌倒在地。其他野牛继续休息或吃东西，看起来完全没有意识到身边发生的一切。

由于野牛没有受到惊扰，我们决定再打几枪，然后把被打中的野牛搬上车。因为一旦我们开始处理那些中弹的野牛，其他野牛就会明白可怕的事情发生了。我和马克又装上麻醉镖，把车开到牛群对面。短短的

10分钟，我们又击倒了四头野牛。逃出来的野牛总共有35头，其中八头被我们制服了。我看了一眼那些农夫，他们脸上的表情已经有了很大变化，表现得异常吃惊。

我们走到被麻醉的野牛身旁，把麻醉镖取下来，检查它们的呼吸。和我们预想的一样，其他的野牛开始四处逃窜。但是它们没有跑远，大多数待在空地边上的厚密草丛里。马克和几个农夫正在摆弄那几头中了麻醉镖的野牛，让它们胸部朝上，腿放在身子下面，头向上翘，枕在木头上或者农夫的腿上。这样做能够使它们呼吸更通畅，避免呕吐。

理想情况下，本该利用这个时间监控它们血液中的含氧量水平，同时为了保证呼吸顺畅，我们也应该在它们的气管里放一根导气管。但是由于条件有限，我们还要麻醉很多的野牛，所以我们的计划是把它们放倒，然后尽快让它们恢复知觉。野牛在麻醉状态下停留的时间越长，呕吐的几率越大。

我给每头放倒的野牛都做了检查，提取血样，马克则做好把它们运走的准备。他把它们的前后脚绑在一起，这样就能够把它们挂在绳索上拖吊起来。

那个兽医高兴得忘乎所以，把我的警告抛到九霄云外。我转过身看到他开动拖车，用一根绳索把一头母野牛提了起来，这头野牛被人用一根绳索绑在干草叉机上，像绑死野牛一样只绑了一个前肢。我的心立刻沉了下去。当他把野牛放在平坦的拖斗里时，它吐出大量像水一样的绿色纤维类东西。我立刻就知道我们救不了它了。

那头母牛几秒钟之后死于窒息。我忍不住大发雷霆，朝他喊了起来：

“见鬼！我花了那么多时间来说明应该怎样做，不应该怎样做，可你还是搞砸了！”

马克保持着冷静，他教那个兽医怎么捆绳子才能把野牛的整个身体提起来，而不是只提起来一条腿。他先捆最重要的皮带：一条绑在野牛的肚子下面，一条绑在前腿后面，还有一条绑在后腿的前面。然后他把细一点的皮带绑在脖子和尾巴上，再把所有皮带和绳索都集中绑在主皮带上。检查完所有的绳索是否都绑好后，马克把两根主皮带挂在拖车的叉子上，指挥兽医一点点把它升起来。慢慢地，野牛的身体升到离地三英尺高的地方，刚好到达拖车车斗的位置。这次一直有两个人托着野牛的头，使头高于它的胃。

从我们开第一枪到现在快一个小时了，已经有七头野牛并排躺在拖车里。给每头野牛服用了解药后，几分钟内它们就都站了起来。几个农夫拖走了那头死野牛，他们将严格遵守规则进行火化。由于麻醉剂仍然滞留在野牛的身体里，因此不管是人还是动物，都不能食用它的肉。

我们又装上麻醉镖继续麻醉野牛，但是现在难度增加了很多。我们必须慢慢地接近那些剩下的野牛，麻醉镖已经使它们惊慌失措。有几头中了麻醉镖的野牛跑开了，其中三头倒在树林里睡了起来。我们必须用人力把这几头野牛拉到空地，这样才能够使用叉子和拖车。感谢那些帮助我们的农夫们，我们终于安全地把野牛都拉了回来。

到中午的时候，我们已经麻醉了18头野牛。我们在此之前主要是麻醉那些领头的野牛，还有那种最危险的野牛。我们计划把这18头野牛拉到那个兽医的牛圈，大概几公里以外的地方。野牛和奶牛或者长颈鹿都有同样的天性：它们是群居性动物。我们认为另外那 16 头野牛会千方百计地找到同伴，一定会自己找上门来的。农夫们对于这个计划表示怀疑，那个兽医希望我们继续麻醉剩下的野牛。他可能忘了，也可能不愿意相信我们的麻醉剂只够给一半的野牛使用。

重新被捕获的野牛整个晚上都在呼唤同伴。第二天，没有被捕获的野牛已经找到了去牛圈的路。几个小时以后，一只母野牛竟然产下一头健康的小野牛。野牛的主人从来没有直接谢过我们，但是他给小野牛起的名字是“埃松”，以此表达他的感激之情，那是我和马克居住的法国城市的名字。

回到巴黎的那个晚上，我打开电视看新闻。这次的新闻标题是“34 头逃脱的野牛回到了故乡，巴黎来的专业人员打破了野牛对自由的渴望。”我也看了对我进行的采访。记者想知道现场的情形是不是很危险。我告诉他:“是的。但是一切都进行得很顺利,感谢当时在场的所有朋友:农夫、当地政府和野牛的主人。”

在法国，被止动剂麻醉过的野牛永远都不能拿来食用。由于这个原因,这群野牛幸存下来。所以我们不是一次而是两次挽救了它们的生命。

弗洛伦斯·奥利维特·库尔图瓦

弗洛伦斯·奥利维特·库尔图瓦，出生于兽医世家，到她这一辈已经是第四代。她毕业于巴黎阿尔福尔兽医学院（法国最负盛名的兽医学院），之后在巴黎动物园工作了八年，目前任巴黎动物园动物及野生动物医药及手术顾问。她同时还是欧洲 16 个动物园的顾问，也是巴黎南部郊区消防队的志愿者。她丈夫马克是这个消防队的专业消防员，擅长训练救援犬和捕捉危险动物。库尔图瓦博士是欧洲动物协会的会员、野生动物兽医协会会员以及法国兽医协会会员。她的特长是大型动物麻醉、野生动物运输和动物园改造。她负责法国南部棕熊再引入项目的兽医事务。

风雪中的双峰驼

克里斯汀·沃尔泽
兽医学博士

那天早晨，我迟钝的大脑努力判断着太阳是不是已经升起。我真的得起床吗？每天早晨我总是在“再睡会吧”、“内急”和“别离开温暖的睡袋，外面太冷”这几个念头之间反复折腾着开始新的一天。虽然每次都极不情愿地起来，但是，这一天的工作还等着呢，说不定我们今天就能抓到第一头野骆驼呢。

我们这个小团队——我和佩特拉还有其他十多位同事，从12月初以来就已经在蒙古戈壁上露营了。佩特拉的专业是生物学，也是我的研究合作伙伴。我们已经在这里风餐露宿了一个星期，但是仍然没有见到双峰驼。目前世界上幸存的野生双峰驼只有大约500头，它们是名副其实的珍稀物种，可惜人类对它们知之甚少。我们的任务是捕获三头双峰驼，在它们身上装上全套监控设施，辅助我们跟踪骆驼的活动，所获取的数据将用于策划对这一濒危物种的保护方案。

透过睡袋的一个小口，我看见佩特拉一动不动地躺着。显然，她还在睡梦中，至少是在假寐。我的脚趾能够感觉到睡袋里的药品盒子和电池还有其他的东西——我用体温给它们保暖。

最后，和每天早晨一样，我的膀胱赢了。我爬出睡袋，由于我们呼出的热气每天晚上都在帐篷里的顶棚上结成冰凌，我每天早上爬起来都会被迫洗上一个冰凌浴。我转身去找衣服。在摄氏零下 25 度的天气里，每天起身穿衣服都是个不小的考验。我吸了口气，跟自己说勇敢点，鼓足勇气把脚伸进冻得硬邦邦的靴子里。我拉开帐篷的拉链，伸出头向外张望。吉蕾尔玛已经起来了，生了火融化些雪水来沏茶和咖啡。她朝我大声说："Sain bainuu。"这是蒙古的问候语。

"Sain bainaa，早晨好。"我回应道。

捧着手上的热奶茶，守着温暖的火炉，感觉舒服多了。我们置身于一望无垠的雪原——这里真称得上一望无垠，因为没有任何东西会阻挡你的视线。远处，第一缕粉色的阳光照在连绵起伏的山峰上，照在那有棱有角的黑色岩石上，风卷起的冰凌在帐篷周围打着旋。整个帐篷区都苏醒了，我们那三头步履蹒跚的骆驼无动于衷地看着我们。这十年来，我每年都要到这个地区来几次，尽管如此，这天早晨我仍然被戈壁滩的壮观景色所震撼。

我们一直都在大戈壁的南部穿行，那是世界上最大的沙漠生态系统之一。这样极端恶劣的自然条件却衍生出了独特的、环境适应能力特别强的物种，它们大多数在世界的其他地方是不存在的，其中一种就是双峰驼。它们是我们经常在动物园里所见到的那种骨架很结实的骆驼的祖先。成千上万的双峰驼曾经在这里自由漫步。尽管它们现在生活在保护区里，可由于人类不断侵占它们脆弱的家园，它们的数量持续下降。

我们花了两周才到达沙漠，在保护区我们焦灼地停留了一个星期，一无所获。现在我们是在中国边界以北 37 英里的地方。

佩特拉已经起来了。她睡眼蒙眬地走过来找自己的杯子。“早上好。阿迪亚已经开始寻找骆驼了吗？”

“我刚出来的时候看到他拿着射弹观测镜（一种专业观察工具）在山上。”我回答道，“但愿上帝保佑。”佩特拉把一块冰冻的面包放在铲子上，送进火里烘烤。突然，无线电接收器轰然作响。我们的司机图曼，他也是保护区工作人员，立刻接听了来电。“Tsaa，Tsaa bainuu！”是阿迪亚从山上传来的呼叫。虽然他说的话我大部分都听不懂，但是在刺耳的啸叫声中，我听清楚了一个词“khavgai，khavgai”——野骆驼。

太不容易了，在漫长的一周搜寻后，终于第一次发现了它们的身影。我们马上兴奋起来。不过，那辆性能良好的俄罗斯乌阿斯越野吉普车现在还处于冻结状态。我们必须在它变速箱和两个车轴下面用火加热才能启动。全队人都忙碌起来。图曼在吉普车下面放了两个喷灯，把乘客那一侧座位的窗户卸了下来，这样我能方便地用麻醉枪射中它们。

准备麻醉镖需要花很长时间，而且必须十分细致。为了能捕获骆驼，我们这次用了一种新麻醉药，由五个部分构成，最重要的是含有鸦片的埃托啡，它是一种能够非常有效地捕获野生动物的麻醉药，和止动剂（一种兽用麻醉剂）很相似。虽然只需要几滴就能够让人类丧命，但是用于麻醉大型哺乳动物是非常理想的。由于天寒地冻，所有药品都必须先化冻，然后再掺上少量的无菌防冻剂。我小心翼翼地做着这些准备。安装注射器要求非常精确，但我的手指在厚厚的手套里却冻得不听使唤，操作的时候就像是一场搏斗。佩特拉目不转睛地盯着我，担心我不小心会被这些危险品弄伤。终于，我准备好了四支麻醉镖，给每个针头都盖上盖子，把它们放在我的羽绒口袋里，紧贴着胸口，这样它们就不会被冻住了。

“准备好了，出发，”我对全体喊道，“不能再把它们弄丢了。”

全体队员都上了车，检查完应该带的装备后，我们出发了。尽管我穿了好几层衣服，脸上遮得严严实实，我还是没有料到，刀子似的寒风吹得人脸上生疼。不过这些都是短暂的感受，搜索开始了，其他的都顾不得了。

为了避免骆驼在山脊的轮廓线中发现我们，吉普车谨慎地一点一点向上驶去。阿迪亚和我从车里跳出来，爬到山脊边上。在那里，我们下面，有 25 头骆驼安详地顺着河谷往前走，一路寻找着食物。时不时地，会有一只骆驼抬起头，四处张望一下，如果没有发现什么可疑的迹象就又把头低下去吃草。

这群骆驼大部分都是雌骆驼和小骆驼，但是在它们的外围是一只巨大的雄性骆驼。“看这个，”阿迪亚小声说，“它真大，真漂亮呀！”

我也小声回答着：“我们应该先对付这只雄性的。往东是平原，比较开阔，吉普车追起来也比较容易。它们选的这条路真是好极了。”我们小心谨慎地避开骆驼的视线向下走。

图曼把越野车的性能发挥到了极致，他踩尽油门，车跃过山脊。此时，驼群发现了我们，愣了一秒钟，然后，便用它们特有的赛跑步伐狂奔起来。为了加快速度，它们的身体被拉长，两边的前后腿协调一致地前后摆动着。

“我们走！图曼，开车追那只公骆驼。在那边！”我大声叫喊着，声音盖过了马达的轰鸣。慢慢地，那只公骆驼在视野里越来越大。我把枪举起来，通过瞄准镜瞄准它。骆驼出现在瞄准镜里，突然，我们的车颠簸了一下，骆驼一下子又不见了。

“图曼，我们还得再近点——现在不错！”现在，公骆驼清楚地出现在我的瞄准镜里，我对自己说放松，不要太早开枪——等等，再等等。有那么一下，感觉车好像停了下来，我扣动了扳机。只听“嗖”的一声，压缩二氧化碳把麻醉镖推出了枪膛。时间仿佛停滞了，通过瞄准镜，我看着麻醉镖一路射向骆驼的臀部，我的期望不高，只是盼望着它能继续向前飞，根本没有奢望它能够命中。

“Tsaa，打中了！”我兴奋地叫起来。麻醉镖稳稳地扎在了骆驼臀部的肌肉里。我紧绷的神经立刻松弛了，如释重负，深深地吸了口气。“现在不要着急，慢下来，给它留点空间，不要吓着它。”慢慢地，刺骨的寒意又袭上身来，鼻子完全冻僵了，我心里想着真得小心别冻伤了。不过，最重要的是，我们已经捕获第一头骆驼了。

远处的骆驼在漫天风雪中几乎看不见了。这头骆驼慢了下来，走起路来像喝了酒一样，跌跌撞撞。它还在和药力搏斗，但是我知道它现在跑不掉了。又过了几分钟，它身体向下沉，倒在了地上。我们还要等一等，等药力充分发挥出来。

“它没有问题，呼吸正常。”佩特拉用双筒望远镜锁定骆驼，仔细观察。我从吉普车上下来，肩上扛着医疗器械，走过风雪弥漫的平原。我们的骆驼正迅速地被风吹起来的雪堆埋住，我轻轻地戳它时，它已经没有反应。我挥手让大家过来帮忙。

我跪在雪地上，看着它睁开的眼睛，把脉搏血氧（定量）计放在它的舌头上。仪器里传出的砰砰砰的心跳声在风中回荡，这让我们悬着的心放了下来。尽管被麻醉了，但它现在的血液氧气饱和度是 94%，血液里的氧气水平接近正常。我抚摸着公骆驼蓬乱的毛发轻轻地说："很快就会没事的。"

佩特拉也在雪地里跪在我身边。尽管脸上戴着面罩，我仍然能从她的眼睛里看到欢快的笑意。她问我："都正常吧？"

"是的。来，给它戴上项圈。我来取血液样本。"我伸出手去摸它的颈静脉血管。"毛可真多，"我咕哝着，"要取这家伙的血液样本还真不是个简单的活儿。"终于，我把针头扎进了它的血管。几滴血抽了出来，但是马上就凝住了。"佩特拉，这样不行——血液在针头那里就凝住了。"

"等一下，我的羊毛披肩里的针是暖和的。"然后，她递给我一只。

这个还真管用。血液慢慢地注满了针管，我们也拿到了基因样本。装在项圈上的全球定位系统会一天三次报告这头骆驼的位置，并且每隔一天就通过法国阿哥斯卫星把数据传送到野外工作站。通过分析这些数据，我们能更好地了解它们的活动规律，确定它们需要的生活空间，需要多少食物。如果我们希望为后代保护好这个物种，这些数据至关重要。装在项圈旁边的一个小东西是小型的爆炸装置，16 个月以后会自行启爆，解除项圈。这个装置听起来对动物很危险，但实际上它非常小，并且是装在一个钢盒子里，它所引发的爆炸只是用于解除项圈上的固定销。

相似的项圈已经用在了比骆驼更脆弱的动物身上，比如麋鹿和鹿。

公骆驼的头好像飘在雪地上一样，它深棕色的身体已经完全被雪堆盖住了。

“大功告成，”我向大家宣布，“接下来，在大雪把它覆盖之前，我们帮它站起来吧。”我们团队的每个人都过来摸摸它的头，用自己的方式向这头骆驼告别，祝福它以后在戈壁滩上一切顺利。

现在我独自和骆驼待在一起，手里拿着装有解药的针管。只要把药注射进它的血管，它就能醒过来，立刻就能跳起来——很可能马上就跑开了。针头再一次扎进它的血管，我向下推着注射液，一条腿紧紧地压在它的下颚上，使它的头紧贴地面，不能动弹。我希望它有足够力气把我掀翻后再站起来。

我和这头骆驼总共待了一个小时。这场追逐战，麻醉镖和雪地上毛茸茸的骆驼头，它们都已铭刻在我的脑海里。在它以后的戈壁生活中，我祝愿它永远不要再碰见人类。

骆驼开始骚动起来，呼吸加深，然后它虚弱的身体想把我甩开。“你做得还不够好。”我对它说。几分钟之后，它终于发出呼哧呼哧的喘息声，把我掀翻到雪地上。它看起来有点糊涂，但是高高地抬着头，瞪着我。这样一种骆驼特有的表情让我明白它又活蹦乱跳了。它站起来，晃晃悠悠地走了几大步，停下来，最后看了我一眼。

“走吧，祝你身体健康，保重！”我对它说，“我们还会关注你的。”

这头骆驼转身离开了，再一次消失在漫天风雪中。

六个月以后，我在维也纳舒适的办公室里登录法国阿哥斯卫星网站了解戴着项圈的骆驼的情况。那是戈壁滩的盛夏，气温高达摄氏50度。这头骆驼正在往北走，找寻雨水充沛、草木茂盛的地方。值得高兴的是，到目前为止，尽管戈壁滩上的条件恶劣，它和另外五个同伴都无病无灾。虽然我们获得的是初步数据，但有一点很明确：这个引人注目的物种需要广阔的空间才能够安然生存下去。

克里斯汀·沃尔泽

克里斯汀·沃尔泽自2005年以来一直是奥地利兽医医药大学野生动物生态环境学院的教授。1990年获得维也纳兽医医药大学兽医资格。从此，他开始参与野外工作并成为奥地利萨尔斯堡动物园动物管理部联席主任、首席兽医及研究员。沃尔泽博士在野生动物研究方面享有国际声誉，特别是他在欧洲、亚洲和非洲的工作与研究经历，使他对野马和肉食动物的研究有很高的造诣。他参加过无数条件艰苦的野外项目，比如他曾经把普氏野马从欧洲运到蒙古，研究人类的介入对戈壁沙漠蒙古野驴的影响以及把卫星定位项圈放置在野生骆驼身上等等。目前，他正在蒙古从事多种研究工作，包括由奥地利科学基金会所赞助的保护野生驴的环境规划。

摩托车手、鳄鱼和遗嘱

于尔根·舒马赫
兽医学博士

我在德国读书的时候，从来没有想过要给鳄鱼当医生。我最大的愿望是在动物园当兽医，但不是那种给爬行动物尤其是蛇或鳄鱼看病的兽医，压根就没这么想过。尽管我从小和各种动物一起长大，有狗、仓鼠、鸟、鱼和乌龟之类，可那时我要是抱一条蛇回家，我妈妈说不定早就把我送人了。

但是，当爬行动物第一次成为我的“患者”之后，一切都改变了，我发现它们是令人神往的动物。随着我更多地认识到它们在动物王国中的地位，我自己也开始饲养爬行动物，特别是乌龟，而直到现在它们都是我的至爱。

很幸运，我妻子也和我有同样的爱好，同意我在家里养了不少爬行动物。但是养爬行动物有一个大问题，特别是乌龟，它们的寿命太长了，等我有空的时候必须做个安排，把它们写到我的遗嘱里去。

20 世纪 90 年代，我工作的那家动物医院为来自异国他乡的动物提供医疗服务，如鸟、爬行动物和小型哺乳动物——人们把它们当做宠物来饲养，同时也为几所动物园提供服务。其中之一是佛罗里达圣奥古斯丁鳄鱼动物园，这个动物园有一条重达两千多公斤的雄性咸水鳄，名字叫戈麦斯。它的V形头和我的餐桌一样大,深色的鳞片几乎覆盖了全身，钉子般的牙齿整齐地排列在下颚里。

尽管它有庞大的身躯（咸水鳄是世界上最大型的鳄鱼），戈麦斯却非常温顺。在每天开饭之前，它都为全世界的游客表演。看到这样一个巨大的动物从动物管理员手拿的长杆前端轻盈地吃到食物确实是令人惊叹的景象，这完全不是我们常看到的那种野生鳄鱼表演。

我到动物园定期探视动物时，总会去看看鳄鱼馆。戈麦斯看起来身体不错，因此我没有多少事情。有的时候，我们要和动物管理员还有园长一起查一查它的饲养管理是否科学，比如查查它的伙食以及洗澡和栖息的环境情况如何。这头鳄鱼吃各种各样的食物，尤其爱吃海狸鼠，那是啮齿目的家族成员。它自己有一大块领地，池塘很开阔，游客们可以在水下的观赏区域欣赏它。

在一次例行检查中，园长让我看看鳄鱼尾巴上是不是有皮炎。我在安全范围内观察它，发现它尾巴根部的鳞上有白色物体。当时，“病灶”的损害只是表面的，我们决定以后仔细观察。我怀疑这是某种细菌或者霉菌感染，希望通过它自身的免疫调节功能就能好转。

虽然尾巴上的问题看起来并不影响这只巨兽的生活，但是在接下来的几个月里，受感染的鳞片越来越多，我们决定根据以往的经验（以目前观察的病情为判断依据）给它使用抗生素，这样它，还有我们，都不用经历不必要的体检麻烦。

给爬行动物选择抗生素是一件很困难的事情，因为我们几乎没有资料可查，不知道哪一种药最有效，也不知道该多长时间用一次药。另外，不同的爬行动物在体重上差别非常大，小的只有几克（比如壁虎），大的足有几吨重（比如咸水鳄）。兽医必须根据不同的“病人”决定剂量以及给药的方式。

一开始我们想把抗生素混在食物里，但是我们知道对于这种动物来说可能效果不大。大型冷血爬行动物体温低，新陈代谢比同样大小的哺乳类动物慢，它们体质上的差异表明，爬行动物吸收药品更慢，也不能完全吸收。给爬行动物口服的抗生素大部分都吸收不好，很有可能达不到治疗目的。饲养员组长认为可以把注射器绑在八英尺高的长杆上进行肌肉注射，这种方式治疗爬行动物的皮肤疾病通常有效。所以，我们决定先试一个月。

用药四周后，在例行检查前，我像往常一样给爬行动物饲养员的组长打了个电话，和他讨论了鳄鱼的病情。他告诉我尽管使用了抗生素，鳄鱼的皮肤看起来还是没有好转。好在戈麦斯仍然很活跃，而且胃口也很好。我向组长建议尽快麻醉戈麦斯以收集相关样本。我们需要搞清楚，它的皮肤病是由细菌还是真菌引起的，这样才能够制定出一个更有针对性的治疗方案。尽管麻醉有风险，他还是同意了。我们的确需要给它做一次全面检查。

但是，给大型爬行动物做麻醉有诸多困难。首先，不管是哪一种鳄鱼，兽医们在和它们近距离接触时，都对它们怀有深深的敬畏之情，就像对待狮子和老虎一样——因为它们都是可怕的食肉动物。另外，爬行动物和哺乳动物新陈代谢的速度不一样，有些麻醉药对这两类动物都有效，有些麻醉药则没有什么效果，还有一些麻醉药，如果剂量使用不准确，完全有可能意外地杀死它们。

被麻醉后，爬行动物和哺乳动物的反应也不一样。爬行动物在麻醉过程中的心跳和呼吸次数都特别低，兽医很难把握用药的程度。比如说，戈麦斯在麻醉过程中，呼吸可能变得只有几分钟一次，心跳降到每分钟两次。给它做麻醉，我们必须十二分小心，必须特别注意它的安全——当然还有我的安全。

第二天，我和一群兽医专业的高年级学生从医院出发到动物园去，他们一直渴望走出医院进行一次实地考察。当然，他们也为考察后能来一次海滩午餐而兴高采烈。我们很早便到达了动物园，接近中午时就做完了大部分常规检查，包括解决动物园中某些动物的健康问题。然后，该轮到鳄鱼了。

我把学生们召集起来，朝鳄鱼馆走去。我原计划再观察它一下，然后和工作人员商量何时给它做麻醉以及怎么做。途中，我们看到动物园有一大群穿着皮衣的摩托车手。动物园员工告诉我附近正在举办一场摩托车比赛，车手大多数都收到了动物园的免费门票。这样一来，动物园里的摩托车手好像比动物还多。

我们到达鳄鱼馆时，我惊诧地看到鳄鱼池里没有水了。那个大家伙一动不动地趴在池塘里。我一下子反应不过来，只是疑惑地看着饲养员。他告诉我，昨天晚上他把水放光了，这样我们就能很容易地顺着梯子下到池塘里面给戈麦斯做检查，收集我所需要的诊断样本。

我尽量不去想自己读过的那些有关鳄鱼捕获猎物的资料。很幸运，那时电视上还没有上演《杀人魔王鳄鱼》的节目，否则我当时极有可能做出截然相反的决定。

饲养员组长发现我有点紧张，马上安慰我说整个过程绝对安全。学生们在一旁听着我们谈话，他们完全不相信，我会考虑爬到池塘里去给鳄鱼做检查。那时，我内心深处的想法可能是，麻醉这只鳄鱼也许并不是个好主意，有可能会得不偿失，毕竟它是众多游客心中的宠儿——另外，我也信任饲养员。

我决定给它做检查，我还想好了，如果有危险就立刻拔腿飞奔。我让学生们留在外面，告诉他们只能在外面看。我默默祈祷，但愿我不会给他们提供故事素材，好让他们跟朋友或家人讲，自己认识一个疯狂又白痴的兽医……我准备好器具，拿上钳子、剪刀、手术刀片、活检针和标本试管，跟着满不在乎的饲养员走去。我们走到池塘下面，大约离地面十英尺，离戈麦斯还有几英尺时，我盯着它，发现它比在观光窗口看到的样子大多了。

尽管我没有特别留意那些摩托车手，但仍然注意到有一大群人透过观光窗口在瞧着我们三个——我、饲养员和鳄鱼。他们脸上的表情分明流露出他们想知道池子里究竟发生了什么状况，那个人打算对鳄鱼，抑或是对他自己干什么？

我很快把注意力转移到戈麦斯身上，它还是没有动，好像完全没有注意到我们。因为人在紧张的时候大脑会短路，趁我现在头脑清醒，我先想好了撤退的办法。收集样本时，我会站在它的尾巴下面。它的头在角落里，如果它跳起来抓我，可能会先撞上观光玻璃。我希望，这样能够给我一秒钟的机会从它身边跳开，爬上去。事后想起来，这算不上是个多聪明的计划。如果那时戈麦斯用巨大的铁尾巴扫过来，当场就可能打断我几根骨头，直接把我甩到它的领地外面去。

我用钳子和刀片把鳄鱼患病部位的全层皮肤活检样本取下来，好留着回去在显微镜下（通过病理组织学检查）发现它的问题。我还从它身上其他部位取下了一点皮肤，以便回去做细菌或真菌培养。整个过程中，我的“病人”几乎一动不动，但是我后来紧张了。我看着它的深黄色眼睛，跟自己说：我真的不想成为你食物链上的一环。

收集完样本之后，我马上爬出鳄鱼池，把皮肤组织的样本放到小瓶里。管理员跟着我过来，在身后看着我，又看了看池塘，然后把目光移向鳄鱼没有表情的眼睛，再回到我取的样本上。我突然意识到刚才自己做了件多么危险的事情，我的手开始发抖。还好，我仍然握着瓶子，没让它们掉在地上摔个粉碎。

我们离开鳄鱼领地时，学生们瞠目结舌地看着我，一句话也不说。摩托车手们走过来，他们刚才看到了全过程。

他们都穿着牛仔裤、靴子和皮夹克，大部分人留着大胡子。他们沉默地看了我们几秒钟，研究我们脸上的表情。很明显，他们有很多问题要问，但是好像不知由谁来问比较好。最后，其中一人开口说道：“它死了吗？”

我摇了摇头说：“没有，它还活着，活得很好。”

摩托车手们怀疑地瞪大了眼睛，“你给它吃了什么？”那人又问：“它睡着了，对吗？”

“没有，我什么都没有给它，它是完全清醒的。”这群人相互看了看，很显然想到了同一件事情。那人又说：“你是个傻子。你真傻。”其他人都点头同意，然后就走开了。他们显然认为所有说话带外国口音的兽医都是傻子。

我收拾东西时，发现学生们也在盯着我。他们可能在想，像我这样和野生动物打交道，怎么还能活在世上呢？我有点尴尬，也不知道如何解释，只是平静地告诉他们，如果他们希望能干到退休，以后千万别像我刚才那样工作。我还说如果要检查的动物没有被束缚住，以后我坚决不会去了。

在这之后，我们还有一群动物需要检查，那是一群乌龟。我们到达乌龟馆后，这群不伤害人的爬行动物看起来很高兴迎接我们，它们一起爬了过来，找吃的，翻我们的鞋和包，伸着脖子让我们给它们挠痒。我们都很放松（特别是我）！我也相信这群乌龟很高兴被人关心。

事后回想起来，那条鳄鱼应该称得上是极度配合的“患者”。后来我们用取来的样本培养了一些有机物，给它换了一种能够对抗它皮肤上的细菌的药。这种抗生素非常对症，过了几个星期，它痊愈了。

这件事情发生在我刚刚开始工作时，直到现在回想起来，那个场景仍然历历在目。即使过了很多年，我仍然会讲给朋友和同事们听。现在，在和许许多多野生动物打过交道之后，我再也不会在类似的情况下走进池塘了。这段经历让我明白，治疗野生动物必须因“人”而异，相应地做出不同的判断和决定。那时，虽然我感到不安全，但我还没有成熟到向别人说“不”。终于，感谢上帝，我学会了考虑自己的安全。有的时候对别人的意见真的不应该盲从。不过，我还是想把我的乌龟们写进自己的遗嘱里。

于尔根·舒马赫

于尔根·舒马赫，出生于德国，1988年毕业于柏林大学兽医医药学院，其后在美国佛罗里达州立大学兽医医药学院攻读硕士和博士学位，在那里，他完成了麻醉和动物医药两方面的高级专科住院实习。1997年起在田纳西州立大学药学院任职，目前是副教授、鸟类及动物类医药服务协会的主管，主要教授动物园动物医药，发表了数十篇学术论文和某些书籍的相关章节。舒马赫博士获得了美国动物医学会的专业资格认证、德国爬行动物医药和手术医师资格认证。他个人的临床工作和研究兴趣是：动物园动物麻醉和止痛，爬行动物医药和手术。虽然他喜欢所有的动物，但是乌龟到目前为止仍然是他的至爱。

大象追踪记

莎伦·迪姆
兽医学博士

兽医们每天都被同样的问题所困扰：这个家伙怎么了？怎样才能治好它的病？需要给它治病吗？什么时候治？怎样做才能避免旧病复发？不管是给狗和猫、寄生蟹还是给大象看病，我们都要面对这样的问题。“病人”不会说它们需要什么，也不会说哪里不舒服，我们也没有办法让它们知道，我们愿意随时帮助它们。通常，做准备工作都要费九牛二虎之力，我的经验是，只有麻醉枪才能让野生大象明白，它需要看医生。

我接到从附近镇上转来的长途电话时，就知道我们要啃硬骨头了。电话里描述了一头正在四处狂奔的雄性森林大象，左小腿上带着一个捕猎夹。那是 2005 年，我先生、儿子和我住在非洲加蓬共和国的首都利伯维尔。我在那里为史密森国家动物园做兽医研究工作。我先生斯蒂文是野生动物保护协会的野外生物学家。我们两岁的儿子查理正在学英语和法语，我们在地球上最美丽的国家之一过着青春飞扬、激情澎湃而又悠然自得的生活。

我和斯蒂文在此之前就研究过健康森林大象的习性和活动规律，麻醉过几头大象，在它们身上安装GPS跟踪器——这个工作是斯蒂文牵头的一个生态环境研究的一部分，目的是收集和森林大象有关的数据，如居住范围和栖息地功能等。不过，我们可没有处理过四处狂奔的受伤大象。这是个全新的挑战。

电话中的女士问："在这头大象发飙之前，或者，被村里人杀死之前（因为它很容易被发现），能不能把那个捕猎夹先取下来？"

非洲象，拉丁学名是Loxodonta africana cyclotis，只生活在中非和西非的热带雨林中。人类为了获取象牙和象肉而偷猎大象，为了伐木和开矿破坏它们的栖息地，使非洲象整日惶恐不安。非洲象这个亚种的未来十分渺茫。现在，在加蓬的密林里，很多人用捕猎夹大量捕捉野生动物。捕猎夹不分青红皂白，是令人恐怖的罪恶杀手，最后会使大象在痛苦中慢慢地死去。

斯蒂文和我讨论了这个问题，我们愿意试一试，但最大的担心是我们缺乏一队"飞毛腿"——他们能够迅速追上奔跑的大象。我们的原则一直都是：如果在麻醉了大象以后没有办法找到它，那就根本不要麻醉它。中非的俾格米人在这方面身手不凡，在之前的大象研究工作中曾经帮助过我们，但是现在不可能迅速把他们召集起来找寻这头大象。不过，我们很幸运地找到了两名为世界动物基金会工作的加蓬向导，他们愿意帮助我们找寻非洲象。事实证明，如果没有他们的鼎力相助，我们根本不可能麻醉这头大象。

我们立即飞到海边城市甘巴，在既是临时居所又是我们的实验室里简单安顿下来，然后出门拜会当地居民，向他们打听一头跛腿大象的身体状况和现在的下落。

几个小时以后，我们终于发现了它的身影，它一瘸一拐地走过这片大草原，离我们只有 30 英尺远。我们用手电筒照了照，发现它是头漂亮的成年公象，正值壮年（大概二十多岁），八英尺多高，长着短小、直直的象牙。更重要的是，我们发现它小腿上有一圈皮萎缩了。

我马上就意识到，我们时间紧迫。由于血流不畅，它小腿上很可能出现感染、骨髓炎、肌肉组织损伤等病症，而这些都将无药可救。我们必须立刻找到一个合适的位置，安全地给它实施麻醉。

第二天，我们继续搜寻。傍晚时分，它再一次出现了，从密林里走到了大草原上。它站在一片空地上，几乎在射程内了。麻醉枪已上好了膛，一切准备就绪，只需要它再稍微走近一点就可以了。我觉得真是走运，搜寻才进行了 24 小时，很快我们就可以把它放在“手术台”上，给它取下捕猎夹，治好它腿上的伤。我一时沉迷在自己的想象中。

万万没有想到的是，大象发现了我们，尽管腿上带着伤，它还是奔跑起来。仅有的一点希望正迅速地消失，虽然我知道当时的位置不是很理想，但还是开了枪，只可惜没有打中。那个时候，我们已经没有选择了，天正在黑下来，这对我们和大象都不安全。我提议当晚不再寻找，这对我们是个不小的打击。走回卡车时，我不知道其他人是不是在想：“她怎么会打不中大象呢？多大一个靶子啊。”

接下来的四天里，我们徒步或开车四处找寻它的踪迹，希望能再一次看到它，为它进行安全的麻醉，最好是白天在远离水源的地方。我们费力地寻找着大象走过的痕迹，也根据当地居民提供的线索四处奔波。

我们特别留意瘸腿大象的印记——根据脚印大小和步子之间的距离能够把它和其他正常大象区分开来。

有几次，我们预计它刚走进某片森林或者它会从另外一片森林走出来，就守候在密林边的草地上。几个小时几个小时地干坐着等它。尽管费尽心思，但我们还是找不到它。也许它不会给我们第二次机会了。我们又疲劳又烦躁，也很担心，因为知道我们快没有时间了。我们把大象给弄丢了。

到了第五天晚上，它又幸运地出现在我们面前。那天我们正准备收工，它从森林里走出来，来到了一片空地上，离我们的卡车大概有 100 英尺远。它看起来瘸得更厉害了。在这头亲爱的大象露面之前，我已经拿着麻醉枪，站着等候了好几个小时。暮色沉沉，在那种情形下是不可能安全地用麻醉枪击中它的。仅仅 30 秒钟，它就走到了空地边上，一眨眼消失了。我把枪收起来，也收拾好其他的设备，我们都垂头丧气的，这一天又白忙活了。难道这头大象比我们一车人都聪明吗？

它很可能就躲在某一片密林里，侦察我们。它也可能专门挑了那个时间走到空地上，因为它知道夜色降临时，我不会再用麻醉枪向它射击。也许它知道，当时天色已晚，我们不可能再顺着它的痕迹跟踪搜寻。那么，它是不是还知道，麻醉枪和麻醉剂是用来帮助而不是伤害它的？我愿意相信这头生灵某种程度上明白我们的好心。也许它从密林里走出来是想告诉我们它还活着。但也许它只是从空地的一边走到另一边，根本就和我们无关。

第二天，我们又开始了辛苦搜寻。

两天以后，我们再一次碰上了这个“患者”。它行动更迟缓了，现在大部分时间就待在那个小湖边，有时候走进湖里。我花了好几个小时坐在水边，远远地看着它。它有时游到湖里，大概是希望让那条伤腿休息一下，使疼痛得到片刻的缓解。然后，它回到岸边，用鼻子把水吸上来，喷到伤口上——目的是清洁伤口，自我疗伤。它一天多次重复这种治疗方法，我看得目瞪口呆，也暗暗佩服。这头大象让我们看到了难得一见的一幕：动物自我治疗的本能。我为它感到难过，因为它对那个捕猎夹无能为力，没有办法取下来。很明显它瘸得更厉害了，捕猎夹周围的伤口也更加红肿。我下定决心，不惜一切代价去帮助它。

我们不能再等合适的机会了，也许永远都不会有所谓合适的机会。讨论之后，斯蒂文和我都认为这个湖边是我们唯一的选择。但现在我们最大的担心是，打中它以后，这头大象会马上冲进湖里。如果出现这样的情形，我们必须在麻醉剂起作用之前，想办法逼它改变逃跑的方向，否则，它一定会被淹死。我们必须有个万全之策。

第二天，我和斯蒂文，还有一个向导，来到湖边的一片树林里。我们坐下来等它，看着它像前几天那样在湖里休息。几个小时以后，它走到岸边，开始吃青草，它用长鼻子把青草卷起来送进嘴里。如果想要救这头大象，我们必须打这一枪。

慢慢地，借着树木的掩护，我们沿着湖边向它靠近，现在离它只有175英尺了。这个距离并不理想，再短一半更好，但是没有选择了。大象朝我这个方向看过来，感觉到了我的存在，它看起来和我一样紧张。扣扳机！我开了枪，打中了它左大腿的中间。我站起来，看起来麻醉剂已经注射进去了。干得漂亮!

我心里迅速盘算起来，必须和它保持安全距离跟着它，但是距离又不能太远，我们要在麻醉剂生效时很快就能赶到。更要紧的是，我们必须使它不掉进深水里。和我们预想的一样，这头大象笔直地朝着水中央跑去。幸亏斯蒂文在前一天晚上冥思苦想，想出了一条妙计。他用无线电通知另一个向导，他等在湖里一个拐弯处的汽艇上。汽艇一开到湖面上，大象就改变了方向，从汽艇旁边跑开，跑到树林边上去了。

踩着齐腰深的水，我们兴奋地拔腿就追。它在树林中消失了，我们只能顺着它的脚印继续狂奔。我们跑了 45 分钟，这 45 分钟无比漫长又无限短暂。如果没有非洲“飞毛腿”——我们的加蓬向导，斯蒂文和我都担心我们根本追不上这头大象。我们汗流浃背地跑进茂密的森林，浓密的枝叶挡住了我们的视线，汗水模糊了我们的双眼，树枝划伤了脸和四肢。我们只能凭着前面树枝折断的声音以及灌木被碰擦的刷刷声判断出来，这头大家伙还没有被麻倒在地。

以我们之前的经验，在麻醉剂的作用下森林大象一般 20 分钟内就会倒下。追了 30 分钟以后，我决定再开一枪，因为我担心第一针药剂没有完全注射进去，如果是那样的话，我们事实上是在追赶一头受了伤的、异常清醒的大象。我站在一小片空地上开始准备，我能听见它在树木的掩护下奔跑。然后，突然就没了声息。它还在跑吗?它是不是站在森林边上等着我们去抓它，它没事吧?为什么在动物医学院没有人教过我这些?

我装好麻醉枪，又回到树林里。这一次，大象又消失了，我们只好再跟着它的脚印追赶。终于，我们听到了沉重的呼吸声，听到前方几英尺远的地方它碰擦树木的刷刷声。然后，我们发现了躺在地上的大象，但是它正努力站起来，看起来是麻醉剂剂量不够。这头大象还在和麻醉剂较量着，也许剧烈的疼痛和高度的紧张战胜了药力，它的肾上腺素水平这个时候绝对和我们一样，远远高出了正常值。

我们小心翼翼从后面靠近它,直接给它注射了第二针。两分钟以后，我们的“患者”终于可以安静地接受治疗了。

我们取下了捕猎夹，清洗了伤口，在伤口上敷了抗生素，给它打了预防破伤风的疫苗，还给它注射了与大象体重相匹配的长效抗生素。它的脚看起来没有我们想象中糟糕：肌肉组织能够出血，骨头也没有露出来——这些都是好现象。我又从它身上采集了血液样本，目的是回去以后化验检查它身体的基本状况。当大家都撤到安全区域后，我给它打了苏醒针。

三分钟后，它站起来，从我们身边走开了。这是第一次，它按照我们的愿望行动。

如果是动物园的大象，我会给它安排一天两次治疗，一天一次注射抗生素。当然动物园里的动物不可能被偷猎者装上捕猎夹，也不需要它的医生花上八天时间四处搜寻它。现在我们只能寄希望于这一次注射、大象的自救能力和时间起作用了。捕猎夹取下来后，它至少多了几分生存的机会。对于在学校学到的兽医技能，我的内心充满感激之情，这些知识帮助了我救护这头大象，帮助它逃脱了可怕而又残酷的命运。

我给这头大象起名罗比·杜，这也是我家那只 21 岁的三脚猫的名字。为罗比治疗后的当天我们就看见了它，后来又和它多次重逢。它的腿不瘸了，但是留下一块伤疤，这是给它的一个纪念品——总能提醒它，还有我们，留心差点让它丧命的捕猎夹。我不知道当它看到伤疤的时候，是会想起险恶的偷猎者，还是追着它跑了八天，救了它命的那四个人。但愿它想起的是后者。

莎伦·迪姆

莎伦·迪姆，在全世界19个国家从事被捕获动物或自由野生动物的保护和研究工作。莎伦·迪姆博士毕业于弗吉尼亚州立大学综合工艺学院生物专业，获学士学位，硕士毕业于弗吉尼亚兽医医药大学马里兰校区，并在佛罗里达大学获得动物流行病学博士，同时在那里完成了为期三年的动物园和野生动物医药住院实习。她还获得了美国动物医学会的专业资格认证。她在野生动物医药方面的主要兴趣是：家养动物和野生动物之间的疾病传染，环境变化及人类介入对野生生物健康和保护的影响。她在动物医学月刊上发表了五十多篇文章以及十本书籍的相关章节和不计其数的论文。迪姆博士目前是兽医流行病学家，任职于圣路易斯动物园野生动物研究院。她和她丈夫斯蒂文·布莱克及儿子查理近期搬到了加拉帕戈斯群岛，开始了新的探险生活。

迷雾中的伙伴：死里逃生

克里斯托弗·惠蒂尔　　费莉西亚·纳特
兽医学博士、哲学博士　　兽医学博士

很少有人能够幸运地完成自己的夙愿，而能够和自己的伴侣一起完成这个夙愿的更是寥寥无几。当我们拿到去野外研究山地大猩猩的兽医项目时，我们知道这个任务颇为艰难，甚至力有未逮，却仍然义无反顾地投入其中。

我们在野外做的第二个研究项目是对我们团队的一个严峻考验，那个项目是2002年12月，在费莉西亚加入我们团队三周以后开始的。项目涉及卢旺达火山国家公园一只被迫离开群体的雄性年轻大猩猩。具有讽刺意味的是它的名字叫焦利密，法语意思是“好朋友”，但我们没有想到它表现得非常名不副实。

山地大猩猩兽医项目的宗旨是在大猩猩有性命之危或者人类侵入它们的领地时给予它们帮助。通常来说最能危害它们生命的是其手脚被捕猎夹弄伤，或者它们感染了人类的传染病，特别是游客传染给它们的流行性呼吸道疾病。但是，有时即使是很小的伤害，也有可能演变成很严重的问题。

当时不知道什么原因，焦利密全身伤痕累累，有很多严重的划伤和抓痕，很可能是和其他大猩猩打架造成的。如果是这种情况我们一般不会介入。还有一种比较牵强的猜想，不知道它是否曾落入了偷猎者捕获野生水牛的陷阱，所以浑身是伤。不过这种可能性很小。

我们和卢旺达火山国家公园的员工、负责公园事务的当地政府官员以及保护区的其他合作方讨论了这个状况，最后一致决定要介入去帮助它。原因是焦利密双手都有伤，已经没有办法正常行走和进食了。我们担心它的几根手指头，甚至大半只手掌都有可能不保，那样对它会是致命的打击，它将直接面对饥饿和死亡的威胁。除此之外，由于偷猎问题，国家公园里的健康大猩猩已经死亡了十几只。公园股东认为拯救一只被自然环境伤害的年轻银背大猩猩（指背部颈下方有银白色毛的雄性成年大猩猩）是非常值得的。

在得知焦利密受伤的消息后，费莉西亚曾单独给它做过检查。当时，焦利密痛苦万分，费莉西亚立刻用飞镖给它注射了抗生素。回来以后，她建议对它进行手术治疗。我们讨论了她的建议，决定第二天就组织一个治疗小组开始行动。那一天正好是新年前夜。

我们收拾好行囊，里面装满了医疗设备，一大早就出发了，此时著名的维龙加火山群还在迷雾中沉睡。这支队伍中除了我们两个，还有一位卢旺达的公园兽医技术员伊丽莎白·耐拉卡拉基，一名澳大利亚动物行为研究实习生格拉汉姆·华莱士，此外还有几个公园里管理大猩猩最有经验的员工，包括极受尊敬的开瑞索克研究中心的福斯坦·巴拉巴维瑞拉先生。

巴拉巴维瑞拉曾经受雇于黛安·佛西（美国著名动物学家），担任其野营助理，后来升为小组组长，现在则参与我们的焦利密项目。他对国家公园中的每只大猩猩包括焦利密都了如指掌，这对我们非常有价值。不过和他沟通却有很大困难，因为他不会说英语，只会一点点法语。我和费莉西亚花了多年精力学习斯瓦希里语，也费了九牛二虎之力学习卢旺达语，但也只能说一点简单的日常用语，但愿他工作时是一个沉默寡言的人。

我们大部分时间都是通过点头和手势和他进行交流，当我们认错了大猩猩时，他失望地摇摇头。他和它们非常熟稔，亲密得就像一家人。而当我们休息时，在灌下一大杯普赖默斯啤酒之后，巴拉巴维瑞拉就像换了个人，他直接跳到地板上，脸上带着灿烂的笑容，穿着过膝的靴子，和着鼓点，重重地踏着节拍，欢快地跳起卢旺达传统舞蹈。他的性格和丰富的工作经历都使我们和他很亲近。

尽管我们在向焦利密的领地进发的过程中做好了治疗预案，但我们需要实地再给它检查一次才能最后确定治疗方案。团队工作的一个优势是我和费莉西亚可以讨论清楚以后再做决定。这次，她说她不打算事先告诉我焦利密的情况，不希望我产生先入为主的印象，我应该和格拉汉姆还有巴拉巴维瑞拉一起先看看，然后再和她交换意见。

在离山路 20 米远的地方，我们发现了这头受伤的大猩猩。它坐在那里，手抄在怀中，正舔着伤口。像很多接近成年的雄性大猩猩一样，它从前很喜欢恶作剧。为了显示它的勇敢和力量，它会向游客挑衅——做出推搡他们，从他们身上扯下背包一类的事情。为了保护游客和大猩猩的安全，这些行为都是不受鼓励的，但是要想不让这些 300 磅重的大猩猩在自己的家园找点乐子十分困难。虽然这些行为有时很危险，人们还是无法和它过分计较，因为焦利密天生一对讨人喜欢的招风耳，看起来像个卡通人物，愚顽可爱。

但是这一次，它一点精神头都没了。前一天，它的状况很差，乖乖地坐在那里，费莉西亚向它臀部发射了两支飞镖，它都没有任何异议，只是在右臀挨了第一镖之后呻吟了一下，软弱无力地走出去六英尺远。随着二氧化碳气枪的枪声再次响起，它转过身来看着第二支飞镖飞向它左边臀部。装有十毫升高浓度青霉素的飞镖打到身上会比较疼，通常都能听到“患者”的叫喊声，但是这次焦利密完全无动于衷。

今天，我们走近它的时候，它咕哝着发出警告声，一纵身抓住一棵小树。树枝啪嗒一声折断了，掉在巴拉巴维瑞拉头上。它在警告我们不要打扰它，这是银背猩猩特有的行为。巴拉巴维瑞拉对它的威胁行为咧嘴一笑作为回报，这只大猩猩一生下来他就认识它了。

也可能昨天注射的抗生素开始起作用了，焦利密恢复了一定的体力，但是看起来仍然伤得很严重。简单讨论之后，我们决定依原计划行动。我和费莉西亚避开大猩猩的视线，转移到小路上面一点，开始准备麻醉镖并提醒小组每个人的角色和责任。费莉西亚总是有办法让我做准备麻醉剂和飞镖的工作，今天也不例外，特别是她前一天已经有了一次这样的经历——恐怕焦利密丝毫也不想再看到她。

按道理说，这次治疗工作会比较简单，因为周围没有别的大猩猩干扰我们的工作。但是，我们要麻醉的是一只体型巨大、脾气暴躁的银背大猩猩，我们必须仔细准备两支麻醉镖。为了缓和一下紧张的气氛，我和巴拉巴维瑞拉开了个玩笑，我们全组人都知道他好脾气，我说："如果再听到叫喊声，那一定是巴拉巴维瑞拉。"很不幸，几分钟之后，玩笑变成了现实，虽然叫喊的是其他人。

回到刚才离开的地方，我们立刻发现了一个良机，马上开了第一枪，射中了焦利密的肩膀。让我们大感意外的是，它竟一跃而起，以出人意料的速度跑开了。我们跟着它跑到小路上，然后翻到了对面的小山上。给大猩猩进行麻醉的第一条原则是：如果有一头银背大猩猩在你上方，不能开枪麻醉任何其他大猩猩，更不要说我们本身要麻醉的就是一头银背大猩猩，而且它就在我们上方。第二条显而易见的原则是：应该尽量避免正面瞄准。没有什么动物喜欢有人拿枪对着它，有少数动物一辈子都不会忘记这种糟糕的经历。前一天，焦利密情绪低下、无精打采，费莉西亚同时违背了两条原则却得以侥幸逃脱。

今天，当焦利密往上走的时候，它的后腿是最好的目标。为了抓紧机会赶快射出第二支镖，我就站在当时的不利位置上准备射击，这一举动后来让我懊悔万分。我等着它转过身去向上走，但是当我举起枪的时候，它回头扫了一眼，发现我正在瞄准，便立刻尖叫着从小路上扑下来。

我们在学校里学到的是当大猩猩进攻时要稳住阵脚，但那只是指大猩猩虚张声势的攻击——而这次进攻却是实实在在的。我只有一秒钟的时间做判断。最好的选择是在它扑过来的最后一刻像斗牛士一样敏捷地躲开，同时希望它也能借势从小路上冲到一个不很危险的位置。这个选择对我有利，对站在小路另一边的巴拉巴维瑞拉也还好。但不幸的是，由于我们两个在树丛中占据了唯一的开阔地带，格拉汉姆无处可退，焦利密冲下来的时候抓住了他，胳膊抱着格拉汉姆的腿，把他带翻在地。

焦利密和格拉汉姆的尖叫惊动了整个小组，大家都飞奔过来看个究竟，只有费莉西亚和伊丽莎白坚守岗位。因为她们当时在离我们30米外的小山下，中间又被一个弯道挡住了视线，不过她们从声音就能判断出来有人受到了攻击。她们迅速抓起装满药品和医疗用具的背包跑上来帮忙，心里忐忑不安，不知道是谁成了愤怒猩猩的攻击对象。

我在那里呆立了几秒钟才明白发生了什么，无助地看着焦利密把格拉汉姆紧紧抱住，眼前闪现出罗伯特·肖笔下的人物——那个人掉进了鲨鱼令人恐怖的、布满利牙的嘴里，我想象着自己就是下一个，浑身毛骨悚然。巴拉巴维瑞拉却丝毫没有辱没自己的好名声，他迅捷地跑到小路对面，一下接一下地用靴子猛踢焦利密的屁股。焦利密终于挪开了身体，它可能被巴拉巴维瑞拉的公开挑战震慑住了，也有可能意识到巴拉巴维瑞拉比它地位更高，另外，麻醉剂也开始起作用，它终于放开了抓着格拉汉姆的手，从他身上踏过去，踉踉跄跄地倒在几步开外的干涸河床里。

团队工作的另外一个优势是我们可以分工完成工作，很幸运现在正是这样。格拉汉姆惊魂未定，被人扶着站起来，他说他以为自己已被大猩猩吃掉了。尽管看起来他的雨裤没有被撕裂，但我们很快发现焦利密的巨大犬齿在他右边臀部留下了深深的牙印，位置靠近大动脉，周围的肌肉严重受伤。我们必须立即给他上药，赶在他的应急肾上腺素用完之前把他送到几千英尺的山下，否则他将无法忍受钻心的疼痛。但是，我们现在还有一只被麻醉的大猩猩要处理。几乎不需要太多的讨论，我们决定由公园的员工带领格拉汉姆下山，剩下的人照顾焦利密，还要给它注射剩余的麻醉药。

很快，几个人搀扶着格拉汉姆踉跄下山去等救援车，焦利密则躺在河床里一动不动，第二针麻醉剂也开始起作用了。我们继续着手完成团队最初的使命。

费莉西亚是组里心思最缜密、考虑问题最全面、最注意细节的成员。按照我们的计划，由她负责观察焦利密的麻醉状态。为了保证焦利密呼吸稳定，她在它气管里放了一根呼吸管，这样在需要时我们也可以使用气体麻醉。伊丽莎白协助她持续监控大猩猩的呼吸和心跳，偶尔通过改良的野外操作方法补充异氟醚气体，使它保持良好的麻醉状态。

大家认为我做手术比较灵巧也有些临床经验，虽然我自己知道还有很多地方需要提高。当时由我给焦利密做了大量的伤口修复手术，在彻底消毒、清除坏死以及被感染的肌肉组织后，我为它缝合好伤口。那天实在是祸不单行，手术过程中，墨菲定律（西方国家俚语，主要指事情如果有变坏的可能，不管这种可能性有多小，它总会发生）让大雨从天而降，手术后来是在用防水帆布搭成的简易雨棚里完成的。我决定部分缝合焦利密前臂和两只手上比较深的伤口，留下小部分开口使其排出污物。当我们看到大猩猩强壮手指上的筋腱没有损伤，骨头和关节也没有暴露在外面时，我们都松了口气，这对它以后的康复无疑是个好消息。

我给焦利密缝合上一处伤口时，费莉西亚则为下一个伤口的手术做预备工作。当我从大猩猩身上取血样时，她便给它注射抗生素。尽管前面出现了意外，但野外手术进行得顺利而成功，因为我们有这样一个沟通良好并互相信赖的团队。

在焦利密从麻醉状态中清醒过来之前，我们尽量完成所有的工作，我们清楚不能在这个难以对付的家伙面前再次掉以轻心。最后，费莉西亚拿掉了它身上的呼吸管，我们给它摆了一个比较安全的姿势。由于雨很大，加之麻醉后它的体温下降，我们走时给它盖了块防水布。尽管我们当时手术的地方是在狭窄的河床里，操作很不方便，但是这个位置对大猩猩的苏醒非常有利，因为它醒来时需要保持平衡。当它基本苏醒时，小组的大部分人都离开了，只留了几个有经验的“飞毛腿”，确认它完全清醒后再走。

由于格拉汉姆受了伤，我们的新年庆典并不热闹。虽然焦利密的攻击很幸运地没有伤到大血管，但是在他臀部上留下的伤口非常疼痛。还好我们有特效止痛片。很快他也能加入我们，一起对那天的情形开点玩笑了。当然，他也接受了我的道歉。我不应该在那个危险位置做出一个很没有专业水准的决定——开枪麻醉焦利密。

几周后，格拉汉姆归队了，只是有一点点跛，还带着一处伤疤，向大家证明他所经历的夺命传奇。当天的英雄巴拉巴维瑞拉则获得了一个雅号：超级巴拉巴维瑞拉。

我们很难观察到焦利密的康复情况，它可是惯于独来独往的银背大猩猩，而且毋庸置疑，它会尽力躲避再被人用麻醉枪打中。不过，毕竟身上有伤，负责追踪的“飞毛腿”们还是能够找到它，证实它已经能四处走动了，只是吃东西有点不方便。他们还看到它自己舔伤口，那是在清洁而不是撕咬伤口，这也是好消息。

到了治疗后的第六天，我和费莉西亚、巴拉巴维瑞拉又一起去探视它。焦利密在它自己的小路上来回走动，故意滑倒很多次，逗得我们忍俊不禁直至捧腹大笑。后来我们看到它返回了原来的大猩猩群。最初我们很担心，因为它之前受的伤可能就是那群大猩猩造成的，回去后也许会引发另一场暴力打斗。后来我们放心了，因为群里的成员大部分都没有在意它回来，只有它弟弟向它打了个招呼，帮着查看它的伤口。焦利密安安静静地坐在朋友和家人中间，我们也借机仔细地观察着这个猩猩种群。它的伤口愈合得非常好，看起来手的功能也基本恢复了，可以继续正常生活。

很遗憾，我们都没有能够看到它最后的康复情况，因为它在回到群里后很快就离开了，从此谁也没有再见到它。我们仍然希望最终有一天它成为猩猩群的头领又出现在我们面前，因为它正接近壮年。独行侠一样的银背大猩猩通常会在人们面前消失很多年才又回到原来的群里当头领，所以我们仍然很乐观，相信这个关于招风耳大猩猩的故事会有一个圆满的结局。

我和费莉西亚那天改进的野外手术操作方法在后来的很多年间都派上了用场。很多时候，我们不得不分头在不同的方向工作，即使在一个组里，也往往需要治疗两只大猩猩——我们的工作总是很多，似乎根本忙不完。在随后的工作中，我们继续改进野外工作方法，一起培训当地的兽医，而无论面对在中非的生活还是工作压力，我们总是能够相互支持，同舟共济。

克里斯托弗·惠蒂尔

克里斯托弗·惠蒂尔博士出生在新罕布什尔州的一个乡村家庭。他在布朗大学获得双学位，期间到坦桑尼亚学习，也到东非和中非的部分地区考察，了解灵长类动物的野外生活环境。在获得塔夫斯大学兽医医药专业的毕业证书后，他回到坦桑尼亚研究野生黑猩猩的体内寄生虫问题，深深地被灵长类动物所吸引。之后，他在北卡罗来纳州攻读哲学博士学位，同时研究分子诊断学和大猩猩流行病学。毕业课题使他回到非洲的卢旺达。他和妻子费莉西亚作为野外山地大猩猩兽医共同工作多年。这对夫妻近日回到美国，克里斯托弗即将完成他的学术论文。

费莉西亚·纳特

费莉西亚·纳特在四岁的时候就向大家宣布自己以后要成为一名兽医。她1993年毕业于塔夫斯大学兽医医药专业。费莉西亚对猿非常感兴趣，作为富布莱特项目人员在坦桑尼亚的固北国家公园研究黑猩猩、狒狒和人类。费莉西亚之后返回美国，在北卡罗来纳州立大学兽医医药学院学习小动物医药学并实习动物医药（专攻野外生物），博士攻读特定生物种群医药。2002年加入山地大猩猩兽医援救项目后，她和丈夫克里斯托弗并肩工作了四年。

费莉西亚博士 2007 年成为位于加利福尼亚索萨利托海洋哺乳动物研究中心的员工，负责处理生物疾病个案，协助培训年轻的兽医，研究大型生物种群的健康问题。

卡特里娜海豚

帕梅拉·郭维德
兽医学博士

我们在离海面几千英尺的空中飞行。我走过两排蓝白相间的玻璃钢水箱——它们并排摆列在道格拉斯 DC-8 运输机光线昏暗的机舱内，一边走，一边检查在里面游弋的 16 条梭子形状的生物。水箱里的水温控制得很舒适，现在它们游荡在吊床上，看起来悠然自在。我悬着的心放了下来。我和其他一起工作的专业人员一样，穿着黑色橡胶皮裤，蓝色“亚特兰蒂斯度假村” T 恤衫和防水靴。不过，他们只是短期参与这项工作。这是我第一次负责运输海豚。

飞机上这些海豚的经历与众不同。它们中的大多数最初属于密西西比湾海洋生物水族馆，2005 年 8 月 29 日，卡特里娜飓风袭击了海湾沿岸，由于种种原因，它们都离开了自己的家园。之前为了预防飓风的袭击，其中的五头海豚被寄养在当地一家酒店的游泳池，另外八头海豚则被安排在水族馆的主展馆里，这个展馆曾经经受住了其他飓风的洗礼。

万万没有想到的是，此次飓风的攻击十分剧烈，来势凶猛，严重毁坏了水族馆的设施，海豚被狂风恶浪卷到了大海中。可是奇迹发生了，

12 天以后，海军在海上救获了这八头海豚，把它们暂时寄养在密西西比湾海军基地。另外那五头存放在酒店游泳池的海豚也暂时寄养在佛罗里达福特沃森海洋馆。该馆还有四头租给东北地区不同展馆使用的海豚，原计划是很快把它们放归海湾，但是现在它们也流离失所了。

在飓风登陆之前，我刚刚受聘成为巴哈马首都拿骚亚特兰蒂斯度假村的兽医。飓风登陆时，我们正在装备一个全新的、世界一流的海豚馆。亚特兰蒂斯度假村提议在那里给这些受灾的海豚安排个新家，海洋生物馆接受了这个提议，并让我全权负责它们的健康和一切问题，我必须保证新建海豚馆配备给海豚的物品一应俱全。一开始我非常兴奋，可是马上发现这份新工作使我陷入了无边无际、没完没了的准备工作当中，通宵达旦是家常便饭。

我的首要任务是在它们迁到巴哈马之前了解它们，这样我才能知道它们目前的身体状况，也能够提前发现问题。当时满打满算我只有一个月的时间。我首先去了密西西比的海军基地，去见见那八头三个月前被飓风卷到海里的海豚。它们早习惯了在水族馆里被人工喂养（长期以来没有自己捕食），所以被救起来的时候消瘦了很多，身体很虚弱。后来经过调养和精心照顾，目前已恢复了不少。

我去的那天寒风刺骨，阴雨绵绵。细雨不断地打在仓库蓝色的塑料顶棚上，海豚们在获救后就暂住在这里。我踏进那个昏暗的散发着霉味的大楼，一声欢快的问候让我吃了一惊。跟我打招呼的是一个工作人员，她的任务是保证海豚能够生活在清洁的人工海水里。这名女工全身裹在大大的印有“海军”字样的灰色运动衫里，后背上有一条亚麻色的辫子，蜷缩在电暖气旁边。我只穿着单薄的黑色 Gore-Tex 冲锋衣，冷得发抖，赶快紧了紧身上的衣服。

在这个大型建筑中有一个临时搭建的隔间，驯养师正在把香鱼科的小海鱼和鲱鱼拌在一起给海豚喂食。我看见他们把药片塞到小鱼里，把维生素和其他的药物埋在食物里，好让海豚看不见。长时间照顾海豚的辛劳使他们的面容显得憔悴。我猜想他们对海豚的无私奉献部分原因是他们和海豚同病相怜，因为他们遭受飓风袭击后同样无家可归，财产也蒙受了巨大损失。

在这个仓库的一角有两个巨大的可拆卸的水池，大小和常规的家庭游泳池差不多。当驯养师走近第一个水池时，我很惊奇地看到四头身强体壮的海豚从泛着泡沫的水里探出头来。水面上散落着很多玩具，有呼啦圈、塑料球拍还有皮球，而它们正迫不及待地等着下一餐开饭。第二个水池里冒出另外四个可爱的脑袋，同样急切地等着吃鱼。驯养师把它们一一介绍给我：托妮、凯利、塔尔玛、吉尔、伊利亚、纳伊尔、杰基和米歇尔。

虽然这个仓库光线昏暗，但我能清楚地看到海豚得到了精心照顾。我相信它们的未来会更美好。在拿骚给它们建的新家从来没有想过要节约开支，地理位置也很理想——一个十足可爱、温暖的度假胜地。亚特兰蒂斯在水道上建有给海豚适应环境的临时过渡场所，还有位于内陆的永久居住地。每个地方都有开阔的露天水源卧室以及更大的互动游乐区。去年我们对水质进行了检测，并计划将来每周都对水质进行四次抽查。各种当地的鱼类在水中穿梭，使水底看起来充满生机，而潜水员已在水底极其细致地检查过是否存在着有害的残渣碎片。

我们的医疗监护设备也是当地最先进的，能够在五分钟内给出血样检查结果。千里之外的科研人员能立刻看到我们传送的微细胞数码图像。实验室配备了排气罩和孵化器，可以进行微生物研究工作，面包机大小的便携式超声仪可以拿到水池边检查海豚的怀孕状况。药房购置了所有海豚可能会用到的药品。我们的管理方案重点在于做好预防：每天都要监控海豚的呼吸情况、胃口和情绪，也要对其血常规、呼吸孔和排泄物进行常规检查。

那天离开密西西比海军仓库的时候，我为那些驯养师感到难过。他们一定舍不得这些友好、聪明的动物离开，他们之间已经建立了某种特殊而亲密的关系。而且，这些动物离开后，他们必须重新寻找工作。

下一周，我飞往佛罗里达看望另外五头海豚，和它们一起共度了两周时光，力图对它们的情况做到了如指掌。它们分别是两头年轻海豚，约拿和布鲁尔；一对“母女”，切丽和凯特琳；还有一头年龄稍长的雌海豚泰茜。驯养师给它们安排的日常锻炼是和它们在饭后玩水球，和约拿和凯特琳追逐嬉戏，我也趁机加入它们。我还在饲养过程中给动物做了检查，和管理它们的兽医进行了交流，也翻看了它们的医疗记录，同时协助当地的工作人员准备运输用的水箱。

虽然我尽力想做到一碗水端平，不表现出对它们的喜好程度有所不同，但是约拿还是一下子博得了我的欢心。它那微微上翘的鼻子，卡通式的微笑，顽皮的神情，还有急迫地要和我们一起玩耍的心态，都使它具备着无法抗拒的魅力。布鲁尔比约拿稍微大几岁，性格非常不一样，看起来恭敬顺从，乐意取悦他人。那几位“女士”却是另一种风情，那对“母女”个性迥异，凯特琳甜美、优雅、美丽，而它的妈妈切丽却喜欢恶作剧。

泰茜的情形又不一样。飓风过后，它染上了真菌引发的疾病，正在和感染做抗争。而据我所知只有一头海豚挺过了这种疾病，是来自欧洲的进口药物才使它大难不死。我在佛罗里达停留期间看到泰茜的病情因为使用了这种药而得以稳定，但是它在治疗过程中受尽了煎熬。尽职尽责的兽医和驯养员花了很多时间来安抚它，劝它吃东西、接受治疗。幸运的是，这种真菌不传染。本来泰茜是计划中的第 17 头卡特里娜海豚，我们都很伤心，它病得太重了，不能和另外 16 头一起飞到拿骚。

在我们飞往拿骚前两天，我第一次看到了佛罗里达福特沃森海洋馆租借在外的另外四头海豚。我首先飞到北边的巴尔的摩见到了两头雄海豚:艾克和维缇。我和工作人员一起把它们运到机场。虽然只是短短一面，但它们的机敏给我留下了深刻的印象。它们随时都处于警觉之中，彼此之间漠不在意，但对周遭的异常变化十分敏感，这种特点足以让它们成为出色的间谍。它们很幸运，没有遭受飓风的袭击，飓风来临时，它们被租借给了费城水族馆，最近才迁移到巴尔的摩。

第二天，我见到了最后两头海豚，纳伊尔和萨莎，它们正准备登机。飓风袭击时，它们在新泽西的水族馆。由于没有来得及和它们亲密接触，我决定等到了新家安顿下来后，要尽力多和它们一起相处。

坦白说，这一个月我一直很亢奋。为了准备迁移，我在心里默默地把各种可能发生的不测都预演过一遍。几乎没有人曾一次性运送这么一大批海豚，途中有可能出现诸多问题。它们可能会猛烈拍打运输箱，或者由于紧张而呼吸急促。我做好了思想准备，在特别必要时，给它们服用镇静剂。

没想到，运送工作一开始就不顺利。在巴尔的摩，艾克和维缇必须要在下午被搬上卡车，然后去费城机场。我们特意把从巴尔的摩到费城的时间安排在晚上，以期避开一路拥堵的车辆和机场的高峰出行时间，但海豚池里的水泵出了故障，我们没办法把水排到较低的水位，好让海豚滑到运输吊床上。最后，修理工修好了水泵，但是这一延误差一点打乱了精心安排的日程。出师不利让我们忧心忡忡。

把水池里的水放掉之后，我提心吊胆地看着驯养师先把艾克放到吊床上，然后是维缇。滑轮把两个吊床从水池里拉起来，数码秤称了它们的体重：艾克 450 磅，维缇 400 磅。它们看起来都比较平静，尽管它们敏锐地发现周围的一切都发生了变化。吊床被放进 24 英尺的租用卡车中特殊的独立运输箱里，里面放满了水，水温保持在华氏 76 度。随后，我对海豚采取了必要的保护措施：出发前将大量维生素 A 和维生素 D 油膏抹在它们身上，这样可以防止脱水和炎症。

一队警察开着摩托车引导我们穿过喧闹的城市，我的注意力则一直都在海豚身上。幸运的是，我们这个海豚团队包括了四名有经验的员工，他们曾多次运输海豚。我们同心协力，监测着海豚的呼吸、心跳和情绪。中途，卡车发出刺耳的噪音，猛然停下来，一股水浪荡起来，泼洒到水箱外，把我淋成了落汤鸡。虽然牙齿格格地打着冷战，我却哈哈大笑起来，觉得这就像操办婚礼一样，忙乱之中总会有不尽如人意的事情出现，让人顾此失彼。而如果真能用这个命中注定的不如意换来以后的顺风顺水，那我就心满意足了。

在费城机场，一切都还顺利。按照计划，我们先和新泽西的运输团队会合，我还抽空去看了看纳伊尔和萨莎。我爬到运输车辆后面和它们一起待了几分钟。成年的雌海豚萨莎看来有点发胖，年轻的纳伊尔长着漂亮的棕色眼睛。它俩看起来精神都很好。

四头海豚被很快转到运输机上，经莫比尔机场飞往拿骚，另外 12 头海豚已经在机场集合等待了。运输公司的工作尽善尽美，尽管已是深夜，集结工作进展顺利。很快地，我们再度起飞，满载着 16 头海豚，计划在日出时到达拿骚。

在这次短途旅行中，我重温了整个过程。这些海豚是十足的幸运儿。同时，我为它们的驯养师和那些在密西西比参与救助工作的人们感到难过。我能体会到他们和海豚道别是多么困难的事情。我还知道并不是所有人都同意海豚迁移——或者说——被卖到度假村，但是如果不这样做，那么，恐怕海豚们再度团聚的可能性基本为零。因为此时的人力物力都会花在重建人类的家园上，没有人来为它们重建被飓风毁掉的场馆。

尽管到目前为止一切顺利，我的神经仍然处于高度紧张状态。我随意地用橡皮筋把头发扎成马尾，好让头发不掉下来影响视线。我要在机舱后部逐一检查每头海豚的身体状况，我不希望注意力被分散。托妮是只好奇的雌海豚，它把头伸出来，像是在向我问好。我微笑着拍拍它的头轻声说“你好”。它舒舒服服地斜倚在吊床上。它旁边是凯利，它好像吹着口哨在和旁边的塔尔玛说话。它们都曾经被飓风无情地横扫进大海，但现在看来安然无恙。晨曦中，飞机继续向南，只有托妮鱼鳍上的划伤提醒我们：它们曾经历过艰难困苦。

我走到机舱后面去看看艾克和维缇，它们都安详地躺着休息，好像没有被这一天发生的事情所惊扰。我打开手电筒，俯身查看它们的呼吸孔，查看颜色和黏液覆盖的薄膜纹路，观察它们眼睛的状况，还有其他帮助我做出判断的个体情况。也许还要很多年，我才可能和它们建立起如同泰茜与佛罗里达驯养师间的深厚感情，现在只是刚刚开始。

我们降落时，水箱里的水晃动着，但令人惊奇的是居然一滴也没有洒出来。我们把所有工具集中起来，收拾好背包，伸了伸僵硬的身体。运输机的舱门缓缓滑动开来，机舱内的灯亮了。强烈的灯光刺得我眯缝着眼睛，一时间无法适应。我们已经到达了目的地。农业部的人员和亚特兰蒂斯度假村的总裁走了进来，我们非常激动地向他们介绍了满舱的宝贝海豚。

我伸出头去，看见一百多人站在晨曦里欢迎我们。温暖湿润的空气轻柔地抚摸着我疲惫的脸。海豚们被逐一卸下来，迎来一阵又一阵热烈的掌声和欢呼声。一辆铲车把运输箱移到拖车上。太阳升起的时候，我们已经行驶在拿骚的大街上。尽管当时是交通高峰时间，我们还是在军队护送下完美地完成了任务，好像瞬间就抵达了目的地。这 16 头海豚显然是巴哈马的特殊居民。

我们在海豚的新家停下来，一辆吊车开过来，轻轻地从运输箱里吊走了吊床。十人一组的工作人员把海豚护送到了开阔的新家，里面是湛蓝的加勒比海水。每头海豚都被轻轻地沿着池边放下，胸鳍靠近水，盖着它的身体。有一个人喊“一二三，放”，人们小心地让海豚从吊床上滑下来，翻到水里。

海豚们的反应让我欣喜万分。在它们各自的暂住地，我总是看见它们安静地游泳或者休息，但是在这里，它们立刻在水里撒起欢，在波浪里钻进钻出，追逐小鱼，像孩子似的挨肩擦背地嬉戏着，我从来没有见过它们如此活跃。

我坐在水池边，看着它们聚在一起，脸上露出了成功的喜悦。长时间以来的亢奋开始消退，36 个小时的不眠之旅带来的疲倦像潮水一样席卷而至，我轻轻地对它们说：“欢迎来到新家，美丽的海豚。”

帕梅拉·郭维德

帕梅拉·郭维德长期以来对海洋生物有浓厚的兴趣，踏入学术界即对鲸目动物的发声进行研究。毕业于佛罗里达大学兽医专业，之后在佐治亚大学完成小动物医药和手术方面的实习，在北卡罗来纳州立大学进行高级专科住院实习，学习动物园动物、野生生物和海洋生物的治疗，曾任波士顿新英格兰海洋馆助理兽医师，后在巴哈马天堂岛亚特兰提斯度假村任首席兽医，照顾海豚、海龟、鲨鱼、鹞鱼、鱼类和鸟类。郭维德博士目前是加利福尼亚波莫纳西方大学兽医医药学院的助理教授。

难解之谜 IV.

尽管动物园的兽医常年接受专门训练，但是兽医们仍然深知自己还有很多不足之处。我们中的许多人都自己备有大量教科书和参考读物，并在网上订购有关家养动物和野生动物医学的书籍以及记载人类传染病和儿科学的参考书目，同时也发表一些从临床实验和应用研究中所得到的成果，丰富急待完善的动物医学年鉴。每当遇到特殊的病例时（这种情况经常发生），我们便会与同事和其他专家共同商讨解决办法。

然而治好任何一种动物的疑难杂症就好像要破解一个毫无依据的谜，往往让人无从着手。虽然有关的参考文献在逐年增加，但兽医所面对的难题却常常需要依靠多年积累的个人经验、智谋、耐心和直觉来解决。

动物的临床表现是重要的线索。有一些伤口是显而易见的，比如说正在流血的伤口或断了的腿，但肌肉或内部器官的损伤在远处或者从动物的行为中无法观察到，而且动物们的过度紧张通常会使它们忘却身体的疼痛。比如一只慌忙逃跑的黑斑羚，即使脚疼看起来也像没事一样健步如飞。内脏疾病的症状同样很难被观察到，一只患有肝病并且常常呕吐的狼仍然会一口气吞下它所有的食物，而不会留到下一顿。不过有时候我们可以从动物本应该做却没有做的事情中看出端倪。如果一只以精力旺盛出名的大猩猩没有向兽医喷一大口口水，那么它的身体就可能出问题了。

兽医们还必须研究相关动物的生物知识，才能搞清楚哪些是该动物的正常行为而哪些不是。动物的生活史——它们所偏爱的栖居地和日常饮食，它们繁衍后代的状况——会影响它们吃药、麻醉及住院治疗的效果。某些动物，特别是容易紧张的或群居的动物，像鸟类、蹄行动物、灵长目动物，都可能因为治疗中的焦虑而产生相关的新问题。

我们在给动物做过体检，获得各种各样的实验数据后，将得出的结果与已公布的该物种标准数据作比较，发现过去的资料依据并不一定充分。比如说，已公布的一只金丝猴的全血球计数的正常值可能只是根据少量动物检查得出的结论，这些动物有些是被动物园关在笼子里的，还有一些则是在野外自由生长的。在如此小的样本范围内，人们不可能在其结果中发现不同年龄、性别等个体的数据差别，但是由于个体差异，数据上的差别可能是完全正常的。相反，那些以人类和家畜做实验的基线数据则建立于大规模样本之上，它们是普遍可靠的。

收集好这些数据后，我们便试着将所有问题整合归类。我们一般能够准确说出这些动物是哪个身体系统出了问题。不管是哪种动物，它们都只有这些系统：心脏、呼吸、消化、神经、免疫、生殖、泌尿、肌肉骨骼。但某些疾病，比如癌症和营养不良会影响动物整个的身体机能。

和其他的医生一样，兽医也喜欢根据具体诊断采用不同的治疗方案。但是当结果没有出来时，“病人”可就免不了要吃些苦头了。为了减轻“病人”的痛苦，我们会开一点常用的药物，先按照最有可能出现的问题来治疗。“病人”们对治疗的反应能够帮助我们确认或否决推测性的诊断。有时我们会在这些动物痊愈很久之后才能得出最终的诊断结果。

在本章的故事里，有些难题让我们冥思苦想也难以解决，至少刚开始时是这样。在另一些病例中我们则及时救助了“病人”。然而，即使我们殚精竭虑，忧心如焚，有些病例至今仍是难解之谜，这让我们有沉重的挫败感。这些病兽包括了一只孟加拉虎、一条巨型太平洋章鱼、一头白犀牛、一群金龟子、一只狐猴，还有一只太平洋宽吻海豚。

露西·斯佩尔曼

一瘸一拐的老虎

大卫·泰勒
兽医学博士

虎，虎，

于黑夜的林木

明亮如火团锦簇

是怎样的天工或神目

成就你惊人的雄姿？

——威廉·布莱克《虎》

一只名叫塞尔达的孟加拉雌虎栖居在英国温莎野生动物园，看起来并不凶猛。它最近行走时一瘸一拐的，着实令人担忧。我们看着它跛着脚轻轻地穿过一片草地，这里就是它与12个同伴共同生活的园区。我站在金吉旁边，他曾在马戏团工作过，是动物园里老虎生活区颇有经验的管理员。

“我真不明白，”他说，“两天前它还好好的，再看看它现在的样子。今早我把它放进笼子里检查了它的腿，但没发现任何问题。没有咬伤，也没有发现长得太长的爪子刺进脚掌里。”他缓缓地摇了摇头，塞尔达是他特别喜欢的一只老虎。六年前，也就是1982年，他曾在塞尔达妈妈难产时帮助我接生了小塞尔达。

“把它弄进屋子里吧，”我说，“准备麻醉后对它进行一次全面的身体检查。”

金吉和他的同伴开着路虎车将塞尔达缓缓地引进了它的卧房，然后我用发射麻醉镖的气手枪给它注射了一剂小剂量的氯胺酮，一种短效麻醉药。

在给它臀部注射麻醉药五分钟以后，它便睡着了。这样我们就能安全地进入它的住处。金吉把门打开后我走了进去（在给一只有危险的猛兽注射镇静药后，我总是第一个进入它的房间，因为是兽医选用了麻醉药的种类和剂量，也是兽医亲手发射了麻醉镖，所以他必须承担起第一个与动物“亲密接触”的责任，以确保这些动物确实和它们看起来一样，已真正沉沉入睡）。

我跪在这只巨大的猫科动物旁边，它斜躺在那铺着层层稻草的铁路枕木做的床上休息。我用我的听诊器检查了它的心肺，并在它后腿上方的股骨动脉处把了脉，一切都很正常。我预测它还需要十分钟的时间才能完全清醒。我的手指迅速地在它身上滑动，检查它的四肢。它的爪子没什么问题，腿的长管骨处也没有不正常的肿块。我慢慢地逐一移动到它的关节处，轻轻捏一捏，想感受下它们活动起来是否顺畅，有没有不顺滑的感觉，在骨头和骨头的接缝处是否会发出咔嚓咔嚓的声响，它左右两边的尺寸和形状是否对称等等。

很快我感觉到什么东西——一个，不，它的两个膝盖都有点肿。然后我又感觉到它前腿的踝关节也变大了，并且在它相邻的骨头之间有因为压力而产生的多余液体。

“你怎么看？医生。”金吉跪在我旁边悄声问道。

“肯定是关节的问题，”我答道，“但是具体情况还不是很清楚，可能是细菌感染引起的关节炎。以前在大型猫科动物中可从未出现这样的情况。”

我曾经处理过其他动物的多发性关节炎。那头同样生活在温莎动物园的长颈鹿，我们最后是使用针灸进行的治疗。但是我以前从来没听说过动物园或马戏团里的猫科动物患有这种疾病。我决定给塞尔达同时使用抗生素和消炎的类固醇药物，采用注射和在它食物中添加药品的方式给药。

“五天后我再来看它，”我说道。

但是第二天一早电话就响了，金吉说塞尔达的情况恶化了，它几乎不能走动，只能待在休息室里。我立刻出发赶去动物园，途中苦苦思索着它的病情。它并不老，因此患上老年性关节炎的可能性不大，难道是病菌通过体内血液循环感染而引发的关节炎？可能是吧，但我从未见过或听过在猫科动物中有这样的病情发生，怎么办呢？要不要使用放射疗法呢？或者抽一点化脓关节的液体样本进行细菌培养？也许这是最好的对策。治疗方法？当前还是得持续使用抗生素，在我得到更精确的诊断结果之前，把皮质类固醇换成一种非类固醇的消炎药，还有，减轻塞尔达的病痛是我的第一要务。

当我到达的时候，金吉已经等在老虎区的门口了，“它情况很糟，”我们边走边说，“除了腿不方便之外，它的胃口也不好，愿上帝保佑它的眼睛不会继续变色！”

“你什么意思？”我眉毛扬了一下，问道。

“它眼睛里的神采消失了，颜色也变得越来越黯淡。”金吉叹了口气，轻轻地说道。

这只雌虎痛苦地躺在它的床上。肿大的关节也越发明显。的确，它的眼睛颜色看起来有变化。我立刻开始准备麻醉镖，在里面灌满氯胺酮，当麻醉镖击中它的时候它低吼了一声以示抗议。

它一入睡我就立刻开始检查它明显变化了的眼睛，凑近了看，我发现金吉说得对，它的眼睛真的失去了神采。这可能是因为眼睛前房的虹膜前部和角膜后部的淤血造成的，这种眼睛出血的情况——眼前房积血，我在任何一种猫科动物中都从未见过。

接着，我转向它肿胀的关节。在它跗关节的一小块皮肤上剔掉虎毛，消毒后，我将一个无菌皮下注射器的针头刺入了它肿大的关节腔内，并接上了一根吸管。我把活塞向外抽出来一点，等等看能不能抽出血液来，一瞬间血就出来了。仅仅几秒钟，我便得到了满满一管血液，啊，上帝，我想，眼睛在流血，关节也在流血，说不定在它身体的其他地方也在流血，我想我知道这是什么问题了。

金吉看见我脸上焦虑的神情，晶莹的泪挂在他的脸上。这个爱抽烟、爱喝啤酒，一日三餐都吃着油炸食品的魁梧男人、饲养员总管最了解猫科动物，他深深知道塞尔达正处于危险当中。

“很严重吗？医生，”他低声问道，“可是关节炎总不是什么致命疾病吧？”

“我想的确很严重，金吉。”我答道，“如果我的判断没出错的话它应该是中毒了。”

听了我的话后，他久久不能出声，过了好一阵才问：“中毒？中的什么毒，怎么中的毒？谁干的？”

“是一种阻止血液凝结的药物，很有可能是一种叫做香豆素的老鼠药，也就是我们常说的灭鼠灵，通过使老鼠体内大出血而使老鼠死亡。有些吃了这种老鼠药的家畜出现过这样的症状，但我从未见过野生动物中过这种毒。你们使用灭鼠灵吗？我知道有些动物园有时候会使用这种药物来解决鼠患。”

“灭鼠灵？是的，和动物园签约的害虫防治公司使用过，但是这药从来都不会放在园内的动物诱饵箱里，只会放在园区外我们的动物不能接触到的地方。”

“你在园里见过老鼠吗？”

“有时候会看见一些老虎狮子和猎豹在追逐老鼠。”

“那它们抓到以后会吃吗？”

金吉想了一下说道：“有时候会。”

我决定趁塞尔达还睡着的时候取一些血液样本送到当地的实验室去。我想做一个叫做“凝血酶原时间”的检查，这是一种测量血液凝固时间的方法。现在的问题是，虽然我知道一个人或家畜正常的凝血酶原时间在 11 到 14 秒之间，但我并不知道老虎的凝血酶原时间。

“我们开车在园区逛一下，看看其他老虎是否健康。我想麻醉塞尔达的妈妈柴娜卜，从它身上取点血样和塞尔达的进行比对。”当我们离开塞尔达的休息室时，我看见了它撒的一点小便，玫瑰红葡萄酒颜色的小便。

所有其他的老虎看起来都很健康，我用伸缩麻醉枪把飞镖射进了柴娜卜的肩膀，几分钟后得到了需要的血样。随后我将血样送到实验室并叫来了猫科动物的管理员，说明了我的猜想。

“动物不会自己去吃灭鼠灵而中毒，不过它可能会因误食吃过灭鼠灵的动物或动物的尸体导致中毒。通常要吃几次灭鼠灵才会中毒，但是一些动物可能只吃一次就会受到影响，我们只是不知道老虎对此的敏感程度。你们在园区内看见过老鼠吗？”我问道。

几个管理员立刻点了点头。

一个管理员说道：“事实上我几天前看见过塞尔达追逐一只老鼠并且把它吃掉了。它几乎没费什么力气，老鼠走得很慢，摇摇晃晃地穿过了一片草地。”

那么这就是塞尔达因吃了灭鼠灵而中毒的最可信的证据了。那只吃了带灭鼠灵诱饵的老鼠在园区外已经发病了，它垂死的时候盲目地穿过了钢丝网的栅栏，摇摇晃晃地跑到了老虎嘴边。

不到一个小时，实验室就打来了电话。塞尔达的凝血酶原时间是55秒，而它妈妈却只有12秒，我现在可以确认塞尔达就是中了灭鼠灵的毒。

灭鼠灵通过破坏维生素K（血液凝结机制中最必不可少的成分）来

释放它的毒性。因此在接下来几天需要给塞尔达注射大量的维生素 K。我们紧急通知了制药批发商，让他们立刻送来大量的维生素 K 为塞尔达进行注射。尽管之前我从来没有见过给动物使用这么大剂量维生素 K 的案例。

这时塞尔达已经醒来，因此我用吹箭筒给它注射了第一剂维生素 K。过了一会儿又用同样的方法给它用了药。

在接下来的 24 小时内，塞尔达有了显著好转。它能站起来并且可以不那么费力地行走了。接下来的一周，我每天两次用吹箭筒给它注射维生素 K。到第三天的时候，它的眼睛恢复了往日亮丽的金色，小便的颜色恢复了正常，胃口也大大增加了。

十天后，它的关节完全消肿，塞尔达也能够如同往常一般优雅地行走、奔跑、跳跃了。再一次的凝血酶原时间测试给了我们 15 秒的满意答案。

金吉和我去酒馆庆祝塞尔达的康复。他告诉我温莎动物园已做出规定，将从此禁止使用灭鼠灵。而我则送了他们一对最厉害的捕鼠犬——兰开夏赫勒犬。

很快这对捕鼠犬加入了动物园的管理，并且与保安人员一起在夜间巡逻。从那以后，老鼠再也没有成为温莎动物园的问题。塞尔达也陆续有了几个健康的小宝宝。

然而不幸的是，几年后温莎动物园关闭了。我有一次在温莎散步的时候偶遇了金吉，我们谈起了他的老虎，它们已经被送往英格兰中部的其他动物园了。

“几周前我去看过塞尔达。”他告诉我，“它看起来状况良好，但是我告诉你，医生，我们要远离医院。那些庸医太危险了！我的一个朋友得了心脏病，这些江湖医生居然要用使塞尔达中毒的灭鼠灵给他治病！”

我安慰着我的老朋友，说现在这个臭名昭著的老鼠药已经被用作一种救命的抗凝血药。但金吉看起来并不怎么相信。

大卫·泰勒

大卫·泰勒1956年获得格拉斯哥大学兽医学士学位，1968年成为皇家兽医外科医师学会会员。他于1969年成立了国际动物园兽医组织并在世界各国工作。近年来，泰勒医生将工作重心转移至海洋哺乳动物，同时也有近50部著作问世，其中包括《动物园兽医》系列的7部自传。他已婚并有两个可爱的女儿，居住在伦敦郊区。

香蕉片果冻

迈克·施托斯科普
兽医学博士

“什么时候开始的？”

“我也不确定。前两天它比从前要晚点出来，也不再那样具有攻击性了，到现在它连东西也不怎么吃了。它快要死了吗？”

“但愿不是吧，这不应该啊。它还没有那么老，虽然据说这些就是死亡的前兆，但我目前还不这样认为。”

“我也是这样想的，医生，但它们确实很脆弱。贝莎比我们这儿的其他动物多活了几个月。所有人都说它们只有三年的寿命。从它去年(1984）被送到巴尔的摩时，我确信它至少有一岁了，但它们在这儿生长较慢，它大概在两三岁之间吧。”

“我还是不明白，道格，整件事都很奇怪。有可能是因为眼部神经旁的内分泌腺突然扩大而使它迅速衰老，可是这个说不通。我知道大自然比科幻小说更神奇。事实上在野外它们会生存得更久，应该远远不止三年。我们只在奥利身上看到过它眼部的巨大腺体，可它是雄性的，而且比贝莎老，或许腺体不是根本问题。”

“也许吧，医生。我希望你是对的，但我们能为贝莎做点什么呢？”

当我们交谈时，章鱼馆的资深管理员道格并未放松对这只太平洋巨型章鱼贝莎的观察。贝莎正躲在它喜欢的破罐子里，用它吸盘上的触须裹着整个身子。它呼气时的虹吸管有节奏地摆动着，使含有氧气的水滑过它的腮帮子。它的身子色彩斑斓，上面还有一些黑色的花纹，这是一个好的迹象，以前养过的章鱼在死前几周皮肤就会变得苍白。而且直到现在贝莎还没有出现揪扯自己的现象。之前的另一只章鱼奥利就曾经狠揪自己的身体，在皮肤表面造成了大面积的溃疡，虽然我们竭尽全力医治它的伤口，可几周后它还是死了。

若不是道格如此熟悉贝莎的心情和习惯，任何人都不会认为它有什么大问题，或许我们仅仅是觉得它消化不良，而并非罹患了某种致命的内分泌腺衰老综合征。我曾在15年前的一本《科学》杂志上看到过这种奇怪的综合征。但如果贝莎的问题并不是衰老，那又会是什么呢？如何才能找到问题的症结所在?

水族馆费尽心机地引进并试图努力养好这些巨大而有智力的无脊椎动物，而我们首先要面临的就是船运问题。这些巨大的、聪明的无脊椎动物从北太平洋的捕捞地远跨重洋来到这里，往往状况并不太好，即使是把它们放在专为其设计的高科技养育缸里运输也是如此。更不幸的是，如果它们到达时身体状况良好，这些章鱼就能够轻而易举地从展馆里逃出去。

水族馆通常把它们放置在大展览缸里，上面盖着异常沉重的盖子，但是它们能从盖子和缸体的细小缝隙里挤出去，这着实让人难以置信。

而它们逃出了展览缸后因没有盐水，生命便岌岌可危。即使第二天一早水族馆的管理员进来发现了这些逃脱的章鱼，它们有幸存活下来，也还是大伤元气，很难恢复过来。当发现沉重的盖子不管用时，我们便把一种塑料制成的人造泥炭覆在缸体顶部，用来防止这些长着八只触须、霍迪尼（霍迪尼是美国已故魔术大师，一百年前享誉世界，至今仍是逃生术表演的代名词，被誉为“现代魔术之父”）一样的动物利用它们强有力的吸盘挤到外面去。

这些逃亡者还教会了我们另一些东西。有时我们很难辨别它们是否还活着。有一次，一只企图逃走的章鱼毫无生息地躺在地上。于是我们宣告了它的死亡，将它密封好送到某大学的病理学家处进行解剖。但当病理学家从冷藏箱内取出这只貌似已死的章鱼并准备进行尸检时，它却立了起来，一把攥住了他的手臂，可把这位病理学家吓坏了。然后一辆警车鸣着笛，迅速将这个装死的动物一路护送回水族馆。但非常遗憾，经过几天的悉心养护、密切观察和竭尽全力的抢救，我们仍然无力回天，没能救活它。不过在此过程中，我学会了很多救治章鱼的知识，比如说如何取得血液样本和怎样读懂它的心电图。

第一眼看到贝莎，没人会认为章鱼是脆弱的生物。然而，像别的头足动物一样，巨型太平洋章鱼对微量的有毒金属和水里必需元素的少量失衡都相当敏感。此外，它们必须生活在冰冷的水里。若要使章鱼在人工环境中长期存活，就需要能够不断往展览缸里注入大量天然海水的设备，但我们却没有这样的条件。使用人造海水来维持章鱼的健康面临着许多未知的挑战——即使是非常适合另一种水生无脊椎动物（比如纤弱的珊瑚）生长的海水，也不一定就适合章鱼的生存。

另外值得一提的是，当章鱼被激怒时，它们会释放出一缕缕黑色的化学物质。在海里，章鱼通过释放这种物质来迷惑猎物，或者当自己是猎物时用它来扰乱对方的注意力，然后借此逃脱。这种黑墨状液体含有刺激神经的化合物，在海中，章鱼通常会迅速远离它喷墨的地方使自己不受影响，但在展览缸内这显然无法实现。

但幸运的是，道格解决了水的问题。他养育这些娇弱的水生动物是行家里手，很有一套办法，这不仅仅是由于他特别留意细枝末节，或是对动物们有强烈的好奇心，而更是所有伟大的水族馆和动物园管理者都具备的，愿意并且能够满足动物需要的天赋。经过多次昂贵而精密的水质测试，道格发现并且去除了缸内的重金属污染，提纯了人造海水。为了减少这些有智力的动物在公开展览时的焦虑情绪，他还在鱼缸中给它们设计了“避难所”——适合隐藏的地方，给它们放置了能转移注意力的各种“玩具”，同时刻意降低展馆灯光的照度。这些措施有效降低了喷墨事件的发生。这些改进让贝莎比之前的章鱼活得更久，因此我们实在无法相信它会患上快速衰老综合征——那是我们曾救治过的巨型章鱼奥利所罹患的疾病。

当时奥利度过了适应期，在展缸中貌似舒适地生活了近一年。可突然有一天它绝食了，后来就失去了神采，甚至开始撕扯自己的肌肉，而我们无法治愈那些裂开的伤口。在诊断和医治奥利的过程中，我们在章鱼医学上取得了重大的进步，但对它们，对奥利来说这些还远远不够。

在动物医学史上，血样常能协助我们做出诊断，让我自豪的是，我甚至能取出最具挑战性的“病人”的血样。根据解剖展馆中其他不幸死去的动物所做的重要记录，通过刻苦钻研，我学会了怎样从章鱼身上取血样。从奥利身上取血样,需要一个医生把它的一只触须从水里拿出来，另一个人阻止它爬出来或用它那能轻易撕裂蟹壳的嘴撕咬我们。而我则直接将针头插入供给养分的那根触须的血管内，取出几毫升清透的、略带蓝色的血液。

相对而言，取血样不是最困难的，不幸的是，血样分析并不能给我们多少信息。因为没有人发表过文章说明正常的太平洋章鱼的血样应该是怎样的。血样分析也不能告诉我们在奥利绝食几周以来它的血样不管是在化学成分还是在细胞类型上是否有明显的不同。

当它的情况开始恶化时，我看到了一篇多年前发表在《科学》杂志上的文章，其中有研究小型热带章鱼的内容。文章谈到在它们性成熟后出现的，长在眼部神经旁的两个巨大的橘色腺体。文中还提出，若通过手术将两腺摘除便可延长这些章鱼的寿命,并使它们在交配后幸存下来。奥利死后，给它验尸时，我们在它身上发现了橘色腺体。

那么用手术摘除这些腺体能拯救贝莎，或至少延长它的生命吗？通常，我愿意对生命垂危的“病人”采用激进的治疗方法，但这次要给章鱼脆弱的大脑做手术，我犹豫了，因为它的病目前看来仅仅是少吃了几顿饭。尽管《科学》杂志非常权威，但是我并不确定这种橘色腺体会致命的结论是正确的。根据那篇文章，这种巨大、美丽而有智力的动物注定会因一次繁殖便迅速衰老以致死亡，这听起来太不可信了。

另一方面，我不能仅仅单纯地观察和等待。每当我接触到新的病情时，直觉都告诉我应尽快治疗而不能拖延。贝莎仍然拒绝道格找来引诱它的蟹肉和其他美食。它眼睛四周的腺体是否真的扩大了？时间不等人，我必须立刻找出一种创造性的诊断方法，比如尝试用 X 射线来观察这些长在眼睛四周的腺体。

这并不容易。据我所知，没人曾尝试去麻醉一团 35 磅重的肌肉，然后把有着高智力的水生动物安放在 X 光机下。另外，水族馆的便携式 X 光机所发出的射线并不能穿透贝莎的身体，也无法观测到它眼部的腺体是否扩大等细节。但这就是为什么世界一流的医学院都要设置放射科的原因，迟早会派上用场的。现在得请我朋友埃利奥特来给它做个 CT 检查了。

个子高高的埃利奥特长着一头金发，留着短而硬的小胡子，还戴着一副黑框眼镜。他看起来总是静不下来的样子，当护士和技术人员迅速将人类患者安排进 CT 机后，他能用令人目眩的速度立刻生成图像，一边不停地口述所有内容让记录员记录下来，一边手舞足蹈地解释这些图像并做出能挽救生命的诊断。他的经验极为丰富，但更重要的是他极具好奇心，总能为我的动物朋友们腾出时间。他的 CT 机也很高效，只需让贝莎在短时间内保持不动，便可采集到它的图像。

几年前对那只装死的章鱼进行急救的经历给我上了宝贵的一课，它能帮助我成功地麻醉贝莎。为了保护昂贵的 CT 仪器，我们需要轻微地麻醉贝莎，让它不能使唤那八只触须，然后将它放进盛水的塑料袋里，再放在扫描器上，并迅速地扫描它的头部。如果我们在把贝莎放进 CT 机时位置不当，埃利奥特和他的团队所发明的特殊软件能使图像在一个三维影像里重现，这样就能弥补放置贝莎位置不准确所带来的缺陷。

麻醉贝莎大概花了半个小时。然后听见水泼洒出来的声音，拉上拉链的声音，嚓嚓声，然后就看到了图像。我帮助技术人员从袋子里取出贝莎，朝埃利奥特喊道："你看见什么了？"

"一袋装满了香蕉切片的果冻。"埃利奥特的声音从内部通话系统中传出。

CT 扫描仪诚然对很多东西都很有用，但它却不能从贝莎密实的身体组织中扫描出有用的图像，它那强有力的、肌肉极其发达的吸盘从显示结果上看，的确就像在一抹灰色背景上的巨大香蕉切片。唯一能辨认出的只有它坚硬的角质喙。也许我们该尝试些别的方法，比如核磁共振。它的工作原理与 X 光和 CT 扫描有着根本不同，能更好地看清软组织结构，但需要更长的时间来获取图像，而且在此过程中贝莎不能动弹。因此，它得接受时间更长的麻醉。

为章鱼使用核磁共振技术是个不小的挑战，可能会对它的生命造成更大的威胁。我作为研究使用核磁共振仪最佳方法的研究小组成员，多年来曾广泛使用它来诊断人类和动物的疾病。我知道使用这些设备所获得的图像远胜于 CT，却也担心用这个方法取得图像得让贝莎经受更深更久的麻醉。我本希望那台快速 CT 机能够达到这个目的。我们应该将贝莎带回水族馆继续观察它的行为吗？还是应该让它在口袋里继续保持麻醉，直到做完核磁共振检查？

布莱基，我核磁共振小组的英国组员坚定地说："把它放进去吧，只要别把水溅到仪器上就行。"

我再次把贝莎放入袋子，这次多放了点水。布莱基并没有开玩笑，一点点水都会损坏这台上百万美元的设备。除此之外，海水还可能减弱机器的信号。幸运的是，我们的核磁共振研发小组有这方面的经验。为了提高水生动物的图像质量，我们曾经做了一些特别的线圈来接收海洋动物身上的信号（这可是在兽医学校里学不到的东西）。

像往常一样，布莱基迅速、灵活地操作着机器。几乎在我们把贝莎放到架子上之前，他就开始了收集数据的步骤。我们刚一取得所需要的贝莎眼睛周围腺体的数据，就立刻将它从袋子里取出来并放回旅行桶中。

好消息：贝莎没有动，我们也取得了清晰的图像。在它脑神经处没有腺体扩大的迹象。我们能够看见那些结构从它眼睛后方通向大脑。现在没理由给我们的女孩贝莎动脑部手术了，这着实让我兴奋。但是我们还有一个坏消息，因为我们并没有找到它绝食的原因。

我们安稳地把贝莎载回水族馆，这次没有警笛鸣声。它在经过了两次装袋后还有点昏昏沉沉，一下滑入了展缸内，将身子蜷成一团躲进了破陶罐中。几天后，当我们在章鱼馆做每周例查时，道格正喂给贝莎一只美味的小螃蟹。这只螃蟹跌入展馆大缸底部后只往旁边走了两步，贝莎就出人意料地从陶罐中爬出，用触须裹住了它。我们开玩笑说可能是CT和核磁共振强大的磁场改变了它的胃口，又或许两次麻醉平复了它紧张的神经，但最大的可能是它想自己解决这个消化不良的小毛病，而不想依靠我们的帮助。在接下来的一年里，贝莎在道格的悉心照料下正常进食而且茁壮成长，没有任何早衰综合征的迹象。但令人惋惜的是，它最终还是死于一次突如其来的细菌感染。

关于如何成功地进行人工养护巨型章鱼的研究尚在继续。在贝莎事件的几年后，我当初的质疑在水生生物学家的重要发现中得到证明。现在所有人都知道章鱼的生命是远远超过三年的。科学家们仍关注着这些生活在西北太平洋冰冷海水中的巨型章鱼，并对其进行更深入的研究。我们只有充分了解这些迷人的生物，才能保证在很久很久以后，它们仍然是地球的一分子。

迈克·施托斯科普

迈克·施托斯科普，北卡罗来纳州立大学教授。曾获得科罗拉多州立大学医学学位，约翰·霍普金斯大学毒物学博士学位，他也是美国动物医药大学专科医师。在从事多种工作期间，施托斯科普博士在科罗拉多群山开办了一门非比寻常的门诊实践课程，担任奥弗顿公园在孟菲斯动物园和巴尔的摩动物园的兽医，并在霍普金斯大学医学院任教。在接受兽医学院教学的挑战之前，他曾是巴尔的摩国家水族馆首席医学创始人。他和他的妻子——苏珊娜·肯尼迪·施托斯科普居住在北卡罗来纳州罗利郊外的小农场。在那里，他们付出大量精力培训下一代兽医的知识和技能，而这些工作，对使世界成为一个野生动物、人类和家畜共同拥有的更美好的家园至关重要。

牛角的窘境

史蒂夫·奥索夫斯基
兽医学博士

我为成为一名非洲野生动物医生而勤学苦练，这是从我记事起便怀揣的梦想，能追溯到我观看“奥马哈和谐的野生动物王国（原版）”时，那时我才六七岁。从兽医学校毕业后，我便特意安排了一个关于野生动物的药学和手术的短期实习以便加强自己的实际动手能力。我要确定当某一天站在遥远的荒原时，我有能力独立做出判断，并且发挥出最好的水平，就地取材给动物治病。

当博茨瓦纳政府于 1991 年聘用我建立野生动物与国家公园兽医联合部（DWNP）时，我儿时的梦想终于实现了。同时，博茨瓦纳也正在加大防止偷猎的力度。一只新组建的防偷猎部队已在北博茨瓦纳边远地带开始巡逻。他们在荒原里长时间的走访，确定了多年来人类为了犀牛角而对其大肆屠杀，以及博茨瓦纳将再一次濒临白犀牛灭绝边缘的事实。

在 1967 年到 1982 年间，博茨瓦纳的犀牛曾因被偷猎而急剧减少，丁是南非将 94 只犀牛迁移至博茨瓦纳北部的自然保护区内作为补充。要是当时犀牛就被完全保护起来，那么十年后也该有几百只了。但新的调查显示，现在竟只剩七只白犀牛了，而仅在1992年一年就发现了12只被盗猎的犀牛的尸体。到1993年博茨瓦纳政府明确要求实施紧急措施。

在大家的齐心协力下，一群关心动物的人与DWNP合作，共同在博茨瓦纳的塞罗韦建立了卡马犀牛保护区。这里也是大家所热爱的第一届总统塞罗韦的出生地。我们决定远离充斥盗猎危险的北方，在国家中部建立一个禁猎区，把这些犀牛圈养起来进行保护。DWNP部门的一部分人员将负责迁移捕获的犀牛，但我们从未独立实施过如此庞大的工程，经验设备都很缺乏。

由于我不断催促，博茨瓦纳DWNP部门请求南非纳塔尔公园犀牛捕获小组给予援助。我们有两个目标：一是拯救这些仅剩的白犀牛（也包括找到的黑犀牛）；二是培训DWNP小组，教他们学会捕获与转移犀牛方面的科学技能。

博茨瓦纳一年里最坏的时节便是雨季中期，我们不得不拖着重型卡车，在泥泞的灌木丛里穿行。我们发现了三只犀牛的足迹——母牛和幼犊被偷猎者射杀了，从足迹来看，应该还有一只犀牛逃走了。我们仅有不多的时间来拯救它，于是DWNP的塞斯纳飞机立刻出发寻找这只逃亡的犀牛以及其他的幸存者——如果还有的话。

2月12日，飞机发现了藏在灌木丛里的一只犀牛和幼犊。于是直升机和手持麻醉枪的人员立刻赶往该区域，地面队伍也马上冲向了直升机所告知的具体坐标位置。我们找到了被直升机上的麻醉枪命中的目标：一只30岁的母牛和它九个月大的孩子。它们被顺利地装进从南非买来的特别用以装运犀牛的箱子，然后被送到了塞罗韦的动物保护区。

而就在同一天，另一只成年白犀牛——一只大约 30 岁的公牛，也被麻醉后装进箱子，经过 14 个小时的运输被送往塞罗韦。这只公牛和之前那只母牛的耳朵上都有标记，公牛耳朵上的旧标签还打了洞。这些身份记号证明它们是至少十年前从南非运来的那批犀牛。而它们现在却需要被拯救，这是多么不幸啊！但这同时却是我的荣幸。在把公牛装进箱子前，我锯掉了它的角，这样我们就能明确地宣布：在赛罗韦已无犀牛角可锯。尽管一只犀牛角需要很长时间才能长回来，但这是综合多方面因素得出的权宜之计。

2 月 15 日，我们发现一只三四岁的公牛徘徊在离其他犀牛被捕获地 20 英里左右的地方。当我们给它注射麻药并做全身检查时，我看到它身上有三处枪伤，大概有七到十天了。难道它就是和那对被捕杀的犀牛一起留下足迹的幸存者？我检视着枪伤，一处伤口在肩上，另一处在它前鼻窦处的头骨上，还有一处伤口从右耳下方穿到下巴。我们清理了伤口并用抗生素药水进行了冲洗，然后给它注射了抗生素。我们给它取了个名字，叫“小家伙”，把它送往赛罗韦，并于第二天晚上将它放养到它新的避难所。

年轻公牛的避难所建于老公牛和母牛以及幼犊的圈养场地之间。但是“小家伙”难以安顿下来。它是这些犀牛中最具攻击性的一只，每当管理员靠近时，它都会猛攻用布匹遮盖的防护区木栅栏。它花了大把时间希望认识母牛和小牛，总是在分隔防护区的栅栏上蹭擦着，并对着它们高声喊叫，听起来像某种“哀鸣”，有点类似于豚鼠的叫声，只是没有那么高的频率。

生物学家研究了犀牛的不同叫声，“小家伙”的哀鸣声被看做是少年的苦苦哀求，而啸叫声则是悲伤的呼唤。从它的行为、年龄以及卡车发现它的位置，都能确定在抓获行动之前被猎杀的母牛和小牛是它的妈妈和兄弟或姐妹，现在它感到非常孤单。

它不仅孤单，还不吃东西。没有食欲是从前那些自由生长的白犀牛被抓来圈养后的常见问题，这可能会威胁到其生命。一些动物，特别是年长一些的公牛，甚至会在被抓后的一周或十天内（也许更长）都不吃东西。因此，犀牛保护区一般都建在它们被抓时的地区，而且会用它们所在地点的草来喂养这些新近被圈养的动物。如果一只犀牛拒绝当地的食物，绝食抗议，那么人们会把它送回到它们原来生活的区域，而且以后也不会再把它运走了。但出于安全考虑，我们的犀牛保护区不得不远离它们被抓的地区。我们的最终计划是在结束一定周期的圈养后，将它们放养到紧邻保护区的土地上去，但在当时还不能这样做——因为我们仍在集资修建周边的藩篱。

牛犊是第一个开始吃东西的，在被抓后的 24 小时内就开始吸奶了。它的妈妈也在四天后开始进食，又过了两天成年公牛也开始吃草。但十天后，“小家伙”还是只肯喝一点点水。它的举动让我们大吃一惊，通常只有年龄较大的公牛才会拒绝进食。我们给它找来它原来生活地方的草和各种新鲜的果子以及当地最新鲜的草，它一律置若罔闻。我们甚至将草涂了一层蜜糖再喂给它，这是从前我在动物园里对付类似情况时最行之有效的方法，对它却仍不奏效。它只是喝水，看起来倒也精神、警觉，但就是不吃东西。我们必须采取一些措施使它摄入营养。

首先，我需要查明小公牛厌食的原因。这是被禁锢的“典型”反应吗？但考虑到它即将成年的年龄和另一只成年公牛的好胃口，我们否定了这个答案。会不会是因为受了伤才降低了食欲？但是在对它进行彻底麻醉之前，我们无法再次检查它的伤口。我也不准备冒这个险，因为麻醉会使它更加食欲不振，况且，“小家伙”并未有患病的明显表现——没有昏昏欲睡，没有萎靡不振。它积极活跃，总想寻求与其他犀牛的互动。最终我们决定帮助这只小公牛进行它梦寐以求的社交活动。

我们现在面临两种选择：将它和那对母子或是成年公牛放在一起，但这都得冒险。若将它插入那对家人之间，恐怕会使母牛心烦意乱，也就将间接干扰它照料幼犊，而且还不能排除“小家伙”伤害牛犊的可能。相反，若是将两只公牛放在一起，则可能要冒“小家伙”受重伤的危险。通常，属于不同种群和年龄的犀牛，若是在被抓后关入一个拥挤空间内，它们总是难以和睦相处。

不过这两只公牛现在能看见彼此（因为犀牛们已撕下保护区间作为视觉屏障而蒙在栅栏上的布匹），而且成年公牛似乎也未被“小家伙”的存在所打扰。我们决定冒相对较小的风险，将两只公牛间的屏障移开，如果进行得不顺利，就时刻准备着再次分开它们。

在被抓获 12 天后，这两只公牛间的门被移开了。开始时一切如常，我们紧张地观察了一个小时。终于，“小家伙”还是跨了过去，来到了年长犀牛的领地。我屏住了呼吸。一开始大公牛把它“护送”回去了（那时我们给大公牛取名叫欧伯斯）。但让我们欣慰的是，它们之间没有发生对立和攻击行为。而“小家伙”旋即重返大公牛的领地，尾随在它身后，大公牛竟然默许了。

现在“小家伙”已不再攻击藩篱，彻底结束了过激行为。当欧伯斯吃东西时，它也吃了一口！在这天里，年长的公牛偶尔会用角顶一顶新伙伴的腋窝，好像是提醒它注意长幼有序，要让自己先吃饱喝足。但欧伯斯并没有企图主宰它的意思，后来，欧伯斯竟允许它躺在自己身边休息了。

实验两三天后，“小家伙”开始少量进食。到被捕获后十四天时，它竟能排泄一些粪便了（我们兽医都为这个期待已久的胃肠运动欣喜不已）！“小家伙”这三天看起来很满足。可到了第十五天，它却又显得虚弱、沮丧了。考虑到它有同伴时的高兴反应，它的病根可能是子弹引起的炎症。现在它又不肯吃东西了。

在它起初不肯吃东西时，我们就想对它再次使用抗生素治疗，但像它如此庞大的身躯，需要在大腿或颈部肌肉内定期注射大量药物，这些都是会打扰“病人”，使它感觉不快的事。我们现在更不愿中断它这段难得的美好时光。况且抗生素也会导致动物的肠胃紊乱，它目前看起来精神尚好，我可不愿这个时候麻醉它，加重它尚未明确原因的厌食症。

但无论你的病人是野生动物、宠物还是人类，每当面临治疗方法选择时，无疑都应该做一次成本效应分析。我们没有实验室，没有处理犀牛的设施，只有经验和直觉。现在那年轻的公牛显然是病了，扰乱它心情的风险应该低于让它感染死亡的风险。我们权衡再三，还是想先用保守疗法，于是用麻醉枪给它注射了大量的抗生素，并在饮用水中补充了葡萄糖、蔗糖及含维生素 B 的糖浆。

接下来的一天，我又在饮用水里添加了电解液，并继续用麻醉枪给它注射抗生素。这已经是被捕获后的第 17 天了，但它的情况还是很糟。我们寸步不离，日日夜夜地观察着它，但仍未见它进食。于是我与卡马犀牛保护区在现场的董事会成员共同商讨，决定将它麻醉，对它进行彻底检查和治疗。

我给“小家伙”注射了小剂量的埃托啡盐酸盐来麻醉它，很快便起了作用。我陆续检查了它的心率、呼吸和血液供氧（通过脉搏来进行血氧定量）。考虑到它衰弱的身体状况，我通过它的鼻子给它输氧作为额外的预防措施，再把一只管子插入它胃里，为它输送高热量的多源化合物、氨基酸、植物油、维生素和电解质混合液。为治疗脱水的情况，我用了更多的抗生素以及维生素和矿物质静脉输液。做完所有这些后，我给它注射了麻醉苏醒剂，“小家伙”立刻站了起来，摇了摇头走开了。

第 18 天，即 1993 年 3 月 5 日当地时间下午 5 点，这只博茨瓦纳最勇敢的犀牛去世了。我伤心欲绝，失去它比失去任何一个“病人”都更让我难受。在 15 年后，当我忆起它在保护区内死去的情形时，仍然感到绝望无助。救活它已然成了一种道义责任。它的死仿佛在昭示着上苍对邪恶力量的首肯——坏人成为了最终的赢家。

这让我想到自己医治小动物的实习期以及从前在动物园内当兽医的经历。兽医经常处理的实际上都是人类给动物造成的创伤：被车撞了的小猫，吃了老鼠药的小狗，还有吞下游客们漫不经心扔进水池的硬币的海豹。确切地讲，兽医们总是在收拾这些因人类的轻率、自私、残忍和愚蠢所造成的结果。这只受伤的小公牛也不例外。在它碰见那个拿着枪的人之前，它该是一只多么矫健的小牛啊。

我给“小家伙”做了最后的尸检，觉得自己已是心力交瘁。我发现之前射入它右肩的那颗子弹已贯穿其胸部和腹部，造成了更深的伤害，感染扩散才导致了它的死亡。最初，我未曾想到枪伤竟会如此之深。我在它腹部找到了一个直径7.62毫米的弹头，这是该地区犀牛偷猎者惯用的半自动步枪留下的弹头。

这儿没有动物园和大学的设备——没有X光机，没有核磁共振，甚至很难找到所需的药品。我知道，在如此偏远的地区，我确实已竭尽全力。我随身携带着紧急输氧罐和气管导管这类设备，更不用说便携血氧监测器了，这让这儿的同事都大为惊讶。这里原本只有最基本的草药。

“小家伙”的去世令这里的每个人都痛彻心扉，我们曾日夜寸步不离地守护它，逐渐地了解了它。它那么努力地试图摆脱身体的病痛……

所幸的是，它并没有带着遗恨孤独地离去。我们没有遵循关于捕获动物的相关书籍和教条的指导，而是读懂了它的渴望，让它如愿以偿地拥有了同伴。在这段冒险让它与欧伯斯为伴的最后日子里，我相信它变得更加宽容。现在欧伯斯一定在猜想，它的灰色小影子上哪儿去了呢？

虽然我们试图抓获它并将它转送到安全的地方，用这种极端的干预方式让它适应圈养生活，但泯灭人性的偷猎者仍然把它送上了绝路。不过最终他们也没能得到他们觊觎的犀牛角。在它死后，我们为它取名“雷如莫”，即博茨瓦纳方言中“子弹”的意思。这个名字最适合它和这个悲剧。

史蒂夫·奥索夫斯基

史蒂夫·奥索夫斯基是一位长期致力于国际动物保护的野生动物兽医。他于1984年享受哈佛大学出国奖学金，第一次到非洲游历。后来他进入康奈尔大学兽医学院，1989年获得了动物医学博士学位。奥索夫斯基博士于1991年来到博茨瓦纳，作为当地政府第一个野生动物官方兽医，工作到1994年时离职。他同时也是一位门诊动物兽医，是美国推进科学进步协会会员和美国国际发展协会的生物多样性专家，还是世界野生动物基金会物种保护计划的外场支援导师。他曾发表了三十几篇科学论文及某些书籍的相关章节，目前是国际野生生物保护协会的野生生物健康高级政策顾问，致力于研究野生动物、家养动物和人类健康。他和他的兽医妻子卡伦·赫希有两个孩子，他们也非常喜爱动物。

虫子长虫了

玛丽安妮·托茨洛夫斯基
兽医学博士

我曾在休斯敦的动物园里当过兽医，当那里的监管员打电话说蜣螂身上长红斑时，我心里很是纠结，应该去看看吗？那里有七只金龟子，是从德克萨斯州本地收集的金甲虫。我对自己说，我不研究昆虫，甚至对它们一无所知。可我想至少该去看一看，也许能为它们做些什么。但我究竟能做什么呢？

当我还是小孩子的时候，就初步萌发了要当兽医的梦想，那时我有一些自己的小宠物。我热爱科学和动物——至少大多数的动物。每当发现受伤或生病的野外生物时，我总会尽力照料它们。但我却从未对昆虫和蜘蛛感兴趣。我不喜欢谁把虫子放在我肩上或从头发上抓到虫子带给我的惊讶。事实上，我还有点惧怕它们。我最多只是看看它们——隔着玻璃。

但是，这些蜣螂现在需要接受检查，工作职责要求我不得不跑一趟。那么我得先研究一下我未来的“病人”了。互联网上当时（2000 年）没有关于蜣螂的医学信息，也没有任何关于他们长红斑的相关资料，但我却了解到了蜣螂是多么有趣的生物。它们又叫“金龟子”，大多数有1到1.5英寸长，甲壳或身体的颜色有的昏暗有的亮黑。它们处理动物的粪便，被看做是有益环境的益虫和治疗疾病的药材。在德克萨斯的牧场，它们能处理百分之八十的牛粪，提高土壤营养层次和结构，滋养牛马饲料的生长。

世界各地不同种类的金龟子都扮演着相似的角色，它们为各种动物提供健康的环境，比如瞪羚、犀牛和大象。成年金龟子从粪便的液体部分汲取营养，就好像是金龟子的思乐冰（一种冰冻饮料）。对不起，这的确是我心中的印象。他们成双成对地在粪便堆上滚出一个粪球，然后雌性金龟子在粪球中间深处下蛋，它们会逐渐长成幼虫，最后将粪球吃出一条路冲出表面。

我还顺便读了点关于古埃及的书。古埃及人曾把金龟子当做圣物。它们在白天用粪滚出一个巨大的球，夜晚便消失在一个洞里，第二天又重新开始，古埃及人认为这象征了周而复始的生命以及与太阳的某种联系。他们还认为所有的金龟子都是雄性的，它们只需遗精在粪球内便可繁衍后代。如果我小时候喜欢昆虫，可能我早就知道这些了。

在了解了这些之后，动物园的管理员终于带我去看这些金龟子了。途中我一直在想，在祈祷，希望它们没有任何问题。但是我看到这七只金龟子身上确实长有红斑，这些斑点竟还会移动，大概一毫米大小的红色小虫在它们背上爬动。我觉得最有可能是螨虫。

说实话，我对甲虫与螨虫的区别感到迷惑。它们都属于节肢动物门，因此统称它们为虫子。而它们的不同在于，螨虫属于蛛形纲类，和蜘蛛、虱子同出一门；金龟子属于昆虫纲类，与黄蜂、蚂蚁、蚱蜢、蝴蝶及其他甲虫同为一类，而这一特定种类则被称为“真正的虫子”。这常常使人犯迷糊。它们都是虫子，螨虫是蛛形纲虫，而金龟子则是昆虫。

关于这个案例我有很多疑问，我从未治疗过长了虫的虫子。这些红色虫子对金龟子有害吗？它们是共生的吗？或者它们只是某个时期在一起，象征性地共走一段路？它们会自行离开吗？它们究竟从哪儿来？如果我需要处理它们又应如何着手？

我曾在别的动物身上见过螨虫，比如恙螨，能咬人并引起皮疹。还有长在鸟和爬行动物身上的红螨，它们大有害处，不仅叮咬还会吸血，可能导致这些动物贫血，或向它们传播细菌、病毒。但即使金龟子的这些搭乘者与长在人、鸟类或爬行类动物身上的螨虫类同，治疗方法也必定大相径庭。对于长在其他动物身上的螨虫，我们会小心谨慎地使用商用杀虫剂，这种有效的能杀死虫子的化学物品的名称是“杀昆虫剂”。但在这个病例里，毫无疑问的，它会把我的“病人”和这些螨虫一起除掉。

我又问了一些关于金龟子和红色螨虫在此之前的情况：这些金龟子的行为、进食和活动正常吗？但答案没有什么用处：“我们也不确定”，“好像没有以前吃的多了”。考虑到每只金龟子身上的螨虫数量，我勉强同意这个问题归兽医处理。我和管理员讨论了当前的情况并制定了一个计划——事实上是几个计划。

首先，我们试着改变它们的环境。金龟子窝内覆盖物的底层也许是螨虫大量滋生的根源，可能红螨通常生活在这种土壤内。于是我们引进了新鲜的土壤，寄希望于这些搭便车的乘客会更喜欢待在土里而不是金龟子身上。但几天后，我们发现没有什么改变。金龟子身上仍有红斑，主要聚集在身体中间，靠近颈部。于是我们决定冷冻这些土壤，几天后再投入使用。希望借这一步骤杀掉可能已存在于土壤底层的螨虫，减少金龟子身上螨虫的数量。但当我们将金龟子和它们的红色朋友放入解冻的土壤内，这些搭乘者却并未消失。

好吧，再试试另一个治疗方案。

既然保守治疗的方法不见效，我便试图从金龟子身上人工除虫。但这种方法又引起了一系列别的问题：我怎样才能既不伤害我的“病人”或我自己，又能除去它们呢？如果我把金龟子放进麻醉室进行麻醉，再将它们取出做手术，它们昏睡的时间够长吗？如果不使用麻醉室而使用麻醉气体，那怎样才能使我自己不被麻醉呢？

我想不出能够长时间麻醉金龟子以便给它们动手术的方法，那么便只能放弃这个计划。所以我必须克服对昆虫的恐惧，还得想办法在摘除红螨虫时使金龟子保持不动。

这个摘除手术被定在了一个安静的下午，它们被带到了我的诊所。我不知道触碰它们的身体，在它们身上胡乱鼓捣一气，它们会产生什么反应，于是将它们分成两组。一组三只会被送回到儿童动物园展区，是“控制组”；另外四只则是“手工摘除实验组”。

手术前一天，我要求技术人员给土壤消毒，杜绝所有可能的污染。消毒杀菌的程序比冻结更能清除留存在土壤中的细菌、真菌及虫子。除去了红色螨虫的金龟子将被装在经过消毒处理、有干净土壤的笼子里，留在诊所继续观察。

真正有趣的部分开始了，我该怎样控制这些小虫子不让它乱动呢？就算它们能容忍我手上操作的压力，我也担心那些工具和我的笨手笨脚会给它们造成无法弥补的伤害。根据进展程度的好坏，我们可能需要改进操作方法，管理员和其他人员都理解这个冒险。一切准备就绪，我选了一对大椎弓根钝头手术钳（一种六英寸长、尖头略弯的手术钳）来给它们做手术，这样我就能控制对它们身体的压力。我还选了一对四英寸长的精致钳子，有尖尖的头，可以将红色螨虫摘除掉。我面前放了一个浅口盘，以防金龟子从我手中滑落，或者在这个过程中我们需要休息时使用。

对任何动物的手术的第一步都是用来获得经验的，抓第一只金龟子时，它跳了起来，我吃惊不小，倒抽一口冷气，差点从椅子上掉下来。所有人都笑了起来，包括我自己。我同时还想着，千万不要跳到或飞到我身上来呀，幸好，它并未走远，刚才的一跳是为了让我知道它不喜欢被触摸。至少它没有飞走。它们拥有大大的翅膀，在野外可以从一个粪堆飞到另一个粪堆（我最担心的是它绕着治疗室一圈圈地飞，所有人拿着网在后面追）。

我又一次抓到它，屏住呼吸，稳稳地但又是轻轻地握住了它，它似乎意识到了我不会放它走，便停止挣扎开始装死，在接下来的步骤里表现得像个最令人满意的“病人”。我四处检查它小小的黑色身体，在每个缝隙瞧瞧有没有红色螨虫。一共花了一刻钟时间去掉了所有的螨虫。

第一天我得心应手，治好了这四只金龟子，然后把它们放进土壤被消了毒的笼子里，在诊所里待了一周。观察期间，没有发现他们有明显损伤的痕迹，红色螨虫也没有再出现。一周后，被送回儿童动物园的那三只“控制组”金龟子也被带到诊所做了相同的手术。同样的，一切正常，我们将它们与第一组金龟子放在了同一个消过毒的笼子里。

在饲养员给园内的笼子消毒后，我们把七只金龟子和一批新鲜的消毒土壤送回原住地，它们又回家了。第一周时我每天都去看看它们，它们都很健康，行为正常，也没有占便宜的虫子。但一个月后我被告知，尽管数量很少，红螨虫还是回来了！由于金龟子看起来很健康，我们决定先不管它们，继续认真观察，若有情况发生再进行干预。

我从未弄清这些小虫到底是什么，虽然它看起来像是寄生的螨虫。也许我们之前该把它们送到专门的实验室去做鉴别，但我怀疑那是否会有不同的结果。一般说来，螨虫并不会对它们产生危害。我的治疗尝试没有起到作用，是否该试试更猛烈的办法？但任何化学药品似乎对我的“病人”都太危险了。

尽管在这个“病人”身上花了很多时间，但我对昆虫医学仍知之甚少。这些螨虫会使金龟子发痒、无精打采或饥渴吗？我并不知道，也许永远都不会知道。

我非常高兴再也未被要求去检查或治疗任何其他昆虫，虽然这也许只是时间问题。另一方面，我再不会因为想到要在一个安静的下午待在诊所里摘除金龟子身上的螨虫而烦恼了。

玛丽安妮·托茨洛夫斯基

玛丽安妮·托茨洛夫斯基在纽约长大，十岁时立志成为一名兽医。从纽约州水牛城德门大学医学技师专业毕业后，托茨洛夫斯基博士在人类医院血液学实验室工作了六年，然后到兽医技师学校学习动物保健技术，从该校毕业后被录取到普杜大学学习兽医学。1993年毕业后，她在康涅狄格州纽黑文中央动物医院实习了一年，学习怎样治疗小动物；然后在北卡罗来纳州大学和北卡罗来纳州动物园做了长达三年的动物园实习兽医。托茨洛夫斯基博士1997年时担任休斯敦动物园的助理兽医师，并在1998年成为美国动物医学院的专科医师。

狐猴之死：一个未解之谜

艾米·瑞伊·甘道夫
兽医学博士

当我紧张急切地打开这只红绒毛狐猴布拉斯最终的病理报告时，我怔住了。我本期望检查报告能帮助我证实它得的病是我所猜测的免疫系统疾病，或至少能发现导致这种致命疾病的相关线索。但是结果令我大失所望，并不是我想象的那样，疑问也没有得到解答。我叹了口气，深深地陷进了椅子里，然后又仔细读了一遍报告，在屏幕上努力寻找第一次急匆匆的阅读中可能遗漏的细节。不，我并没有遗漏任何东西。我坐了回去，在心中重温了整件事情，祈求在最后的思索中为这个奇怪的疾病找到答案。

我总觉得自己辜负了布拉斯，有一部分是出于个人原因。这个病例与我的家庭有着一定的关系。我不仅想在这个报告中找到令我满意的答案，也想将其与妈妈分享。因为很巧，她也曾得过一种奇怪的慢性疾病。在过去的几个月里，我们每周或至少隔周总会在电话里讨论她和狐猴的病情。当谈到相同之处时，我们不断地比较，期望能发现解开这个谜团的线索。

狐猴是一种原始的栖居在树上的动物，长着长长的、毛茸茸的尾巴。它们与一般的猴子不同，只生活在马达加斯加。很多自然杂志的摄影作品上都出现过这种尾部有环状花纹的动物，它们喜欢聚集在镜头前展现自己的美丽姿态——那如浣熊般可爱的脸庞，雪白的肚子，有着鲜明黑白条纹的尾巴。

布拉斯是一只长着红色绒毛的狐猴，极具魅力，又富有好奇心。其实红绒毛狐猴的颜色是橘红色的，但长着黑色的脸和手，比长着环纹尾部的狐猴更小巧玲珑，毛发也更为浓密。它们不紧不慢的步态，无穷无尽的好奇心，毛茸茸的身体，小小的手掌，看起来真像出自苏斯博士（美国著名作家、诗人和漫画家）笔下的精灵。

我在匹兹堡当助理兽医时便喜欢上了那里的红绒毛狐猴。其中两只身体有点小毛病，因此经常需要进行常规健康检查。我很快便与它们熟悉了，甚至越来越沉迷其中，总是找各种各样的借口快乐地去看望它们。为了近距离地观察布拉斯和它的同伴，我和饲养员经常带点食物走进它们的生活区。我手里拿着个葡萄，等待着它们渴望的神情——好奇的棕色大眼睛和张开的小手。当我的注意力放在其中一只狐猴上时，常感觉还有一只偷偷地站在我背后，摆弄我的钥匙或录音机。和它们相处得越久，我越是对它们爱不释手，难舍难分。

布拉斯的健康问题是在2005年7月的常规体检中出现的。和大多数动物园一样，这种检查需要麻醉。那天，我们检查了它和另一只雄性狐猴科珀。那天早上进行得很顺利，根据计划，动物园的首席兽医辛迪·斯塔德勒、技术员莉比，还有凯伦——灵长类动物饲养员的总管和我一起工作，此外从当地报社赶来的记者和摄影师也观看了布拉斯的检查过程，他们想把这次检查作为该报动物园系列报道的一部分。

每次检查大概需要一个小时，包括一个全面的体格检查、射线照片、牙齿清洗、血液和粪便的收集化验、结核皮试及灵长类动物的其他常规检查。为检查结核病，我们使用了一种特殊的试剂——结核菌素，给动物注射了十分之一毫升。这种检查也可以用于人类，不过往往是注射在人的前臂上。人类会很乐意伸出手臂让护士检查结果，可灵长类动物不会那么合作。因此，我们用眼睑来替代，那么由此产生的任何一点肿块，都可以在近距离内观察到。

布拉斯身体非常健康，当时能看到的检查结果显示一切正常，其他的检查结果将在一周后收到，看起来也没有什么可担心的，尽管他的血红细胞相对于正常值偏低。然而，在体检后一天，布拉斯注射了结核菌素的眼皮却肿了起来。又过了两天，红肿迅速蔓延到了眼睛和口鼻，我们将其视为对结核菌素的过敏反应，而不是真的阳性结果，因为在布拉斯身上并未发现明显的阳性特征，没有看到特别发红的肿块。

我们将布拉斯奇怪的面部红肿当做是对结核菌素不正常的反应，也许它接触过自然环境中类似结核菌素的有机体从而导致了假阳性的结果。我们计划在接下来几周内再次麻醉布拉斯，进一步验证它没有患上结核病。

与此同时，报纸上发表了一篇描写布拉斯体检过程的热情洋溢的文章，还附有一张凯伦抱着苏醒过来的布拉斯的照片。我剪下照片寄给了妈妈，她看到照片才知道了什么是狐猴。她是业余摄影师，对狐猴有极大的兴趣，为了近距离给它们拍照，她计划来动物园看望我，进行幕后参观。不幸的是，在过去几个月里她一直遭受一种日渐严重的疾病的折磨，只有当病情好转时她才能启程。

多数结核检查的反应一周内便可消失，而布拉斯的肿块持续时间要长一些，尽管它看起来很健康。两周过去后，我给它用了几剂布洛芬和海拉明，肿块看着不很明显了。可就在复查结果出来的前几天，凯伦报告说那个肿块又出现了。我吓了一跳，百思不得其解，一时间有些不知所措。从这个时候开始，这个病例变得非同寻常。我们开始猜想导致这种情形出现的最大可能是一种影响红狐猴的特殊疾病——增生性骨疾。

我们给布拉斯服用了强的松（一种比布洛芬更强效的消炎药），并换了一种抗组织胺药。与此同时，我向物种生存计划的专家——官方兽医兰迪·荣格寻求帮助。在电话交谈中，荣格医生说据他所知只有一个相似的病例，但是在那个病例中结核菌素反应并没有那么严重，一周以后也自动消除了。

可布拉斯的肿块仍在持续，我们决定再次麻醉布拉斯，重检血液并从其脸上提取组织活检，同时也收集气管和洗胃样本——这是一种更复杂的检查结核的方法。这些结果几周后出来了，检查结果是阴性。在麻醉情况下近距离地检查布拉斯，我们看见它的牙床也有些流血。但给它的头骨拍片以后，一切显示正常，和其他检查结果一样，并未发现我们猜测的有关头骨疾病的迹象。我们又为它取了血样，检查是否出现了出血紊乱，但是也没有发现任何问题。

布拉斯从麻醉中醒过来后，技术员莉比在显微镜下观察到了令人慌乱的情况：布拉斯的红细胞和白细胞都出乎意料的低，低到有生命危险。想到这只狐猴的行为正常，这个发现使我们大家都倒吸了一口凉气。这倒是解释了为什么布拉斯每次都要花很长时间才能从麻醉中醒来的原因。

这天中午，我给一位有名的血液学家和肿瘤学家吉列尔莫·库托留言，他碰巧也是我兽医学校的一位教授，我非常重视他的意见。第二天一早我和他探讨了这个病例，并给他传真了狐猴的检查结果。看了材料后，他说布拉斯现在自身的造血机能远远低于它应有的水平。我们把疾病的范围缩小到癌症、各种感染和免疫系统问题，他总结道，这个病也许能够治愈，但很可能无药可治。

我们开始给布拉斯使用强效抗生素，继续使用强的松，并计划做一次骨髓活检，更进一步缩小疾病范围。因为在它骨髓里发现了不成熟的红细胞和白细胞，而活检则能告诉库托医生到底是哪种细胞出了问题。不管是什么动物，血细胞的不正常都只有那么几个原因，活检结果能够帮助我们确定疾病的类别。即使库托医生不能从活检中准确地做出诊断，至少他能把范围进一步精确缩小到两三种问题。

尽管狐猴现在显得有些疲惫，看起来仍算正常。骨髓活检进行得很顺利，但我们在检查中发现它后大腿多了一处新的肿块。我们将活检样本分别送往了当地的儿科医院、库托医生和动物园的病理学专家处。两天后，好消息出来了，三个实验室的结果一致。我们排除了癌症。尽管布拉斯的血细胞数量仍低于正常指数，但是样本显示骨髓工作正常，能够快速地更新细胞。

有了这些结果，我们基本上将疾病锁定到两大类：慢性感染和免疫相关疾病。和人类一样，动物也有自身免疫系统的疾病，这会导致它们无法识别自身的血液细胞，在骨髓造血后免疫系统会将其当成异物而予以消灭。但我们常常无法知道是什么造成了不正常的免疫反应。

我不由自主地想到同样每天困扰着母亲的疑难病症，希望能多帮帮她。因为她的病也没有确诊，而症状同样越来越严重。我在电话上给她鼓励和建议，但是我们解释不了为什么两年前她还能划皮艇搞摄影，而几周前她甚至举不起相机了，更不用说在河中划船。在一年的时间里，她经历了一次又一次的沮丧和绝望，病情已相当严重。她最终被诊断为多肌炎——一种免疫系统疾病，身体里的肌细胞包括横膈膜都会被当做异体细胞而被自体消灭。

在研究了相关论文并与妈妈交谈后，我发现了她和狐猴病情的相似处。比如，它们都服用了强的松，用来抑制免疫系统的过激反应。由于布拉斯的病情起伏不定，我问了很多关于药品剂量的问题，还有药品对她身体的影响以及其他治疗方式和症状。过去，我们很少谈到我工作的细节，但现在由于狐猴我们经常聊起我的工作。

我习惯于比较和对照各种动物的病情，包括人类在内。我并不认为将妈妈与猴子相比会惹恼她，但是有一天她提到这一点（我向它解释狐猴并非真的猴子，但我知道这不是重点）。她很快就理解了，并对整个病例表现出浓厚的兴趣。当她在网上收集关于自己病情的资料时，会给我转发她认为与布拉斯相关的趣闻和文章。当我研究狐猴病情时，也同样会把资料转给她。

在做骨髓活检的一周后，布拉斯的精神看起来比两个月前好了许多，肿块也少了些。我因此受到了鼓舞，心想不管它所患的是感染还是不正常的免疫反应，总之它正在好转。但这只是暂时的。一周后，肿块又出现了，而且很严重。病理学家认为最初的面部活检与骨髓活检支持我们把该疾病判定为免疫系统血液细胞疾病——预后不好。库托医生也同意这个看法，但他认为病情仍然应该能得到缓解。

不久，治疗布拉斯的免疫系统变得更加困难了。我们试图找到平衡的办法：既要抑制它攻击自身细胞，但又必须使它有能力抵抗普通的细菌感染和其他感染。凯伦难过地说布拉斯看起来和预期的坏结果一样。它开始遭遇各种由不正常的免疫系统引起的新问题。为了解决这些新问题，我们持续使用强效抗生素和抗真菌剂。

我们每周都不得不用毛巾把布拉斯裹起来，监测它的病情和血液情况。又过了两个月，它的血液数量和肿块情况都忽上忽下。我们判定它的免疫疾病很难治愈，也就是说，它不大可能再对我们的治疗有反应了，它病入膏肓了。偶尔有几天状况良好，时而又很糟糕，这让它的饲养员感情上大起大伏，忽喜忽悲。

我尽量抑制自己的感情。我相信每个兽医都有过这样的挣扎。我们把“病人”看得很重，但如果对结果太过关心的话就很难把精神集中在诊断和治疗之上。因此，我试着寻求一种内心的平衡，有意识地在感情上疏远它。但是说来容易做来难，尤其是对那些长期患病的动物，我们在感情上已经亲如家人。我无法否认与这个迷人憨厚的小狐猴之间的关系。我迫切地想找出答案，时时祈祷它能痊愈。

与此同时，电话那端的妈妈听起来更有精神了。她并没有好转，但她看了一个新的专家，将要采取我们也曾经考虑过给狐猴实施的免疫球蛋白静脉注射治疗法。当时布拉斯服用的其他药物并未对病情有帮助，反而出现了许多新的毛病，而当我就免疫球蛋白静脉注射治疗法打电话咨询库托医生时，他听起来不大赞同。随后我意识到了这种对人类来说价值一万美元一次的治疗，也许无法成为对狐猴的一种治疗方案。我非常感谢妈妈的医疗保险，希望这种治疗能对她有所帮助。

布拉斯已经习惯了我们的来访，过去它还有点害羞，比其他狐猴更胆小。现在它则很享受我们在背后给它挠痒的感觉。每一次接触它，我都会情不自禁地去查找原来的治疗可能遗漏的东西。当我给它背上挠痒的时候，我会摸摸它的脊柱生长情况，判断它的身体状况；然后渐渐将手移向头部，抚摸它长有肿块的脸。我一直心存侥幸，希望能找到新的灵感。

时光一周一周地流逝，我仍未找到答案，相反我不得不越来越多地面对失败。凯伦发现布拉斯的病情已迅速恶化。它越来越喜欢蜷缩在发热灯旁，一只扭伤的粉红手指肿得高高的，影响到整个手掌，连皮肤都开裂了。尽管有专门的食物补给，布拉斯仍消瘦了不少。

有一天我看完布拉斯时，凯伦和我谈起了它所受的痛苦和看起来越来越无效的治疗。虽未提及“安乐死”这个词,但我知道我们想到了一起。我们不想放弃希望，但更不想布拉斯继续承受痛苦，那是一种无法克服的痛苦。动物园的首席兽医辛迪和我、技术员、饲养员、馆长及动物园园长讨论了这个问题，大家一致同意。那是个星期五。真正意义上的黑色星期五。我们决定如果布拉斯在下周的最后治疗中仍没有好转，那么就结束它的痛苦。

周末我和妈妈通话时，真不愿意告诉她这个结果。她表现出很大的担心，她知道我是多么心急如焚，多么迫切希望救活布拉斯。她也一直为布拉斯加油鼓劲。不知道无法治愈这个与她相似的病患，会给她带来怎样的打击。

星期一我休息，收到了辛迪的信息，说布拉斯的病情已无法控制，他们最后决定给它施行安乐死。虽然我渴望能治好它，但是我不愿再让它受苦，也为他们到最后总算还有一个办法来帮助它感到欣慰。

这场战役结束后，我希望能从尸检报告中找到答案，以免此类情况再次发生。我们送了很多样本到病理学家处做实验和显微镜检查。两周后，我收到了文章开始时提到的报告：很可惜什么也没有。

在我写下布拉斯的故事前，我取回了它的病例档案，希望依靠它能精确回忆起时间进程和治疗方法。我一下子沉浸在这个病例中不能自拔，在这个过程中我从头到尾浏览了诊断记录和检查结果，努力寻找治疗过程中自己可能遗漏的东西。在个人层面上，这个问题对我产生了前所未有的影响。这只温柔的狐猴所遭受的疾病，我至今也捉摸不透。这真是残酷的现实，不管是在动物医学上，还是人类医学上，我们都无法得到解答。

至于妈妈，感谢上帝，她的病情有了转机。在开始免疫球蛋白治疗法后，她便有了些许好转。一年之后，她仍坚持每月一次免疫球蛋白治疗，终于，她能来匹兹堡动物园探望我了。自她生病两年以来，科珀和其他几只狐猴成了她第一批摄影作品的主角。

而我仍时常在想布拉斯到底发生了什么，为什么会这样？如果我们采用了不同的治疗方法，结果会不会有所不同？我想，可能只有当我不再成为一名兽医时，才会停止这样的思考。

艾米·瑞伊·甘道夫

从早在美国康涅狄格州东汉丹姆市的幼年时期开始，艾米·瑞伊·甘道夫就对野生生物有着浓厚的兴趣，直到她在俄亥俄州立大学的兽医学校时仍保持着对野生生物的爱好。她通过从俄亥俄州到危地马拉到泰国的野生生物保护及康复机构的多种志愿者工作，获得了大量野外工作经验，随后在俄亥俄州一个野生生物保护中心的野外兽医实习培训中，她又进一步增加了经验。实习之后，甘道夫博士成为匹兹堡动物园和PPG水族馆的助理兽医师。除了对各种各样动物的临床实践之外，甘道夫博士也参与到一系列的研究之中：美国和乌干达环境污染对野生动物的影响，瑞典棕熊的健康问题，动物园动物的药物代谢动力学研究等等。她对自由放养野生生物的研究和旅行的热情不断地鼓舞着她为了持续发展和提高野生生物管理而不懈努力。

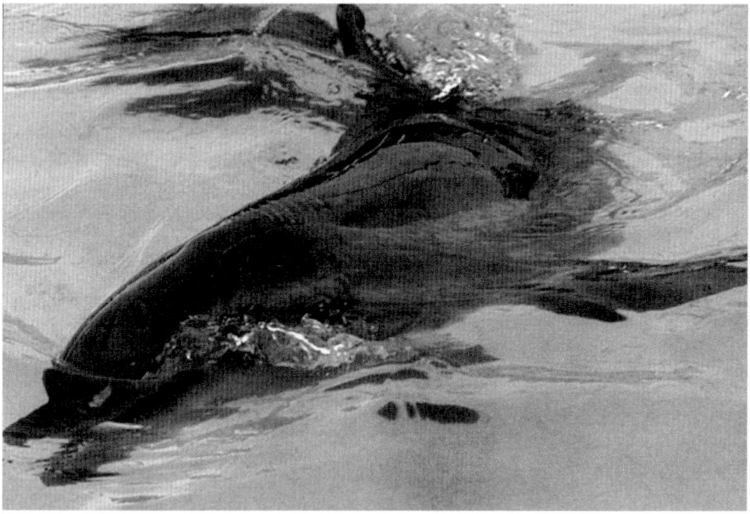

贝克 D

马丁·郝力纳
兽医学博士

如何救助一头在海滩上搁浅的宽吻海豚？它们为什么会搁浅在海滩上？在我们拯救它们时，如何才能增加它们的生存机会？假如它们从搁浅中得救后，我们怎么知道在哪里把它们放归大海，又要怎么样将它们放归大海？我所在的海洋哺乳动物中心的工作人员和加利福尼亚州索萨利托的志愿者们就这些问题以及我们尽最大努力所做的解答展开了大量讨论。

大多数搁浅的鲸豚（海豚、江豚和鲸）在 24 小时到 48 小时内就会死亡。死亡的原因通常是一系列问题：

最开始动物发现自己已身在海滩，不再游弋在水中，它们必须承受自身体重的压力。搁浅的海豚不仅呼吸困难，其皮肤和肌肉在坚硬地面的压力下很快会被擦伤，出现淤血。

然后从生物化学角度来讲，动物自身也开始痛苦。一系列环境变化引发了海豚的应激反应。如果还有力量，它会产生挣扎—逃跑或者攻击—逃避行为，这种情形会刺激肾上腺激素的分泌，这是哺乳动物普遍的应激反应。因为无法动弹，海豚的肾上腺素会增长到一个过高的水平从而进一步损害肌体。由于心脏在其体内是最大的一块肌体，那些肾上腺化学物质将危及生命而不是通常意义上的拯救生命。

海洋哺乳动物中心对搁浅海豚生理变化的研究为救援工作提供了极大帮助，并且在近十年来使救援的成功率持续提高。2004 年 9 月，贝克 D 来到了我们的研究中心，那时我们已有了更好的运输技术、诊断程序和治疗方案，但成功拯救一只搁浅海豚并使其回到海洋中仍然是一件非常罕见的事。

救生员发现这只年轻的宽吻海豚时，它正被困在贝克 D 海滩上，因此给它起名贝克 D。他们把它放在担架上送到最近的停车场，在那里我第一次看见了这只特别的海豚。它当时很虚弱，一动不动，眼睛睁得大大地看着我们在它周围忙乱着。我在想它会怎样看待这些嘈杂的声音和不熟悉的人类呢。他们正在戳弄它。它是一只公海豚，很警觉，尽管在旱地上待了一段时间，身上的伤痕却相对较少。综合考虑后，我们都觉得它生存的几率很大。但它却非常无助，完全不知所措，不知道接下来到底会发生些什么。

人们在发现搁浅的海豚后，总是尽力把它们推回到水中，结果就是它们再次搁浅然后死亡。人们不明白搁浅的压力已经导致了一连串无论是在水中还是旱地上威胁海豚生存的新问题。我们立即开始支持疗法，首先给贝克 D 注射了普通镇静剂。我们把导管插入它尾巴的静脉，这样我们就可以分别通过静脉给它注射更多药品，如镇静药（安定）、类固醇、抗生素和心得安，后者是一种用以降低海豚的心率和保护心脏组织的药物。接着在把它转运到海洋哺乳动物中心的途中，给它打再水化点滴，还好运输时间相对较短，只有 30 分钟车程。

工作人员给贝克 D 准备了一个软边水池,直径 24 英尺,深 3.5 英尺。当实验室技术人员准备做样本分析时,我们采了血样作诊断和研究之用,并小心地把它从担架中移到水池里。

当我们把海豚放入水中时，工作才真正开始。研究中心聘用了全职工作人员 50 人，其中包括三名兽医，此外还有大约 600 名志愿者从事大量的日常照顾工作。他们在照顾搁浅动物时起了关键作用。他们富有爱心，其敬业精神也令人动容。在接下来的几星期里，他们将精心护理贝克 D。

最初，贝克 D 不仅不会游泳，甚至在水里都浮不起来。我们的志愿者们制作了一个由漂浮物和氯丁橡胶做成的特殊吊车帮助它漂浮在水上。每次两个人同时站在水中，引导海豚轻轻地绕池游动，防止它侧翻、下沉或伤害到自己。第一天，我跟它一起待了几个小时，监测它的情况，并和我们优秀的兽医团队共同制定治疗计划。

第二天，贝克 D 看起来强壮了一些。在接下来的一个星期内它取得了重大进展：胃口变好了，也适应了周围照顾它的人们。但它还是很虚弱。我们还有很长的路要走。

往后几周，志愿者们 24 小时不间断地照顾着它，经常长时间在雾蒙蒙的空气中站在冰冷的海水里。他们有规律地喂它进食，给它吃药，并且详细记录着这几周内每一天每一分钟的情况。没有人抱怨，有的只是对他们监管下的特殊“病人”的关心和照顾。关于这个优秀的志愿者组织，我无法用言语来表达感谢与敬意，说再多都是不够的，他们是海洋哺乳动物中心的真正灵魂。他们总是努力去做正确的事，努力提高自己，改善他们周围的世界，他们发自内心地关心他人和这个世界上的所有生灵。

渐渐地，贝克 D 自己能在小水池里游泳了。随着它体力的恢复，我们知道它需要一个更深的池子进行更多的锻炼，为将来的放归做准备。我们打电话到圣克鲁兹的加利福尼亚大学长海实验室，那里的工作人员欣然同意接纳贝克并给它提供相应的空间。另一个敬业的团队接管了对它的照顾任务。虽然我们都舍不得贝克 D，但这还是快乐的一天。看到一个鲜活的动物离开研究中心并准备踏上回家之路，我们都很高兴也很自豪。

不久后，贝克 D 能够在大游泳池里酣畅地游动了，我们该做计划把它放归大海了，而第一步是回顾我们最初发现它时的状况。

搁浅往往发生在海岸逐渐变成浅水区的地方，那里的地理特征使得海豚很难使用它的回声定位导航系统。有可能是全球变暖引起的海平面变化造成了海岸渐变浅水区效应。也有些人认为人类活动的噪音，如轮船引擎、钻探、采矿以及军事行动等，都与搁浅有很大关系。水下噪声会干扰海豚的导航能力，损害它们的听力，甚至会导致它们过快浮出水面。当领头的海豚失去方向感时，它会带着整群海豚一起搁浅，最终酿成灾难。

贝克 D 案例中的另一种可能性就是我们没能诊断出它身上存在着某种传染病，这也是我们从医学角度出发最大的担心。也许是从人类或是从自然界感染到的毒素影响了它，如果细菌或病毒感染使它生病搁浅在海滩上，当它被放归大海时，同一疾病就可能会危害到它的同类。

然而,我们的确没有发现任何感染。在同一时间没有其他海豚搁浅，这期间也没有报告任何毒素泄漏。虽然可能有其他因素，但我们仍倾向于认为贝克 D 仅仅是犯了一个错误。一只年轻的、好奇的、缺乏经验的雄性海豚，也许它冒险远离它的群体去猎鱼却没有意识到自己已走得太远。也许它太接近岸边而被海浪拍打在岩石林立的海滩上。又或许它遇到了一群其他海豚的攻击或其他的捕猎者，追赶着它进入了险恶的浅水区域。

现在，一只看起来很健康的海豚生活在一个安全的游泳池里。我们怎样才能保证让它回归海洋？它能找到它的豚群吗？

我们回顾了放归搁浅海豚的既定准则。首先应尽可能使它身强体壮；没有罹患可能危及健康的疾病；安装跟踪装置；另外尽可能将其放归到同一物种的附近。我们知道几乎每天都有一群宽吻海豚光顾蒙特利湾海岸附近的很大一片海域。我们猜测,贝克 D 就属于这一海豚群体。所以，经过两个月的康复治疗，我们认为它已经准备好回到大自然，并且计划在海湾附近让它回归大海。

在放它回归那天，我们在它的背鳍上安装了一个高频无线电仪和卫星定位发射器。这些工具将在其电池预期寿命大约 250 天至 300 天后自动分离。我们发现了一群野生海豚，于是立即带上安全地躺在特殊担架上的贝克 D 乘船出海。约两个小时后，我们轻轻地把它放进大海，让它正面朝着 100 码外的一群海豚。离开担架，贝克 D 立刻俯冲下海，朝与其他海豚相反的方向游去，游到我们船下，并消失在水中。

我们的无线电接收机只有一次收到了它身上高频无线电仪发出的信息，也许是那一瞬间它跃出了水面。它早已远离我们的视线范围。它游得太快，我们再也没有听到它的声音。虽然它的行为并不是我们所期望的，但总的来说我们都满意这样的结果，并为完成这样一个罕见的任务而自豪。干得不错，至少我们是这么认为的。

在接下来的几周，我们每天都能收到贝克 D 的卫星定位发送器传递的信号。这些信号被传送到卫星，然后从互联网下载，生成一张显示它放归后精确行程的地图。最初，贝克 D 似乎在往北去往旧金山，但是接着，它转身非常迅速地南下，到达圣巴巴拉市海峡群岛。它此行用时一周多，行程约 280 英里。

我们不禁要问为什么贝克 D 会迅速远离看起来本该属于它的区域呢，那里居住着其他宽吻海豚啊。它会不会已经迷失了方向？是不是我们没有注意到它患上了可能导致永久性脑损伤的某种疾病？

一旦靠近海峡群岛，贝克 D 的信号表明，它只游动了很小的距离，而且离陆地很近。在放它回归的三个星期后，它几乎一天比一天动得少。76 天之后，卫星定位发送器发送了最后一次信号。这可不是一个好兆头。我们开始做最坏的假设。

在研究中心我们研究了卫星传送的位置信号的规律。这些数据似乎表明，贝克 D 已经死了。这样少的活动可能意味着它已经悄无声息地浮在水里。然后，它的尸体就会沉入海底。

我们都崩溃了。海洋哺乳动物中心以及长海实验室的志愿者、工作人员、救生员和船长，我们都曾竭尽全力给予贝克D最好的照顾，做出最好的医疗决定，并为它的成功放归创造最好的条件。我们思考着如果再来一次，我们是否该改变一些做法。也许我们应该试试在水族馆给它安一个家？也许我们应该早点放归它或者索性让它的疗养时间再长一些？我们当时还可以再做些其他检查来找到它潜在的问题吗？

离最后一次接收到卫星信号两周后，研究中心的海洋生物学家丹尼丝·格雷格和长海实验室的几个人，包括饲养主管布雷特·朗，认为非常值得租一架飞机去寻找贝克D的遗体。他们希望获得一些——哪怕一点——相关的信息。即使卫星定位发射器坏了，也许高频无线电仪还能用，如果它已经被冲上海岸的话，也可以引导我们找到它的遗体。

我当时不在飞机上，但丹妮丝和布雷特告诉了我一切：

那是一个暴风雨的二月天，飞机北飞去执行一项艰巨的任务。当时乌云密布、骤雨不断，恶劣的天气使得飞机不断颤抖。随着时间的流逝，飞机巡回搜索着。人们安静地、全神贯注地倾听无线电信号，希望从无线电发射器的耳机里捕捉到即使最微弱的信号。黄昏来临，燃油表显示飞机不可能再继续飞行太久。

突然，乌云散去，金色的阳光照耀在深蓝色的大海上。明亮的阳光在浪尖上熠熠生辉。一道彩虹出现在午后的天空。船员们听到一个微弱的声音“嘟，嘟，嘟”。停了一下，又有了声音。接着，声音越来越大，越来越清晰。一大群宽吻海豚沐浴在灿烂的阳光下，250只或者更多的海豚突然跃入眼帘，快速地游动着。贝克D就在中间位置，每一次它跃出开阔的水面，都发出了响亮和清晰的信号。

几个月后，当基因分析完成后（这些特殊的测试需要大量时间），我们才知道贝克 D 并不属于在蒙特利湾附近的那群海豚。它属于另一个著名的生物群，而那群海豚就住在海峡群岛附近。贝克 D 从来没有走丢过。它一直都知道自己身在何方，也知道自己属于哪里。

马丁·郝力纳

马丁·郝力纳1993年毕业于加拿大圭尔夫大学的安大略兽医学院，并于1996年在当地海洋水族馆完成了水产动物医学实习，1999年获得了圭尔夫大学病理学学士学位。他在加利福尼亚州的索萨利托海洋哺乳动物中心当了九年兽医，目前在加拿大不列颠哥伦比亚省的温哥华水族馆任兽医。马丁·郝力纳对水生动物，特别是对哺乳动物医学管理方面有着特别兴趣。他着重于一些创新的诊断方法，如核磁共振、内窥镜检查、超声波检查、安全麻醉和手术技术革新等。马丁·郝力纳博士指导着全世界慕名向他学习水生动物医学的兽医学生。他参加的专业协会包括国际水生动物医学协会、野生动物疾病协会、美国动物兽医协会。

他山之石
可以攻玉

V.

不同的动物种群之间存在着众多解剖和生理上的差异，这给动物园里的兽医们带来了一系列特殊的难题。即使是近亲物种，在患同一种病的情况下，它们所表现出的症状也不尽相同，因此针对哺乳动物的特效药可能对鸟类、爬行动物、两栖动物、鱼类和昆虫都毫无帮助。

幸运的是，医学上的一些基本原理可以跨物种运用在人类、家畜和野生动物身上。许多专治野生动物的兽医们，在其职业生涯中，都曾或多或少地在家畜家禽身上做过试验。研究治疗狗、猫、马、奶牛等家畜的兽医学是正规教育的基础，我们可以通过学习这些物种的生理病理状况来推断其他物种的状况。例如：爬行动物的进化与鸟类有密切关系，而治疗鸡与治疗火鸡的药物中又有相同的成分。总之，我们的思想越开放，头脑越灵活，就越能成为更优秀的兽医。

以肾衰竭为例，它会导致血液中毒素的堆积，而这些毒素本该及时排出体外。对该病的治疗应该根据病因，综合运用输液疗法、优化饮食、使用抗生素或其他特效药等方法。若病情严重，则应使用血液透析法挽救动物的生命。每当面对肾衰竭的案例，动物园里的兽医们采取的一贯做法是：回顾过去对相关物种的诊断和治疗方案，然后根据不同动物的需要，结合该物种的特性——生理特性、解剖特性和易患疾病，对治疗方案进行修正或细微的调整。

假如一头大象患上肾衰竭，其病情发展往往极为迅速，我们就需要为它大量输液，如果可能，通过静脉连续不断地输液，每天的输液量高于一百加仑。那么如何进行输液治疗呢？接受过静止站立训练的大象，可通过它们的耳静脉输液，或者用家用水管直接通过直肠给药——这项技术在马的治疗中也经常用到。由于引起肾衰竭的原因常常是严重的细菌感染，所以在治疗时必须快速输入强效抗生素。这样的治疗方案需要多人合作，快速行动。

相比之下，当沙漠鬣蜥患上肾衰竭时，其临床病症则发展缓慢，在发病死亡之前都可能毫无迹象或明显的症状。通常，其病因也不是细菌感染，而是肾脏产生的蛋白质附加物质逐渐堆积,形成了沉淀。由于该物种仍然在向节水方向进化(有些动物为了使自己的身体能够更好地适应沙漠气候仍然在进化，其需水量越来越少)，它们的心血管系统只能承受少量静脉输液。所以每天只能输一次液，每次不超过几盎司，并且要从皮下静脉输入，输液时必须保证它们能缓慢地、安全有效地吸收。

即使是近亲动物，在患上同一种疾病时，其表现也往往迥然不同。大多数猫科动物，无论是本土的还是引进的，在高龄时才会患上肾衰竭。有些猫科动物在患病期间仍能存活数年而没有任何症状，尤其是非洲和亚洲的大型猫科动物。当一只老虎或狮子患病时，只给它们输液（当然得事先将其麻醉）就能收到极佳的效果，几个月后疗效会更加显著。然而，猎豹患肾衰竭的年龄通常较早，而且发病较快，通常撑不到一年就会死亡。

在下一组故事中，动物园里的兽医们借助家畜专家的力量和医治人类的药物来诊断并治疗各种野生动物。有些人类医学专家具有极高的奉献精神，从不吝惜他们的专业知识和时间给予我们支持。从中受益的动物包括一条金鱼、一只红袋鼠、一头北极熊、一对瘦弱的海龙、一只长颈鹿幼崽和一头尼罗河河马。

露西·斯佩尔曼

一条叫做郁金香的鱼

格雷格·鲁巴特
兽医学博士

坚硬的纸箱棱角被磨碎了，沙沙作响，仿佛有无数迷你手风琴在齐鸣。当 UPS 快递公司的送货员将纸箱滑过杂乱的柜台时，箱中不断发出来回震荡的水声。随着箱内水波涌动，箱子也跟着轻轻地晃了起来。

“请用姓名的首字母在空格处签字，”送货员说道，随手递给我一本记录簿，“是一条活鱼吗？”

“哦，希望是吧。”我说道，然后在看着混乱的一堆空格旁边草草地签了名，退还了记录簿。然而，送货员并没有急着离开，而是焦虑地看了看箱子，又看了看我。

“你准备什么时候打开这箱子呢？”

“马上。”我说。我有点出乎意料，他竟对我什么时候打开箱子如此感兴趣，于是我补充道：“我准备马上就打开它。”

我从实验室制服的口袋里掏出一把拆线剪。这小东西除了能拆除针线，在很多问题上都能帮上忙。打开锋利无比的剪刀，我用刀叶划开了纸箱边上宽大的透明胶带，然后轻轻地撕开封口处巨大的棕色标签。箱子里几则 1993 年 8 月《得梅因纪事报》上的分类广告首先映入了我的眼帘。这时，送货员小心地靠近箱子，将目光投向箱内，就像是往火山口里窥视一样。我把报纸掀到一边，从箱子里取出一只双层塑料袋。将它举过头顶，透过天花板上晶莹的日光灯，我看到袋中一团苹果大小、橘黄色和白色相间的东西在乳白色的凉水中打转。箱子里只剩下一只冒着水气的冰袋了。

“它还活着，起码看起来很像是活着。”他说。

“是啊，它还活着。”我笑着说。然后对着袋中的小鱼，看着它眨也不眨的眼睛说：“很高兴见到你，‘郁金香’。”

“‘郁金香’？这条鱼还有名字吗，像宠物一样？”

“当然啦。”我对震惊的送货员说道，然后来到一个不断更新着水源的鱼缸前，连袋子一起让它漂浮在水面上，这样有利于它适应新的环境。看着它安稳“着陆”，我拿起之前放在鱼缸旁边的蓝色文件夹说：“看，这就是它的病历。”

“它以前得过什么病？现在又为什么被送到这里来呢？”

“可能是肿瘤。”我一边说一边调试鱼缸的过滤器，检查水温。“但是在检查之前我们不会轻易做出判断。”

“肿瘤？不会吧，医生，鱼也会得肿瘤吗？”

“是啊。金鱼的年龄越大，就越容易长出皮肤和肌肉肿瘤。”然后我指着附着在郁金香侧面，像花椰菜的茎一样，被染成红色的东西说：“看到了吗？”

这时，送货员来到鱼缸旁，和我站在了一起。“看到了，难道那就是肿瘤？”

“我刚才说过，我们需要采取一些诊断措施。不过，我认为那极有可能是一个肿瘤。”

“它会好起来吗？”他带着些许同情问我，又一次让我感到吃惊。

“这可不好说。它现在五岁了，用鲨鱼软骨素治疗了两个月才侥幸存活下来。更不用说它来之前 24 小时都待在你们的快递箱里颠簸了几千里，真够它受的。不过鱼类是很顽强的，”我告诉他说，“明天，我们对它的病情会了解得更多。”

“下次送货的时候，我可不可以过来探望这条鱼呢？”

“当然可以啦。”我说，“它会一直待在这个鱼缸里，除非去照 X 光或做超声波检查了。”我又笑着补充道：“对生病的鱼，我们专门开放了探病时间。”

当郁金香平安地适应了医院的鱼缸之后，我拿起电话打给爱荷华州。郁金香的主人住在那儿。几周前，她在美国北卡罗来纳州的一所兽医学院找到了我，这在当时并不是一件容易的事（那时还没有搜索引擎，互联网也还没有被广泛使用）。关于下一步如何治疗这条与众不同的金鱼，我们商议了好几次，我认为我们做了一个正确的决定。虽然带着肿瘤长途跋涉，郁金香的状况暂时还很稳定。拨打电话的时候，一想起它的主人是如何找到我的，我就忍不住笑了起来。

曾经有一本叫做《奇闻》的杂志用较短的篇幅报道了我的工作。在一篇标题为《痴迷于动物的人施以援手》的文章里，有一则小故事，是关于我如何治疗另一条名叫宙斯的金鱼的，它患了鱼鳔失调症。虽然在

1993 年我并不是唯一的宠物鱼医生，这篇关于兽医为宠物鱼做手术的小故事也一定给杂志编辑留下了深刻的印象，他们认为给鱼做手术堪称神奇。后来这故事还在电台以采访的形式播出过好几次——当时的媒体专门把“奇闻异事”连接至广播网——很显然，郁金香的主人就是听众之一。

正如我所料，郁金香的主人在听到郁金香经历了通宵运输的残酷考验后幸存的消息时，大大地松了一口气，紧接着，又着急地询问我对郁金香的治疗有何意见。

“看起来的确很像一个肿瘤，”我尽量使自己听上去比较乐观，“我想先拍一些片子，了解癌细胞是否已侵入脊髓或主要器官。”

“你是说 X 光吗？”她问道。

“是的。我们也可能给它做 B 超或者手术活检，”我有些犹豫地说，“等做完诊断测试后，我再决定用哪种方法治疗，检查费将高达 400 美元……”

“我不在乎花多少钱，”她打断了我的话，“请你尽一切可能，不遗余力地救治它。”

“好的。”我说。她当时的反应并没有让我感到吃惊。因为，如果一位主人用 UPS 快递将宠物鱼送至相隔几个州的兽医专家处，托付其给予治疗，那么她一定准备好了投入大量的经费。在向她简要介绍了接下来 24 小时的医疗计划后，我们结束了通话。

我仔细地观察着郁金香。它正悠闲地呼吸着，有规律地张合着它 O 形的小嘴，然后拖着闪闪发光、白色和橘黄色相间的球形身子游到鱼缸背面，喷射出数百个小鱼卵。在我的照料之下，这种情况几乎每天都会发生,我已经见怪不怪了。所有成熟的雌性鱼都会产卵,然而对于一些鱼，比如说郁金香，在没有雄性鱼的情况下也能产卵（用体外受精的方法）。

郁金香就像花儿一样美丽，至少在它侧面开始出现一个丑陋的肿瘤之前，是很美的。它是一条五岁大的狮头类金鱼——鱼类研究者把它叫做金鲫鱼。它的祖先都生长在亚洲，引进到美国的少说也是这种鱼的第二十代子孙了。在一个养鱼场，它有大约十五万个兄弟姐妹，当时它只是一个受精卵，几个月后便被送到爱荷华某地街角处的小宠物店。这些年幼的生命，或者说这些鱼苗，在出生后的几个月里都会饱受折磨。我能想象那些脏乎乎的渔网，冰冷的塑料口袋和纸箱，还有连人类都不堪忍受的汽车噪音。

在爱荷华州的宠物商店里，郁金香和其他长相奇特的鱼儿们同住在一个鱼缸里。这些鱼长相古怪，眼睛向外鼓凸，仿佛戴了一副望远镜，脸的两边还长着黄色的巨型液囊。毫无疑问，宠物店为它们提供了良好的“基础设施”：塑料植物，五彩斑斓的沙砾，还有一名每隔几分钟就会在水中上下窜动的模型潜水员。如果我是一条鱼，那家伙准能惹恼我。我想，如果鱼儿长有牙齿，它们肯定会咬穿他的空气软管。可惜它们的牙齿是长在喉咙里的，所以它们才能把那些吸入的坚硬颗粒磨得粉碎。

鱼类是很喜欢沙砾的。对它们来说，沙砾就是一颗糖。它们吸入一粒，嘴巴蠕动几下，吞下沙砾表层的藻类物质和细菌黏质，然后再吐出来。

郁金香在宠物店里只住了大约五个星期。它的主人不惜重金买下一个新鱼缸，体积是宠物店原来那个集体鱼缸的两倍。郁金香告别了那些塑料植物、模型潜水员和其他争相抢食的鱼儿以及鱼儿们对它的关注。现在，它遨游于真实的植物之间。每天，都有一台自动饲养机定时给它喂食。每周,它都会得到一粒新鲜豌豆或一条冻干的小虫作为特殊奖励。

它的主人说，郁金香一直都很健康，直到六个月前，在它身体一侧长出了一个肿瘤。肿瘤生长得很快，但如果只看健康的那侧，它还是非常正常的。仅凭她的描述，我无法给出一个恰当的治疗方案，所以她同意将郁金香千里迢迢送到北卡罗来纳州做一个彻底的检查。

对于郁金香和医院的员工来说，照 X 光只是小菜一碟。它是那天的“明星病人”，在整个拍摄过程中没有掉下一片鱼鳞，没有一丝擦伤，更没有一小块皮肤的脱落！它就像一个大大的、黏滑的面包一样躺在塑料 X 光感光硬片上。自打从水中被取出来，郁金香的呼吸就变得有些急促，但它却丝毫没有挣扎。X 光机的操作员一结束，我就立马捧起它，放进了鱼缸。

我们总共照了两张 X 光片，一张是侧面，另一张是俯视。放射科的值班医生感叹这两张图片是如此清晰美丽。对我来说，鱼类的 X 光片总是很美的。由于同样大小的水生动物与陆地动物相比，其骨密度要小得多，所以郁金香精美柔和的鱼骨在 X 光的照射下形成柔美的花边状。郁金香头部的两颗平衡石（耳石）看起来就像两颗小小的珍珠,有了它们,鱼类在水中才能保持平衡。它的咽头齿（长在喉咙背面的牙齿）是白色的三角形，一排排整齐地排列着。

总的来说，郁金香的骨骼结构看起来还不错，被鱼卵撑大的肚子也一样健康。然而，侧面却长出了一个肿瘤。癌细胞还没有扩散到它的脊椎或肾脏——对我们来说，这是个好消息。这样的话做起手术来就简单多了。那么下一步就是手术室。

我把郁金香放入一个水槽，里面盛有一种叫做 MS-222 的鱼类专用麻醉剂。大约三分钟后它就安然入睡了。具体做法是让鱼鳃一直浸入水中，通过调整水中化学物质的浓度，让鱼儿进入睡眠状态。这听起来简单，做起来则很难。因为鱼儿的眼睛不能闭合（它们没有眼睑），所以你必须得习惯——否则看起来它们总是瞪着眼睛注视着你。

在这次手术中，我担任麻醉师，我的同事克雷格·哈姆斯医生进行手术操作。克雷格谦逊而含蓄，声音柔和又低沉，医术精湛，且总是深思熟虑、谋定后动。他沉着地接受了这次挑战。

我们的计划简单说来就是“消肿”，或者说是切除肿瘤——努力地切除尽量多的肿瘤。克雷格采取了一种电烙术，用一种特殊的钳子在切除肿瘤的同时止血。他迅速地切除了肿瘤，只有少量血液渗出，整个手术不超过 15 分钟。术后，我们用清水冲洗郁金香的鱼鳃，使它从麻醉中清醒过来。几分钟后，它就回到了鱼缸，留给我们一些可爱的小鱼卵。

我们把切下的肿瘤送去病理化验室，大约 48 小时后才得以确诊。化验结果很不妙：是未分化癌，这是一种恶性肿瘤，尽管现在还没有扩散，但是一经扩散就会迅速蔓延至全身。更糟糕的是，对该肿瘤我们知之甚少。眼下重复做手术并不能起到根除的作用。

我把情况告诉了郁金香的主人，并说现阶段的最佳措施是把它留在医院，由我们与大学的肿瘤学家商议治疗方案。她同意了我的决定。如果那位 UPS 快递公司的业务员想顺便过来探望郁金香，他们会有大量的见面机会（可惜他从来没有来过，也许，他并不想知道结果吧）。

医生戴维·茹斯兰德就在这时走进了我们的故事。戴维医生有强烈的同情心，非常有主见，病人至上是他一贯的原则。我们经常在酒吧或咖啡馆讨论问题，他非常激动地参与到了郁金香的治疗工作中。仔细检查了它的病历、X 光片和活检报告后，他果断地提出了自己的建议，两个字——化疗。

“我会考虑用顺氯氨铂来治疗，”他用毋庸置疑的口吻说，“这是治疗那些可恶的毒瘤的最好药物。如果用射线治疗，结果只能是把整条鱼烤焦。”

“你在鱼身上使用过顺氯氨铂吗？”我问道。事实上，我敢肯定他的回答是没有。我很了解顺氯氨铂是种烈性药物，对哺乳动物的副作用极大。

“没有，”他立即答道，“我想，目前应该也没有人在鱼身上用过吧。但是如果不化疗，肿瘤会很快重新长出来。肿瘤和健康组织没有清晰的界线，要用手术方式把肿瘤剥离开来就得切入深层肌肉组织。”

“是的，我知道，”我带着些许忧虑回答，“但是我要去和郁金香的主人商量一下，看她怎么说。”

“没问题。”他嘴角一扬，投给我一个微笑，“我们还有时间，不过我最多只能等上几周。”

在接下来的几个星期，郁金香都待在诊所的鱼缸里。它看起来很健康，但若仔细观察手术留下的创面，会看到一个小小的发光组织，那便是新长出来的肿瘤。我让戴维来看，他只是简单地说了一句：“用顺氯氨铂或再做一次手术。也可以两种方法并用。”

“并用？”

“是啊，这种肿瘤的扩散极为迅速，仅用化学疗法恐怕是不够的。”戴维说。

不幸的是，戴维的预测非常准确。我们设法使郁金香镇定下来，为它注射了顺氯氨铂。随后,采用局部麻醉的方式切除了肿瘤的边缘部分。它轻易地坚持了下来。但是肿瘤在接下来几周继续生长。克雷格又为它做了一次手术。这次手术更加深入，直入深层肌肉组织，郁金香仍然挺了过来。一个星期后，我们对它进行了第二组，也是最后一组化疗。但是肿瘤依然像藤蔓一样疯狂地生长。

“我的宝贝一定受了很多苦吧？”郁金香的主人从千里之外打来电话，“我想问问，再做手术或化疗能阻止癌细胞的生长吗？”

“不知道。我们仿佛走进了死胡同。”我答道。

“也许我们现在应该顺其自然了。”她说，“它看起来比之前好很多了吧？”

“是的。”我答道，稍稍振作起来，“它看起来当然好多了，每顿饭胃口都很好，产卵也很正常。”

“那好吧，看来该送它回家了。能麻烦你送送它吗？”

“哦，当然可以。我们这周就把它装好，送它回家。”

我从未有过如此紧张难眠的夜晚，一晚上都在做噩梦。我仿佛看见装有郁金香的纸箱从大卡车上跌落下来，又被搞错了，放进一个黑黢黢的仓库里。第二天我也一直心神不宁，一直到那天中午接到从爱荷华州打来的电话才松了口气。郁金香终于安全抵达了！并且再一次引起了一位 UPS 快递公司业务员的注意，他是另一位在爱荷华州接送货物的员工。郁金香的主人把那位业务员的照片寄给了我，照片上他双手环抱装鱼的纸箱，背景里有一些鲜花、几个气球和一张写有“欢迎回家，郁金香！”的横幅。

也许，我们应该尝试更多不同的方法来帮助这条美丽的金鱼。这一病例激发了我们去寻找另一种新方法——现在，我们用激光来切除肿瘤。但在当时，我们似乎用尽了一切可能采取的措施。毫无疑问，肿瘤会缩短郁金香的寿命，但是至少它回到了视它如珍宝的主人怀中。我想象着郁金香正悠闲快乐地遨游在它那“浩瀚”的鱼缸中，小口地咀嚼着新摘来的豌豆。

格雷格·鲁巴特

格雷格·鲁巴特于1981年从美国盖茨堡学院毕业，取得生物学学士学位。1985年取得美国东北大学生物学硕士学位。1988年从宾夕法尼亚大学兽医学院毕业后，于1993年进入北卡罗来纳州立大学兽医学院任教，成为一名水生动物医学教授，在此之前，他在一个较大的观赏鱼批发商店工作。获得美国动物医学会的专业资格认证后，他写下九十多篇关于无脊椎动物、鱼类、两栖动物、爬行动物的科普和研究文章，编写了第一本无脊椎动物医学教材。

鲁巴特博士著有小说《象牙猎人》和《凉亭之匙》。两部小说都是关于保护野生动物和人类开发大自然的科学奥秘的。他和妻子黛安·德瑞森斯奇（也是一名兽医）居住在北卡罗来纳州的首府罗利市，饲养着各种各样的宠物。

心心相印，同病相怜

罗伯特·阿吉拉尔
兽医学博士

我们第一次为袋鼠莎莉做检查的时候，它正惊魂未定地躺在地上，瞳孔鼓胀，对靠近和触摸它的人毫无反应。它仿佛无力使用后腿，就连泄殖腔（直肠和膀胱开口处的结合腔）周围的肌肉也失去了力量。不过，它还能挪动前腿，似乎能够配合整个身体协调运动。

两只暴戾的鸸鹋（世界上最古老也最大的鸟类之一，澳洲特产，擅长奔跑，又名澳洲鸵鸟）静静地站在很远的地方冷眼旁观，刚才就是它们在追逐着一群袋鼠，导致莎莉慌不择路撞上了篱笆。这些巨型鸟类经常追赶袋鼠或相互嬉戏。在激烈的追逐中，袋鼠们毫无招架之力，只能惊慌逃窜。鸸鹋们已经不是第一次造成这样的破坏了。

在澳大利亚本土，红袋鼠生活在宽广的草原上，强壮、沉重而下垂的身躯有利于它们在这种环境下生存。它们的眼睛和耳朵酷似鹿眼和鹿耳，为这古怪而有趣的生物增添了几分雅致。但事实上，它们在大多数情况下极其吃苦耐劳。强壮而有力的后腿和尾巴则帮助它们战斗或逃跑。采取站立式时，它们既可以用前腿“拳击”敌人，也可以用后腿飞踢它们，或者以迅雷不及掩耳之势一跃而起。关键时刻，它们会展现出特有的爆发力。

在野外的生活中，它们极少遇到过用铁链围成的栅栏。对于它们来说，铁栅栏坚不可摧，不可逾越。动物园里兴奋的袋鼠们或者在围栏里围成圆圈跑动，或者向栅栏发起冲锋，试图冲出栅栏。这种选择是不幸的，但对于拼命想逃的袋鼠来说却很常见。通常，最坏的结果只是袋鼠们受到惊吓，失魂落魄。不过，如果它们迎面撞上栅栏，上身就会严重受伤，甚至导致严重的颈部损伤。

在我供职的新奥尔良奥杜邦动物园，我们曾遇到过两次这样的事故。我们发现袋鼠们突然倒下，动弹不得。脊椎损伤在家畜中尚不易治疗，更何况是袋鼠呢。到目前为止我们的治愈率为零。

我们小心翼翼地把莎莉抬进动物园的诊所，为它做了系统的神经检查。检查结果显示它的脊髓很可能已经受到损伤，这也是我们最害怕听到的结果。

我们为它的颈部和胸腔拍了X光片，发现它的第二节和第三节脊椎骨错位。由于单一的X射线看不到脊髓，后来我们又为它做了脊髓照影。拍这种X光片需要在脊髓周围的空隙里注入一种特殊的染料，然后摄下一组X光片，准确定位受损部位——正常情况下，这种染料会顺着脊髓迅速向下均匀地填充脊髓周围的空隙，因此，流动的染料就显现出脊髓的轮廓，而受损的脊髓周围会变窄，有颜色的染料就能显示出来。

从某种程度上来说，检查的结果并不算糟糕。受伤部位仅局限于脊髓的一个点上，不是脆弱无比的第一根椎骨，而是两根相邻的颈椎骨。

所有袋类动物第一根颈椎骨的造型都很独特——它们紧接着头盖骨底部。这些骨头的中部深深凹陷，形成羽翼状，因而也不太坚固。幸好莎莉受伤的不是第一根颈椎骨。

我们立刻意识到应该给谁打电话：我们的神经外科顾问米切尔·哈里斯博士。通过外科手术，他也许能将这两根颈椎骨复位，使受损的神经组织自愈。如果有人能治好莎莉，那这个人非他莫属。于是我立即拨通了电话。

同其他动物园一样，我们也与一大批医疗专家保持着联系——其中有兽医，也有医治人类疾病的医生——他们都愿意支援我们，解决难题。联系前者还是后者很多时候是看我们遇到怎样的问题。在莎莉的案例中，我们选择联系哈里斯博士，他是处理各类物种（人类或其他生物）脊椎受伤病例的佼佼者，常能妙手回春。

很幸运，我们得知他就在城里，并且可以抽出时间赶过来。他以惯有的热情帮助我们安排好了莎莉手术所需的一切。虽然他是人类整形手术和脊椎手术中心的主任，但面对这位长着四条腿和一根粗大尾巴的患者，他也毫无惧色。不过几个小时，我们就组织了一个完整的专家团队和一批设备，准备在第二天动手术。这样的安排既能让莎莉先稳定情绪，又为专家集合留出了时间。

第二天一早，莎莉的状况没有改变。前一天晚上，它在特护病房小巧而温暖的笼子里度过了安静的一夜。为消除它脊椎的肿胀，我们给它输液时加入了含有类固醇的药物。换了其他健康的袋鼠，待在这密闭的空间可能会烦躁不安、乱踢乱跳，而莎莉却不需要人为地施加镇定剂，因为它根本就动不了了。

哈里斯博士很早就来到诊所，带着一整套专用器械，还有一位外科护士和另一位协助手术的内科医生。一位兽医麻醉师也加入了团队，他来自北部最近的一所兽医学院——路易斯安那州立大学兽医学院，离诊所有两个小时的车程。我们一起研究了莎莉的 X 光片和脊髓 X 光造影，哈里斯博士决定在莎莉的脖子后面实施手术。

一个小时后，莎莉进入了麻醉状态，脸朝下躺着。一切准备停当，可以手术了。我们把它的头放在一条裹好的毛巾筒上，让它的脖子处于一个自然状态，然后剪去它脖子后一大块毛，并将该部位冲洗干净。哈里斯博士用手术刀垂直切入皮肤，直接在脖子根部开始了手术。随后，他用手术剪和医用镊子解剖肌肉，理清肌肉的走向，确定它们各自的功能。他用一个迷你爪型夹把肌肉纤维拨到一边，手术刀慢慢深入，目的是直奔受损椎骨而不损伤肌肉。这是一个艰难的过程，为袋鼠做这样的手术是史无前例的，所以手术进行得很缓慢。

我们几乎没有关于袋鼠外科解剖学的资料，只有为数不多的两足哺乳动物的相关病例资料可作参照。哈里斯博士经常问我们哪些情况在袋鼠身上是正常的，哪些不是。比如，他指着袋鼠脖子上一块裂成两瓣儿的肌肉问我们：那是正常的结构，还是它在栅栏上撞的？当时我们一片茫然，因为那时还没有关于袋鼠脊椎的教科书。

幸运的是，哺乳动物在解剖学和外科手术方面有很多相似之处。例如：袋鼠和人类一样，都在椎翼的关节与关节之间以及椎骨体之间长有椎间盘。而椎间盘和椎翼之间的切面上都有软骨，都有韧带连接着脊椎骨，使脊椎呈直线排列。肌腱使肌肉和骨头相连，生长在脊椎骨表面，连接脊椎骨的多块肌肉使脊柱结实有力。对任何一类物种来说都一样，手术后的愈合速度取决于组织损坏程度以及受损面的血液供应状况。

根据这些原理和为人类做手术的经验，哈里斯博士在切入错位的颈椎骨时，推敲着如何保护正常结构和血液供应。他煞费苦心，丝毫不敢马虎，细致入微地进行着手术。半小时后，受损的颈椎骨完全凸现出来，手术只流了极少量的血，就颈椎骨手术本身而言，这样的情况已经是奇迹了。

接下来就是手术中最困难、最冒险的一步了：复位颈椎管。这件事情无非两种结果，要么成功要么失败。我们可能成功地将椎管复位，消除其因错位而对脊髓造成的压力，使受损的神经有自愈的机会；我们也可能在复位椎管的时候，扩大创面的面积，导致更多出血，进一步损伤袋鼠的脊髓。

小心翼翼地，哈里斯博士用灵活巧妙的双手慢慢地将莎莉的颈椎推至原来的位置。我们听见微弱的“砰”的一声，吓得心都提到了嗓子眼，只有被麻醉的莎莉还继续平稳地呼吸着。我们都知道在脊髓上的任何动作都会干扰传导到大脑的信息，但是莎莉的平稳呼吸是一个好迹象。一切都看来安稳如常，手术继续进行。

我们按照推测的正确位置把椎管放了回去。哈里斯博士将一些小钢针钉在第二和第三节脊椎突起的地方，再用线在上面绕一圈连接每根钢针，形成一个“H”形。“这就是改良版的杜瓦技术（Dewar)。”他向我们解释道。这样的修复可以使两根骨头牢牢地固定在自己的位置上。

接下来，我们用骨水泥来加固针线，因为知道莎莉不会几个月都安安分分地静静坐着或躺在床上，我们考虑过用一块移植骨来加大支撑力度,但仍然鉴于上面的原因打消了这个念头。莎莉手术后的第一次跳跃，不管多么轻柔，都会使没有愈合好的手术部位产生震动，而且移植骨要几周时间才能变得坚固。虽然我们不确定骨水泥能否长期保持坚固——它本是用来保护人类髋关节的，但现在我们别无选择。

在整个手术中，哈里斯博士始终冷静沉着、有条有理、自然放松。即使是在我们紧张地屏住呼吸的时刻，他的声音和动作仍旧沉稳自如。术后他摘下口罩，观看自己的杰作时，神情非常愉悦。我猜这整个过程在他眼里只是一种惯例,他只是把他的经验运用到不同的物种身上而已。而对我来说，这次手术无异于见证一场奇迹。

当莎莉醒来时，哈里斯博士跪在它身旁。看着他们，我突然注意到博士的脖子后面也有一条疤痕。我瞬间得出一个推测。几个月后，我鼓起勇气向他证实了我的推测:哈里斯博士在几年前也经历过类似的手术，这也许就是他能成为该领域专家的原因吧。

莎莉侧躺着，随着麻醉药效逐渐消退，它在瑟瑟发抖。我们还需要一段时间才能知道它能否控制四肢。手术后我们就为它照了X光片，一切看起来都很好——颈椎排列得很漂亮。尽管如此，我们仍然不能确信它的神经功能是否会恢复如常。

我看见手术室里这位神经外科医生严肃、镇定的神情逐渐柔和起来，充满了仁慈关爱。这表情只维持了一瞬——最多只有几秒钟——随后便是绽放的微笑。从那时起，我就意识到，莎莉将成为我们这位和蔼的外科医生永生难忘的“病人”。他们心心相印，同病相怜。

动物之于人类，意义非凡。每位动物患者都值得得到我们的同情。其实很多动物患者已经博得了我们的尊重、喜爱或者同情，而当这些情感刚有苗头时我们常常试着控制它们，就像哈里斯博士在救治莎莉时一样。因为，太多的情感投入有时会妨碍施展医术，过分担心“患者”的感受常会使医生在工作时分心。但是另一方面，如果医生对动物患者没有深厚的感情，要想把医术发挥到极致则绝无可能。

莎莉以较快的速度彻底康复了，这绝不是件容易的事。我们把它安置在一个铺着厚厚的稻草、四周被软垫包围着的康复圈中，类似于给马用来恢复麻醉的圈。墙的周围也包着四张厚厚的软垫，防止莎莉在打算坐卧或站起时失足撞伤自己。大量的稻草垫使它住得很舒适。到第三天，它的腿和泄殖腔就能听使唤了。随着胃口逐渐恢复，它对给它提供的所有食物都来者不拒。

接下来几周，莎莉愈见强壮，动作更加协调。我们经常观察它，它一面大口咀嚼着干稻草，一面用好奇的目光看着我们。我们同时也对它进行物理治疗，帮助它站立起来，预先给它准备好用于跳跃的位置，当它跳跃时，握住它的尾巴。在诊所度过了 30 天后，它能一次站立几分钟了。90 天后，它终于彻底康复。

多年以后，每次我看见哈里斯博士，都会向他汇报莎莉的最新情况，向他描述莎莉在公园的精彩表演。它看起来健康活泼，毫不比其他动物逊色。而哈里斯博士总是开怀大笑，春风满面地说：“它当然很出色了。要不怎会是我的莎莉呢！”

这位神经外科医生、内科医生兼科学家，经过这次手术已和一只袋鼠产生了深厚的感情，把它和自己同等看待。我衷心希望人类对动物产生的情感共鸣会越来越多。

罗伯特·阿吉拉尔

罗伯特·阿吉拉尔生长于墨西哥首都墨西哥城。1987年自墨西哥国立自治大学毕业后，在美国俄克拉荷马州立大学实习兽医学，随后转入美国明尼苏达州立大学学习鸟类骨科手术学，成为住院实习医生。1992年至2005年，他在新奥尔良的奥杜邦动物园工作，从普通兽医晋升为高级兽医。现在，他是菲尼克斯动物园环保和科学部理事，发表了大量的文章，其中包括一本奇异动物医药专著。他在拉丁美洲大部分地区开办专业讲座，是“拉美兽医”组织的总经理。“拉美兽医”是一个网上社团，其六百多名会员遍布拉丁美洲、欧洲和美国。

北极熊急救令

詹妮弗·兰恩
兽医学博士

听到呼叫器传来的紧急通知时，我正在准备当天的病历。呼叫器里传来“10-76 紧急呼叫 500，请速到北极熊洞穴”的指令。在芝加哥的布鲁克菲尔德动物园，兽医部的电话号码是 500。这个紧急呼叫是在指挥动物园里所有兽医迅速赶往北极熊洞穴。由于那天只有我一个人值班，所以呼叫器指的兽医就是我。

我顺便叫上两位兽医实习生便冲出门去。无论这次是什么问题，对他们来说都是一次难得的学习经历。我们飞快穿过动物园去查看情况。与北极熊饲养员在洞穴门口会面后，他带领我们去看奥西。经过一条像山洞一样幽长的水泥走廊，我们深入洞穴内部。虽然洞外夏日炎炎，洞中却很凉爽，潮湿的空气中弥漫着明显的熊味儿——一种刺鼻的霉臭味。奥西就站在笼子前面，它今年 25 岁，是一只雄性北极熊。它的肚脐凸肿，足足有半个篮球大。

隔着粗糙的铁栏，我弯下腰，为了方便检查我不得不和它正面相对。这是我见过的最大的脐疝，而它也正痛苦难耐，四肢摊开，来回晃动着身体。它需要紧急手术治疗。

我以前做过脐疝手术，但不是在这样的庞然大物身上。两位兽医实习生帮忙搜寻关于如何治疗熊脐疝的文献资料，却收获甚少。我打电话给另一位动物园兽医——他曾给一只熊做过类似的手术并且大获成功。他说这种手术并不罕见,完全可以参照给家畜做相应手术的方法。好吧，看来这条路能走通而且也只有这条路可走了——只要我能顺利地把奥西弄进手术室。

我决定正式向兽医学院寻求支援。与动物园里的兽医不同，手术对于专业的兽医外科医生来说是家常便饭，他们也经常治疗各种脐疝。当然，他们并不专门给熊做手术，但是脐疝并不是熊的专利，任何物种都可能患上这种病。我计划用麻醉枪麻醉奥西，然后把它运到动物园的诊所，专家们会在那里给它做手术。他们将利用为家畜做手术的经验进行这场手术。以奥西的情况来看，手术时间越早越好，所以我得集中精力做好后勤工作。

四个小时后，一切准备就绪。一位来自伊利诺伊大学厄巴那－香槟分校兽医学院的外科医生和麻醉师正在赶来的路上。兽医技术人员也为这个上千磅的“患者”准备了一间巨大的手术室。保安人员组织好了护送队，动物园的铲车司机也正赶来，一群饲养员、动物园副园长及园长都前来帮忙。

之前我就反复考虑过哪种麻醉剂最适合这只上了年纪、缺乏抵抗力的北极熊。选药不是件小事情，我要考虑到北极熊的安全，运送它的员工的安全以及公园里其他游客的安全。北极熊是极端危险的动物，它们行动矫捷迅猛，也是大自然中最强大的食肉动物之一。假如我算错麻醉剂剂量的话，在这繁忙的夏日里，处于运输途中的奥西若在穿越动物园时醒来将会引起严重后果。世界上可没有能够立刻起效的麻醉剂，如果发生这种情况，动物园保安有权当场射杀北极熊。

这是我们应对紧急情况的预案之一，也是我在兽医生涯中最不愿意看到的结果。但是，同所有的动物园一样，我们的动物园保安时刻待命，要保护游人和动物的安全。我简要地向参与急救的工作人员说明了潜在危险，告诉他们，我们需要采取一切预防措施，团结协作。

我暂时把对这种灾难的顾虑放在一边，提起麻醉剂器械箱走出大厅来到洞穴。我走近笼子，奥西终于肯坐下来让我仔细检查它的肚皮。大概五年前，它的肚脐上就长出了一个高尔夫球大小的脂肪肿块，是个小脐疝，即便是在强光下也并不明显。几年来，这个脐疝一直都没有什么变化，也没有使奥西遭受什么痛苦——直到今天。现在，我很容易就能看到这个脐疝，肚脐那儿肿了一大片。

我们第一次注意到这个脐疝的时候，就给奥西注入了麻醉剂，然后用超声波和触诊的方式来诊断。引起脐疝的原因通常是由于肚脐是腹壁上最后闭合的部位，又缺少脂肪组织，相对薄弱，于是腹腔内容物比如肠子就会在腹腔内压增高等情况下突出肚脐。

许多小脐疝在“患者”的一生中都不会有什么变化，所以保持观察即可，一般不会使用手术将其摘除，除非动物出现了明显的疼痛，或者脐疝的尺寸在明显变大。

平日里一到这时候，奥西就会砰砰砰地捶门，示意要到洞外或者水池去玩耍。但是今天它可提不起兴趣。它正在笼子的前面大声吼叫，喘着粗气。我将混合麻醉剂（右美托咪定和他明—唑拉西泮）注入奥西的右肩。它一时没什么反应，也许是被脐疝引起的不适转移了注意力。不到 15 分钟，这头北极熊就侧躺下来，眼睛半睁半闭，呼吸悠长。

我的责任之一是确保奥西真正沉睡,并且一直睡到我们将它吊起来，为它注入气雾麻醉剂，做好手术准备。幸运的是麻醉剂的效果很好。在饲养员的帮助下,我们把奥西推进一个载货网,吊它穿过狭窄的门口（这并非轻易之举），再放在一块木板上。奥西太庞大，头和腿都掉在了事先为它定做的“担架”外面。铲车缓慢地抬起它，来到一辆正在等候的平板卡车旁。虽然保卫人员用绳子把我们的工作区域隔开了，却仍有一大群旁观者聚集在线外，他们似乎意识到了这里正在发生一件不同寻常的事。

为了安全穿过公园，我爬上卡车去监控奥西的麻醉状况。卡车上空间狭小，几乎只够装下我们俩，车厢是木制的，四壁很矮。我被挤在这头潮湿的、臭烘烘的熊与货厢板壁之间。奥西突然无意识地移动了一下巨爪，我感到体内一股肾上腺素因紧张而飙升。离奥西被麻醉的时间并不长，难道它并不像我想象中那样睡得那么沉？于是我在他的后腿静脉处又打了点麻醉药。幸好麻醉剂很快就起效了。几分钟后，我们就为从熊穴到兽医部的旅途做好了准备。

动物园里种植着美丽的植物，蜿蜒的小道连接着各种动物展馆——但是没有一条能够直通园外的捷径。因此我们只能缓慢地穿越园区，由动物园保安为我们开道。园区里几百名游客目睹了我们经过弯弯曲曲的小道，从北极熊展馆来到罗斯福喷泉，再经过热带世界园，最后消失在他们的视线中。而我们这位巨型“病人”显然全然不知这段旅程，一路昏睡着。

在兽医诊所的手术室，我们将一根呼吸管插入奥西的气管，这种气管平时是给 1500 磅重的马使用的，以便在手术时注入气态麻醉剂。为了能在术前给奥西注入抗生素、液体和止痛药，我们把静脉导管连接到输液管。我们剃掉奥西肚皮上的毛后，用抗菌剂做了消毒处理。它雪白的绒毛下皮肤黝黑——北极熊都是如此。我们把它翻上手术台，让它仰面躺下，四肢和脖子伸展开来。我事先就叫木工加固了手术台，以便其能够承受奥西的重量和体积。让我欣慰的是这种术前的紧急加固派上了用场。

很快，奥西身上除了鼓凸的脐疝区域外都被蒙上了蓝色的手术罩。兽医学院的专家们立刻展开了行动。蕾切尔·卡朋特医生帮忙控制麻醉剂，克里斯·拜伦博士则开始进行手术。他首先在脐疝前切开一个小口，探测腹腔的内部状况，看看肠子、脾脏或者其他器官是否陷在肿胀部位。如果有，手术耗时和难度便都会大大增加，奥西的健康也将遭受更大的风险。

当上述器官挤入脐疝小小的开口时，这些组织就会因供血不足而衰竭，或使“患者”严重感染，尤其是在伴有肠袢粘连的情况下。有时，连受损的肠子也必须一并切除，这就是肠切除手术。幸运的是这样的情况并没有发生，奥西的脐疝只有脂肪，因此手术的目标也相对简单了：打开腹肌上的脐疝口，清除造成脐疝的脂肪，然后缝合腹壁的伤口，让它不再开裂。

拜伦博士在脐疝的两侧各切了一个弧形小口，并用电烙器止血。在接下来的一个小时里，他从脐疝部位切下了几磅重的受损皮肤、皮下组织以及大量的坏死脂肪。然而，腹壁上引起脂肪挤入而造成脐疝的开口大小却令人吃惊，开口非常小，大概只有四英寸长。缝好伤口边缘，封住脐疝口后，我们用盐水冲洗了整个部位。医生将皮下脂肪和组织分三层缝合，这是为了使奥西在站起时伤口能支撑住沉重的肚子而专门设计的一种技术。最后他们用身体可吸收的肠线缝好外层皮肤，今后我们就不用麻烦来拆线了。

晚上七点左右，我们把奥西按原路送回了洞穴。虽然这次手术的后勤工作很简单，来回也较快，但是返程仍然有点儿让人胆战心惊：当时天色已晚，我们必须打着手电筒观察奥西的麻醉状态。返回熊穴后，我一直陪在奥西身旁直到它醒来，然后我清醒地意识到自己再次被塞入了这个只有我浴室大小的狭窄空间里，同北美洲最庞大、最凶险的食肉动物待在一块儿。奥西的苏醒速度很缓慢，醒来时也是静悄悄的。这种平缓的过渡不至于让我身处危险之中。我疲惫不堪，带着一身污秽站起身来，长长地松了一口气，然后感谢大家所做出的非凡努力。我们的一切心血并没有白费。

我希望奥西能够尽快出现较大的起色。但是手术后的第二天，它拒绝吃药，而且不吃不喝。我们之前为它开了口服止痛药和抗生素。只见它来回踱步，喘着粗气，饲养员试图用它最喜爱的食物（面包、鱼和肉）引诱它，最终也都无功而返。连平时不让它吃的好东西，如软冰淇淋、果冻油炸圈饼和蜂蜜在这时都不奏效了，它看起来完全不想搭理我们。

由于它昨天才做了手术，我丝毫不想跟它发生对立关系，但是如果它被感染了，我们必须立即用抗生素加以控制，必须通过麻醉枪强制给它用药，别无选择。这次奥西对麻醉的反应非常剧烈，发出震耳的咆哮，我真真切切地感受到了它的愤怒。

第二天早上，奥西的状况得到了改善。虽然我很高兴看到它有所好转，但是当它看见我时却一点儿也高兴不起来。它的眼睛扫视着我全身上下，仿佛是在检视我身上有没有为它准备药物注射器。在这点上我们感到非常遗憾：我们的“患者”常常对我们抱有怨恨。虽然我们极力帮助它们，但是在它们的印象中却只留下了恐惧，甚至怨恨——对熊来说，这是两种极其强烈的情感。很明显，这就是我当时给奥西留下的印象。但不管怎么说，它很快就开始吃东西了，而且一如既往地跟饲养员们友好相处，在它眼中，饲养员依然是朋友。

手术虽然很成功，但是我依然非常担心一件事：奥西脐疝上的缝线能够承受住它巨大腹部的重量吗？毕竟设计手术缝线时并没有考虑到它一定得支持住一头半吨重的北极熊。对于一头庞大的家畜，通常会用一条绷带束在腹部来帮助负重，这样也可以保持伤口的清洁。但是对于北极熊来说，绝不可能做这样的包扎。我们只能尽量保持创面洁净，或者防止它用力过猛而使伤口开裂。

健康的北极熊是非常活泼的，它们一天到晚都在四处走动或者游泳。在熊穴里休养了两个多星期后，奥西开始因为长时间禁闭而疯狂起来。它开始重击铁门，仿佛是在告诉饲养员它要出去。由于它的伤口已经愈合，并且没有出现感染和新的脐疝，我们为它写了一份健康证明书，该让它回熊馆了。洞门一开，奥西就冲了出去，你完全能想象到北极熊在炎热的夏日会去什么地方。你猜对了，它直奔泳池，肚皮朝下，纵身一跃，冲入了冰冷的水中。

詹妮弗·兰恩

詹妮弗·兰恩的一生都对捕捉和放养野生动物充满了兴趣。在伊利诺伊大学农学院取得动物科学学士学位后，她完成了该学院的兽医学课程。兰恩博士在波士顿安吉尔纪念动物医院进行过短暂的实习，随后便进入田纳西大学动物医学院当住院实习医生。后来，她又在布鲁克菲尔德动物园完成了芝加哥保护医学中心的特殊研究工作。2001年，她获得了美国动物医学会的专业资格认证，成为伊利诺伊大学的一名教师，现在是动物临床医学助理教授。兰恩博士与他人共同创立了芝加哥动物园和水生动物兽医培训项目，是该项目的主管之一。作为一名临床兽医，她大部分时间都和学生以及布鲁克菲尔德动物园的各种动物们工作生活在一起。

游龙戏水小海龙

伊尔兹·贝尔辛斯
兽医学博士

亚历克斯走进我的办公室，愁眉不展："贝尔辛斯医生，我们遇到麻烦了。海龙一直浮在水面上！"

"什么？！"我努力压制住心中的恐慌。任何新品种水生动物运到水族馆后，这些话是你永远都不想听到的，特别是当运输箱里装着一对稀有的海龙时。

"它们浮在水面上，沉不下去了。"

与它们的名字不同，海龙没有传说中的尼斯湖水怪般庞大的身躯。它们来自澳大利亚，小巧精致、相貌奇特，是一种濒危鱼类，与身体呈S形、随处可以购得的小海马是近亲。海龙五颜六色的身体上长着细致的叶状组织，就像海草飘动的叶子。一只成年海龙最多能长到18英寸长，重量低于3盎司。

佛罗里达水族馆中的每位员工都在期盼着这对奇异鱼儿的到来。因为不管怎样，这个开始于1998年，已经进行了一年之久的计划凝聚着每个人的心血。作为水族馆兽医部的领头人，我参与了准备过程的每个环节。馆内的海洋生物学家对理想水质、生存环境和鱼饵都进行了细致的研究，根据研究结果，展馆的设计师专门定制了一个鱼缸，希望为游客呈现出最美丽的海龙景观。营销和公关人员也因此给这个展览取名为“游龙戏水”。

海龙就在那天早上通过专门的航空货运，从澳大利亚的墨尔本飞到了我们水族馆，中途在洛杉矶作过短暂停留。我们计划先将它们放进一个特殊的鱼缸，隔离至少 30 天，这样它们就有时间从长途运输造成的紧张中恢复过来了。然后会给它们做寄生虫检查，必要的时候进行除虫处理，并且仔细观察它们的进食行为。如果没有什么健康问题，就可以把它们送进展馆了。

考虑到它们经过长途飞行，两天都待在暗无天日、封得严严实实的口袋中，我已经做好心理准备，打算看到两只行动呆滞、身形消瘦的海龙。它们在飞机上只能饿着肚皮，挤在狭小的空间里，所以经过长途运输后出现上述反应是很正常的。

如果水中溶解氧的密度比正常情况下降得多，或者氮（鱼儿的排泄物）含量大幅度上升（最坏的情况也不过如此），那海龙的鱼鳃快速扇动并不会让我感到惊奇，因为对压力的反应就是加快呼吸。鱼鳃的运动以密集的毛细血管网络为支撑，鱼类通过快速张合鱼鳃在吸入更多氧气的同时排泄掉堆积在血液中的废物。

亚历克斯是水族馆的生物学家之一，他打开海龙箱盖，我才第一次看到了海龙。正如他所说，海龙正浮在水面上，挣扎着立起身体。我看了一会儿，思考着接下来该怎么办。不知道什么原因，它们不能沉入水中。

这种海龙长着猪一样的长鼻子，鱼鳃藏在下巴的正后方。现在它们的鼻子和鱼鳃都不能浸入水中，正大口喘息着——不是为了获得空气，而是为了获得水。这种状况会对它们造成生命威胁，因为没有任何一种脊椎动物离开氧气后还能存活。一定是运输途中出了什么问题，或者运输箱从一开始就没有妥善准备好。

我立即叫亚历克斯取些运输箱中的水样品拿到水质化验室。他一直都参与接回小海龙的工作，一起跟进每个细小环节以确保一切顺利，在整个过程中发挥着举足轻重的作用。他像我一样担心着海龙的安危。我们检验了水温、氮分解物（如氨和亚硝酸盐）的水平、水中溶解氧含量、盐含量以及酸碱度。然而所有的结果都显示正常。

如果水质没有问题，那问题肯定就出自海龙本身。海龙同其他鱼类一样长着气囊（也就是鱼鳔）。这种器官可以帮助他们控制浮力的大小，稳立于水中。这对海龙的鱼鳔可能因为长途运输而过分膨胀，或者更糟糕的是已经破裂，空气便随之灌入了体内。这些多余的空气无论聚集在鱼鳔内部还是外部，都可能使海龙漂浮在水面上无法下沉。

我思考着可能引起鱼鳔膨胀的原因。飞行时空气压力的改变会造成这种情况，但也有可能是没有对装运箱适当加压，低压环境导致血流中的气体流失，在海龙的身体组织中形成气泡。另一种可能是装运箱被暴露在过低的气温中，影响了水和血流中氧气及其他气体的浓度，增加了释放在鱼鳔内的气体，这些气体在温度上升时发生膨胀。还有种可能，这也是我最先排除的，就是在旅途中有人在密闭的运输袋中充入了过多的氧气。

如果你有购买宠物鱼的经历,你一定会看到售货员总会系紧塑料袋，这样袋子就被空气胀得鼓鼓的，像一个未装满的水球。袋中的空气可以使水中的含氧量保持在有利于鱼类健康的水平。在长途运输中，运输袋里压缩的氧气能够保证鱼类几天的需氧量，但是如果密闭的装运袋无意中被充入了过多的氧，那么袋中无水空间的气压就会变得过高，导致水中的气压也随之升高，使海龙暴露在超量的、有害的气压环境中。

不过要弄清楚运输途中究竟发生了什么事，即使有可能，也是很困难的，而且这也不一定会帮助我们做好治疗方案。现在时间才是最关键的。即使无法肯定引起疾病的根本原因，当务之急也是要找到导致它们无法沉入水中的直接原因。诊断策略很简单：给海龙拍 X 光片，看看它们的鱼鳔是否过分膨胀。

海龙身体娇小，行动相对迟缓，所以拍片时根本不需要麻醉。我们只需要像放置其他鱼类一样将它们放在感光片上，迅速拍照后立即放回水中。为了把对海龙的皮肤和保护黏液的损伤降到最低程度，我带上了干净的乳胶手套，轻轻拿起一只，直接侧放在感光片上。兽医技师苏珊启动了机器。几秒钟后，我带着海龙跑回房间，放回水中。对于另一只海龙，我们也如法炮制地给它拍了片。

洗出 X 光片后，我们看到其中一只海龙的体腔内充满了空气。而另一只海龙的 X 光片上则出现了一个膨胀的鱼鳔轮廓，很可能直接压在鱼鳔下面的肠子上。

对这种具有生命威胁的疾病，也许有一个简单的解决办法：用针抽出鱼鳔内多余的气体。但是这种方法可能导致海龙身体内部其他器官的感染或撕裂。而更为复杂的是：海龙的外皮粗厚，像一件坚硬的骨制铠甲，如果不用力挤压，针根本就穿不进去。

我又想到另一种方法：用治疗人类减压病的方法来治疗它们。把它们放进一个高压舱，慢慢排出困在鱼鳔内的多余气体；或者放进潜水舱，就像是在为它们治疗弯曲症（一种潜水综合征）一样。佛罗里达是远近闻名的潜水目的地，所以在水族馆附近就有几个再压舱。

这种想法源于对鱼类解剖知识的了解。通常情况下，鱼鳔内充满了各种气体，氧气只是其中一种。受逆流交换系统的影响，氧气通过一个复杂的动脉和静脉毛细血管网络进入鱼鳔，这个网络叫做细脉网（拉丁语称作 ret mirabile，意为美妙的网络）。细脉网中富含氧气的血液流经氧气含量较低的血液，氧气则从高浓度区域流向低浓度区域。这种气体交换发生在鱼鳔腔附近，所以根据流经血管中气体浓度的不同，鱼鳔会相应地收缩或膨胀。将海龙置于高压之下，模仿潜入水中的行为，通过这种方式我们或许可以把鱼鳔中多余的气体挤入血流，再排出体外。

鱼类也利用逆流交换系统来呼吸。虽然鱼鳃中的毛细血管排列方式不像鱼鳔毛细血管网络那么复杂，但结果是一样的。气体从高浓度区域流向低浓度区域，从水中流向血液，再从血液流向各种组织。当然，这也是导致海龙漂浮、陷入大麻烦的原因。膨胀的鱼鳔阻止了鱼鳃浸入水中。如果我们能将鱼鳔中的气体挤入血流，也许这些气体可以经过鱼鳃排出去。

人类虽然没有鱼鳔，但是血液中的气体仍然遵循着同样的生理规律。这些气体因为化学成分及体内外气压差而进出我们的身体。减压病，也叫做弯曲病，常常是由于潜水员过快地浮出水面而引起的。下潜后，他们背上的氧气瓶将氧气送入身体各个组织。只要潜水员缓慢地浮出水面，输入的气体就会随气压的逐渐平衡而排出体外。但是如果潜水员出水过快，体内的气体就会膨胀，在血管和身体组织中形成气泡，造成严重的组织损伤，甚至导致死亡。气体聚集在错误的地方是致命的——对任何物种来说都一样。

我最终做出决定：把貌似海草的海龙放入医院的增压舱治疗。这听起来像个不可思议的计划，但是为什么不试试呢？我知道当地的圣·约瑟夫医院有这样的增压舱，除了用来治疗潜水事故，也用于各种人类疾病，例如糖尿病。糖尿病患者手脚部位的血液循环功能特别差，舱中不断增强的气压可以帮助他们增强吸氧功能。

对于潜水病患者，舱中的气压强迫使其组织中的气泡溶解，退回到血液中，然后再经肺部慢慢释放到体外。对于海龙，我希望也是如此：用气压强挤出鱼鳔中多余的气体，让它们重新被血液吸收，然后经过鱼鳃排出体外。

当我打电话给医院时，面对我奇怪的请求，医院负责人答应让我们先预约，第二天早晨再来治疗。由于增压舱的运作耗时而昂贵，他们要求把海龙和另外几位病人放在同一个增压舱中治疗。我非常感激他们的帮助，也知道如果不治疗，海龙很快就会死去，于是答应了他们的要求。

为了防止海龙通宵漂浮在水面上，我们把它们移入一个容器中，这个容器是之前为它们的到来特地定制的，然后用一个塑料格栅把它们轻轻推进水中，固定在水下适当的位置，使海龙悬浮在水下几英寸的地方。

第二天早上，亚历克斯向一个手提式丙烯酸鱼缸中注入约20加仑水，然后装入一个加有冰块的泡沫聚苯乙烯容器中。这样做是为了让鱼缸的水温相对凉爽，保持在华氏60度左右。亚历克斯给一个小型的便携式压缩空气罐系上一颗气泡石，时刻给水充入氧气。我小心翼翼地把海龙放入鱼缸中，在亚历克斯和另外三位生物学家的帮助下，慢慢地将这个“旅行箱”抬上货车。

医院一位负责人和公关人员接见了我们。闻讯而来的当地媒体则成了“海龙狗仔队”！他们想拍摄这一“重大新闻”，不仅因为它非同寻常，更因为它向我们证明了人类医学的很多治疗方法都可以运用到动物身上（其实人类医学的很多治疗方法都是利用动物而首先得到的）。

我们把鱼缸和附带的工具一并装上推车，从大厅来到增压舱室。增压舱看起来就像一个巨大的钢制银行保险箱，两侧有密闭的窗户，里面摆放着几张椅子。室内出现了许多好奇的面孔，医院员工和等待治疗的病人不时发出咯咯的笑声。也许这两只海洋生物会给病人漫长而无聊的治疗带来些许兴奋。病人入舱坐下来后，我端起盛有海龙的鱼缸放在靠近窗户的地方，同亚历克斯在外面观看。

舱门关上了，并且上了锁，密封得严严实实，目的是保持压力，随后他们就启动了治疗程序。舱内的压强徐徐上升，模拟在60英尺水下的潜水状态。不一会儿，鱼缸中的两只海龙就开始缓缓沉入缸底——正如我们期望的一样。舱中几位病人向我们竖起了大拇指。啊，希望我们最终能够拯救这两个小家伙。

接下来的几个小时，除了等待和祈祷海龙体内的细脉网能做好它们的调节工作外，我们几乎无所事事。在等待的过程中，我们同医院的几位员工和病人家属交流了有关水生动物的医学知识，他们都为我们的工作惊叹不已。我们解释道，我们会给鱼拍 X 光，做手术，并且治疗各种动物——从珊瑚到鲨鱼，甚至会用上几种治疗人类的抗生素和其他药物。然而成功的可能性却是一个变量：水生动物医学仍是兽医学中一门崭新的、有待探寻的学科。

时间到了，我们心急如焚地看着舱中的压强缓缓下降。当压强减少到相当于 30 英尺深的水压时，小海龙间歇性地往上浮动。我屏住呼吸，希望它们能够坚守在那个位置。但是随着压强逐渐恢复到正常水平，小海龙也跟着浮到了水面上，又一次挣扎着保持直立。看来治疗并没有起到什么效果。

回到水族馆，我仔细思考着可能引起海龙患病的原因以及另一种治疗方案。我打了几个电话，也查看了相关文献，可仍然一无所获。我迫切地想要拯救这对奇特的海洋生物，不仅仅因为把它们运到佛罗里达投入了大量的时间和努力（还有金钱），更因为随着它们的到来，我们的水族馆增加了一个叫做“海马项目”的合作工程，目的是要唤起人们对海马以及海龙这种濒危动物的关注。

在远涉重洋，横跨半个世界运输到佛罗里达之前，这对小海龙生活在一个营养充足的环境中，我们是从一位经验丰富的澳大利亚收藏家手中得到它们的。他持有政府颁布的为数不多的收藏许可证，允许其每年收藏一定数量的样本。政府颁布这些许可证是为了阻止非法收集成年海龙。渔民逮捕海龙不是为了食用，而是把它们用做人类的一种“代替性”

药物，或者作为纪念品卖给不可胜数的珍奇店。想到这些动物竟要在这种商店里结束自己的一生真是让人伤心。它们是如此美丽的生命啊!

收藏家可以收藏两种海龙：一种是雄性草海龙，比如我们得到的这两只；另一种是雄性叶海龙。按照水族馆的术语，这两种海龙分别叫做“剑草”和“刀叶”，听起来就像两支运动队。“剑草”的附属器官很少，但身体是五颜六色的，布满了黄、蓝、红色和许多装饰性的小白点。而“刀叶”却是伪装高手，全身都是绚丽的黄色和绿色叶状组织，和水下的植被浑然一体，即使游荡在眼前，我们也难以辨认。

跟海马一样，雄性海龙担负孵化卵的重任。鱼卵存放在海龙尾部由两片皮褶构成的育婴囊中，每只海龙总共可以携带 250 个鱼卵。野生海龙在产卵之前会被饲养在一个收纳箱中，产卵后立即被放回野外。鱼卵孵化后，小海龙宝宝只有 0.25 英寸长，接近透明。它们的水生环境优越，并且远离捕猎动物，一天还可以吃上几顿可口的大餐——像是一种食宿全包的生活。它们长到 4 英寸长的时候就会被运走。运输步骤极其复杂，需要提供各种许可证和书面材料，还有一个特殊的盛装容器以及合理有效的运输安排。

我们最后的手段是用针吸出鱼鳔内的气体。我用手电筒从背后照射海龙，映出鱼鳔的轮廓，再仔细地找出藏在骨头般坚硬的鳞片之间的对接处，把针定位在这条线上。为了减小感染的几率，我在治疗前后都使用了眼用抗生素作为预防措施。治疗结束后，海龙的状况好多了：即使有些缓慢，但都能潜下水。我心中开始多了一分希望。

由于海龙不吃东西，我们开始用导食管给它们喂些盐水虾碎末，希望能增加它们的能量。这种治疗方法需要丰富的想象力。我们需要一根细小灵活的管子，轻轻地拿出海龙后，将管子直接导入胃里。我们终于找到了一条用于病人脊椎穿刺的长长的输液管，这管子很实用。

一天过去了，它们还活着。我们继续给它们注入抗生素，用导管喂食，以为自己终于走上了一条正确的治疗之路。但令人难过的是，它们还是在两天后死去了。

后来我们苦思冥想，回顾了整个运输环节。虽然有些猜测无法得到证实，但我依然认为：海龙在从澳大利亚开始的某段旅途中，遭遇了氧气饱和度过高的水。最有可能是在中转站洛杉矶，它们就是在那儿被重新包装的。在飞往坦帕市的最后一段旅程之前，运输箱被充入了新鲜氧气。虽然充氧的初衷是出于好心，却可能因此伤害了这两只珍贵的小海龙。这件事情以后，我们对运输过程做了不少改善，包括派出一名生物学家到洛杉矶专门负责包装海龙。

虽然失去了两只海龙，我们的努力却没有白费。即使再压舱没能挽救两条小生命，但这种方法在我的同事中引发了无数次关于展馆设计和寻求不同治疗方案的讨论。从长远来看，这样的信息交流增长了我们对海龙的总体认识，包括对海龙医疗护理的认识。

更重要的是，后来运回的一对海龙到达水族馆时状况良好；事实上，它们非常健康，我们也开放了一个新展馆，受到许多观光者的好评。游客们被它们的奇怪模样深深吸引住了。此后，我们不仅有了“剑草”，也有了“刀叶”，并且提高了在野外对它们的保护力度。这些引人注目的小鱼永远都是水族馆中最受欢迎的动物。

伊尔兹·贝尔辛斯

伊尔兹·贝尔辛斯虽然在美国中西部长大，却选择了从事海洋生物行业。在斯坦福大学获得生物学学士和硕士学位后，她又在加州大学伯克利分校获得动物学博士学位，主攻海洋无脊椎动物和行为生态学。在协助实地考察岸禽寄生虫工作时，贝尔辛斯博士逐渐对将水生生物学同兽医学相结合产生了浓厚的兴趣，因此她选择继续在加州大学戴维斯分校兽医学院深造，随后在明尼苏达动物园进行校外实习。在一所私立医院工作几年后，她加入了约翰·霍普金斯医学院一个为期三年的比较病理学研究项目，然后回到明尼苏达动物园建立了水生动物医学咨询业务。在过去的十年中，她既是佛罗里达水族馆的兽医，也是该馆生物手术部副部长。在这里，她监管动物的健康、饲养状况，承担动物保护、医学实验和潜水项目，负责管理超过一万五千只动物（包括小型哺乳动物、鸟类、爬行动物和鱼类）。她的座右铭是“尽管勇往直前，上帝会为你护航”，这句话激励着她在不同寻常的职业道路上不断前进。

带撑竿的长颈鹿

劳伦·霍华德
兽医学博士

“喂，你好，我是劳伦·霍华德，从动物园打来，我可以跟你们的骨外科医生通话吗？哦，不，我不是病人。我有只长颈鹿，它的腿出了点问题。”咔嚓，电话被挂断了。

“喂？”

“喂，我是休斯敦动物园的兽医。我们有一只长颈鹿患了腿病，我希望能和你们的外科医生通话。是的，我知道你们不是动物医院。我应该呼叫动物园？不，我就是动物园的，喂？”

在一所先进的国家医疗中心附近的动物园工作自有其好处，至少在我打电话四处咨询如何帮助我的“患者”(一头前腿出了问题的小长颈鹿)时是这样想的。德克萨斯医疗中心拥有两所大学和许多诊所，这些诊所遍布动物园附近的几个街区。我打电话给医学院和教学医院时，顺便浏览着桌上的一叠运动医学杂志，希望能找到一根色彩时尚的铰链式撑竿，配在阿玛莉那长达三英尺的修长前腿上。

我忍受着电话接通前各种各样的等待音乐，并且向几位医院接线员不断重述我的需求，最后终于找到了我们想要联系的人。一位骨外科医生给我回了电话。

“喂，你们的长颈鹿怎么了？”他亲切地问道。

“哦，它今年四个月大。出生那天髋关节脱臼，在恢复过程中又引发了前腿问题。它需要一根支撑前腿的撑竿，但是我们现在已有的撑竿型号都不合适。我浏览了一些运动医学器具，发现人类的撑竿对长颈鹿也不太适用。我们有阿玛莉的腿部尺寸，请问你知道有谁可以帮我们量身定制……”

“我知道有个人可以帮助你们，”他打断了我的话，“约翰·费恩。我把他的电话号码给你。”

我又把电话打给了约翰，然后安排约翰到动物园，加入我们的队伍，为阿玛莉生平第一次正常行走做出贡献。

阿玛莉出生在一个秋季凉爽的早晨，出生那刻，它尚未站起，就被母亲一不小心踩在身上，致使它的髋关节脱臼。这头新生的长颈鹿还没来得及感受它柔嫩蹄子下的大地，就被送到了一所兽医专科医院，一支骨外科医生组成的团队把它的腿接回了足窝。阿玛莉仰面躺在轮车上，高高扬着头，被推进医院大厅时，它仔细地审视着四周，似乎认为这一切都是自然而然的事情，并不知道自己生命中的最初几天和别的长颈鹿有什么不同。

在斯瓦西里语（一种在非洲使用极其广泛的语言）中，阿玛莉的意思是“魅力”，这特别符合刚出生时身材修长的阿玛莉。这头刚出生的马赛长颈鹿长着棕色的大眼睛，有着天鹅绒般柔软的口和鼻子，迷住了所有遇见它的人。不幸的是,希伯来语中阿玛莉意为“漫长挣扎的结果”,对长颈鹿家族中这位英勇的新成员来说，这个名字显得更加贴切。

手术后，阿玛莉的髋关节只有部分好转了。因为需要额外的支撑和特殊照顾,所以我们用山羊奶人工喂养它。它渐渐长大了,虽然能够行走,却不能使用后腿。如此一来，它的身体重量主要压在前腿上，久而久之，关节也出了问题，尤其是它的右前腿。每当它把身体的重量向前移时，膝关节就会向外侧弯曲。这条腿需要额外的东西来支撑，所以我们把一条巨大的聚乙烯管砍成两截，塞上许多柔软的绷带，为阿玛莉做了一个临时夹板。这是兽医在治疗腿部畸形的小马驹时的惯用手法。通常很少有小鹿仔的体重超过 80 磅，而且它们的腿都较短，轻便灵活。然而在 2005 年 1 月初，小阿玛莉的体重已经达到了 170 磅。

每天早晨，阿玛莉的饲养员们（有时我们尽力鼓动动物园里个子最高大的兽医格兰特出来帮忙）都会在长颈鹿圈的一个角落里抱住它，使它尽量站直，想方设法不让它挣脱，弄得他们个个大汗淋漓。通常，我们会准备好用来填充夹板的绷带布料，可是任性的阿玛莉却常常把纱布和六英尺长的棉质包裹物弄得漫天飞舞，就像新年派对上飞扬的五彩纸屑。有些游客来得很早,他们透过畜棚窗户能瞥见这些散落在地的绷带,恐怕看起来确实很像一个派对。但实际上，这种做法越来越困难，甚至很危险。

“医务室艾丽卡呼叫劳伦博士。你邀请的专家到了。”动物园医务室职员的声音在我的呼叫器中简洁地重复了几遍。几分钟后，我在动物园医疗室里找到了约翰·费恩。他已经同我们的几位成员进行了深入对话，并完全适应了这里的难闻气味和刺耳声响。一个月前的一次通话中，约翰告诉我说他是矫形修复师，为人类病人设计假肢和支撑竿。他称自己来自农村，喜爱动物。对于我们这种处境，他是最合适不过的人选了。他穿着一身标准的蓝色医院工作服和一双洁白闪亮的胶底运动鞋，给人的第一印象轻松愉悦。同时，他也带来了一位助手、一个工具包以及一部同几条水管胶带绑在一起的数码相机。

在长颈鹿圈中，我向饲养员和管理员介绍了约翰和他的助手，他们都渴望能帮忙制作腿部模型。约翰告诉我们，设计合身的支撑竿的最好办法是先做一个腿模，然后再根据它做出相应的支撑竿。制作这个模型时，必须把腿放进一种特制的石膏中，大约需要停留五到十分钟等待石膏变干。一般而言，他的病人都颇为合作，因为他们了解需要进行的一切工作，并且知道为什么要这样做，所以给他们做模型是一项比较简单的工作。虽然约翰的病人中有时也会有不愿意合作的小孩或囚犯，但是我相信他们没有谁能比得上阿玛莉。

阿玛莉现在已经 180 磅了，身高接近 6 英尺，考验着动物园员工们人工约束它的极限。我们派出三个人分别站在它的两边和前方，将它推靠在鹿圈的一扇墙上，在那儿我们才能更容易地控制它。然后我们又派出三个人把它的右前腿拉开，让它伸直，约翰戴着保护套趁机走近它，在它腿上裹上石膏模子。模子一旦裹了上去，我们便必须竭尽全力阻止阿玛莉踢脚和弯腿——或者更糟糕的是，把整条腿弯下来，它发觉自己身处困境时经常这么干。

时间在我们紧张的工作中分分秒秒地走过，压在阿玛莉上面的员工汗如雨下，豆大的汗珠滴落在他下方的员工的背上和头上。这十来分钟看起来像一个世纪那么漫长，好不容易才熬到结束，约翰锯下变干的石膏模子，带着这千辛万苦才获得的“战利品”，消失在下午弥漫的薄雾中。

一直以来，我们都知道无法彻底改变造成阿玛莉腿部畸形的根源——受损的右边髋关节。它两个月大的时候就因为体重问题而放弃了一次髋关节手术，或者说是髋关节置换手术，所以我们才把注意力集中在有能力修复的地方：它的前腿和右膝。保护好这些部位的关节，阿玛莉走路时才不会感到疼痛。马赛长颈鹿总共可以长到 15 英尺高，1200 磅重。真不敢想象我们这位小“病人”能长成那样一个大高个。我们也知道，等它长到这个高度时，它原本受损的髋关节便会不堪重负。

大家为制作腿模具付出了艰辛的努力。一周后约翰回到动物园，向我们展示他的成果。尽管脖子上还带着未痊愈的扭伤，靴子上还沾着清晰可见的锯屑，我又一次陪同约翰和他的助手来到长颈鹿圈中。饲养员和管理员看着我们走进来，脸上露出谨慎的神色，让我意识到，并不只有我还沉浸在与阿玛莉上次较量的阴影中。

约翰放下肩包，一只手在包中搜来搜去，哗地一下拉出阿玛莉生平第一根撑竿。撑竿是用闪亮的白色塑料做成的，上面印满了五彩斑斓的动物卡通画。它看起来更适合摆放在孩子的卧室里，而不是放进我们这发霉的长颈鹿圈。撑竿的侧面可以打开，分成长长的两半，上面还有四条起固定作用的明亮的白色自粘带。撑竿内部垫有柔软的洁白海绵以防止擦伤，海绵上还留着淡淡的胶水味儿。

长颈鹿圈中的员工们脸上绽放着笑容，我知道这根撑竿毋庸置疑受到了他们的喜爱。但是阿玛莉会怎么想呢？要让它戴上撑竿，难道我们还要跟它较量一次吗？它此时正一脸漠然，孤零零地站在长颈鹿园区阳光明媚的地方晒着太阳，看到我们朝它走来，它便口水长流，心想一定是它的奶瓶到了(这对分散它的注意力非常必要)。趁它吮吸奶瓶的时候，我和约翰轻轻地把撑竿套在它的前腿上，把自粘带固定好。这根撑竿对阿玛莉来说再合适不过了，刚好从膝盖下方延伸至脚踝上面。阿玛莉很快就把瓶子吸了个精光。当我弯下身去帮约翰安置撑竿时，它用鼻子碰了碰我金色的马尾辫，不一会儿，我就感到它热乎乎的口水正顺着我的脖子往下滑。阿玛莉对具有某种水果味的洗发水很感兴趣，我的头发对它的吸引力简直不啻奶瓶。

我们屏住呼吸,退回去观看戴上新撑竿的阿玛莉。它试着迈出一步，把身体的重量全部转移到后腿上，然后便开始在园中小心行走。显然，它那小小的脑瓜子明白它的腿跟以前不太一样了。但很快，它就对这个东西漠不关心了，毕竟那天天色很美，阳光明媚——嘿，你手里拿的是山药吗?

我抬起手喂给阿玛莉一片薄薄的山药，心里默默地祝贺它——它是德克萨斯州第一只戴着定制撑竿的长颈鹿。我对约翰和他的助手深表感谢，他慷慨地奉献了宝贵的时间和制作撑竿的一切材料。对于他提供的服务，约翰要的酬劳只是我们充满感激的握手和阿玛莉偶尔给他的湿漉漉的亲吻。

由于撑竿颇具人性化的设计以及阿玛莉对奶瓶的情有独钟，在戴上和卸下撑竿时我们根本就不用束缚它。它的腿可以伸直，并且被保护着，避免受到进一步伤害。我们下一步行动就是让它运动，使腿伤康复。我们把这个挑战交给了马克·郝格兰博士，他是当地的马类外科医生。治疗患有类似阿玛莉这种腿部疾病的马儿，他已有多年的经验。我只知道应对有蹄类动物肢体损伤的基本原则（如果肢体是直的，就把它变弯；如果是弯的，把它变直），但并不清楚治疗成角畸形和弯曲畸形之间的细微差别。

马克博士和蔼可亲，并且格外热衷于检查我们无法驯服和可能他都不敢碰的“病人”。来长颈鹿圈参观过几次后，他向我们详细地解释了阿玛莉多种骨病的原因，重点在于帮助它前腿和右膝的康复。他建议我们慢慢地增加阿玛莉戴撑竿的时间，直到它一天能够戴上 20 个小时，并且能够舒适地戴着它躺下睡觉。他还建议每天对阿玛莉的四肢进行物理治疗。饲养员们每天都按他的要求严格执行，毫无怨言。

不久后，撑竿洁白的塑料外壳就磨损了，还有很多刮痕，白色的自粘带变成了土褐色，撑竿里面原本干干净净的海绵垫闻起来也像是长颈鹿充满汗臭的腿。阿玛莉越长越高，所以约翰·费恩和助手又为它做了四根撑竿。

阿玛莉的物理治疗和它五颜六色的撑竿引起了动物园里游客的注意。对于他们的疑问（这只长颈鹿怎么了？腿断了吗？很痛吧？）我们早有准备，所以在阿玛莉的园区外贴出海报解释这只长颈鹿宝宝为什么会戴着撑竿。这一举动引起了巨大的反响，游客们纷纷表现出对长颈鹿的深切同情，支持我们的工作，还同我们分享身边也需要定制撑竿的残障人士的故事。一些游客直接向动物园员工讲述，另一些人则打电话或给我们发来邮件。

其中，有个叫米凯拉的女孩的故事感动了所有人。她妈妈丹尼斯来信向我们要一张阿玛莉戴着撑竿的照片。米凯拉是个早产儿，出生的时候手就受伤了。虽然做过多次手术，她的手腕却从此只能一直戴着撑竿。如今她已经四岁了，是个任性的孩子，开始拒绝戴撑竿，特别是在幼儿园，在她的同伴面前。

最近一次游览动物园时，母女俩转过一个角落，发现了不远处的阿玛莉。它心满意足地戴着新做的撑竿，撑竿上印着紫色蝴蝶（约翰觉得它的年龄已经不适合色彩艳丽的动物卡通了）。米凯拉终于找到了一个朋友——也是她的榜样。我们高兴地把照片寄给丹尼斯，得知米凯拉把照片带去了学校，与朋友们分享阿玛莉的故事；更重要的是，她毫无怨言地重新戴起了自己的撑竿。丹尼斯说，女儿的改变突如其来——也很明显，就像一盏灯，突然被点亮了。

我们被丹尼斯的故事感动了，邀请米凯拉回到动物园与阿玛莉见面。往常，米凯拉总是精力充沛，金色的卷发在头上轻轻地跳跃着，那颗好奇的心永远也得不到满足，而这次她却异常害羞，也许在凝视它那四条腿的榜样时还有点儿害怕。然而，当阿玛莉弯下长长的脖子越过米凯拉头顶去取饲养员手中的一片胡萝卜时，米凯拉的害怕很快就变成了对阿玛莉的爱慕。看着阿玛莉粗糙的舌头，想象着它随时会在游客身上滴下口水，小姑娘咯咯地笑了。

在找到约翰那种印着紫色蝴蝶的撑竿之前，丹尼斯已经走访了五所不同的骨科医院，不过，她的努力是非常值得的。当米凯拉得知她的下一根撑竿会跟阿玛莉的看起来相仿时，她对早点儿戴上新撑竿充满了期盼和热情。

让我们惊奇的是，阿玛莉的前腿在几个月后变直了，并且舍弃了心爱的奶瓶，疯狂地成长起来，到 11 个月大的时候，它就再也不需要撑竿了。

然而，晴天霹雳横空而来：一个盛夏的早晨，我们去动物园上班时，发现幼小的阿玛莉死了。它撞在鹿圈的墙上，颈骨骨折，当场身亡。我们只能猜想是它那笨拙的步伐和受伤的髋关节酿成了这场悲剧。它一定是受到了什么惊吓，失足撞在墙上。现在回忆起来，其实阿玛莉面临的是危机四伏的成年生活——它的髋关节和膝盖可能早就埋下了隐患。可即便如此，我们仍然不能接受阿玛莉突如其来的离去。

动物园全体员工都为失去勇敢的阿玛莉而哀悼，并在从它身上学到的东西中寻找安慰。饲养员在训练和调教阿玛莉的过程中获得了回报，他们的工作也大大地提升了我们照顾阿玛莉的能力。从阿玛莉的故事中，我学到了只要坚持不懈，就会得到援助之手，即使是看来不可能完成的任务，人们也会竭尽所能地帮助你。小姑娘米凯拉也让我们学到了很多东西。她与阿玛莉的亲密关系向我们证明了，在孩子面对困难环境时，动物可以给予他们怎样奇妙的帮助。

我们为治疗一只处境艰难的动物而努力，其深刻影响远远不止于动物园。阿玛莉的故事感动了整个社区。我们现在与当地一所儿童骨科医院建立了正式合作关系，长颈鹿馆成了他们最喜欢的景点之一。

阿玛莉死去两年后，米凯拉还清晰地记得阿玛莉黏黏的舌头舔在她手指上的感觉，也记得作为幼儿园里唯一一个拥有长颈鹿朋友的孩子的特别感受。米凯拉很快就会进行手臂加长和拉直手术。虽然丹尼斯知道这次手术并不简单，但她坚信女儿会泰然自若地接受手术和手术后长达数月的物理治疗。米凯拉现在六岁，是个朝气蓬勃、信心十足的孩子，最近她向我们宣布：长大后要做一名动物园兽医。

劳伦·霍华德

劳伦·霍华德在马里兰州和一屋子的啮齿类动物一起长大。她的父亲是一位生物医学工程师，结交了华盛顿国家动物园的许多兽医。受父亲和他的兽医朋友的影响，霍华德博士在高中时便对动物园医学产生了浓厚的兴趣。在弗吉尼亚州西南部的弗吉尼亚－马里兰兽医学院取得兽医学位后，她来到新泽西州的奥拉德尔动物医院，成为一名小动物医学和手术实习医师。后来，她在加州大学、加州大学戴维斯分校和圣地亚哥动物学会合办的项目中完成了动物园医学住院实习。在圣地亚哥实习时，她参与了在墨西哥和加利福尼亚州举行的加利福尼亚秃鹰回归项目。2005年后，她便一直在休斯敦动物园担任全职兽医。霍华德博士同丈夫道格（一位小动物兽医）、两只宠物狗、三只猫和J.C，他们的宠物蜥蜴——一只鬃狮蜥（别名胡子龙）居住在休斯敦南部。

断牙河马

苏珊·麦克塔
兽医学博士

乘务人员宣布抵达圣萨尔瓦多机场时，我和迈克尔兴奋地看了看对方，拿起手中紧握的安尔福瑞迪罗的照片，把目光集中在它需要我们修补的断牙上。

“准备好了吗？”我问迈克尔。“准备好了。”他胸有成竹地说。

真希望我并不感到如此紧张，我仿佛是昨天才收到卡洛斯·苏阿索的来信，他是我的朋友，也是同事，曾参加了我们在新奥尔良奥杜邦动物园开设的兽医学习项目。

亲爱的麦克塔博士：

我们遇到了一个难题。动物园有一头雄性河马，今年16岁，重3000磅（人们亲切地叫他“河马先生”或“安尔福瑞迪罗”）。最近，它右侧的下门牙上出现了一个8英寸大的牙洞。我们都不知道怎样使它镇定下来或是进行治疗。你能帮帮我们吗？

卡洛斯·苏阿索 萨尔瓦多国家动物园

从苏阿索医生寄来的照片上可以清晰地看见安尔福瑞迪罗右侧的下长牙在牙龈附近折断了，露出齿心的牙神经和血管。换句话说，它的牙根管裸露着。由于裸露的牙根管里填满了食物，苏阿索医生担心这颗牙齿会被感染。而且安尔福瑞迪罗近来举止异常，似乎因为疼痛而反应迟钝，异常安静。

我和动物园牙医师迈克尔·麦克卡勒商量了这件事，决定为安尔福瑞德罗做牙根管治疗，并且立即着手计划。这次治疗将会极具挑战性。虽然我们联系了许多同行，他们中却没有一位给河马做过牙根管治疗，他们都认为这是一项风险巨大的工程。迈克尔需要制作一些特殊器械，还要带上各种设备，包括麻醉枪。此外，在圣萨尔瓦多的街上，我们可能与坦克车擦肩而过，或者遭遇枪战——1991 年，这个国家正处于动乱之中。我们虽然不能为无法预料的事做过多准备，但是至少应该尽量考虑周全，哪怕是一支细小的牙刮匙。

虽然我曾去过几次中美洲，在动物园兽医研讨会上开过讲座，这却是我头一回在旅行中带上麻醉枪。这样做是为了保证我们能按计划行动，确保一切顺利进行。我向圣萨尔瓦多大使馆咨询是否需要特殊许可才能带麻醉枪入境，又询问了航空公司同样的问题，并告诉他们麻醉枪第一眼看起来跟普通的来复枪很相似。同时，我们还会带上起镇定作用的强效麻醉剂。对于麻醉枪用来击发飞镖的二氧化碳药筒，他们说需要特殊许可证和特殊包装才能装运。我们的申请很快就得到了回复，并且除了所需要的许可证外，我们还取得了一封大使馆同意我们捐赠药品的信函。

由于是第一次到圣萨尔瓦多，我和迈克尔都不知道动物园能够为治疗提供什么物品，便决定把可能需要的设备都带上：注射器、针头、注射液、输液管、抗生素以及急救药品……以备不时之需。这些物品装了整整两箱，麻醉枪被放在一个特殊的盒子里。

在圣萨尔瓦多机场取行李时，我焦急地搜寻着苏阿索医生的身影，却没有看见他。于是我们尽量拖延时间，直到最后不得不进入海关检查。我多么希望苏阿索医生能到机场为我们保驾护航，在检查时帮我们解释所携物品的用途。我把装麻醉枪的盒子放在检查台上，海关检查员用西班牙语询问道："这是什么？"

我一下子愣住了，想了几秒钟，挣扎着把英语转换成西班牙语。"是枪。"我答道。他睁大了眼睛，打开盒子，拿起麻醉枪。"给动物用的枪，"我迅速补充说，"麻醉枪"。他看了看我，把枪翻过来，准备将它大卸八块。我更加紧张了，瞟了迈克尔一眼，他看起来也很担心。"对不起，先生——这把枪很重要——是用来帮助河马，安尔福瑞迪罗的。"

海关检查员停下来，抬头看着我们，然后哈哈一笑。"啊，安尔福瑞迪罗——太好了——我很喜欢它——那你们继续吧。祝你们好运。"

我们这才如释重负，走出这次旅途的终点站。一出门，我们就受到了动物园管理方的接待，接着是摄像机，然后便迎来一群活泼的孩子。吉勒莫·萨阿德，一位八岁的小男孩，从别的孩子手上接过一捧黄玫瑰献给我。另一个孩子则递给我一张报纸，头条是两位美国人即将来到萨尔瓦多拯救安尔福瑞迪罗的故事，这则故事的背面是一篇关于萨尔瓦多总统的文章，总统也叫安尔福瑞迪罗！我一时语塞，只是点点头表示感谢。那一刻，我满脑子都在想"要是我们治不好这头河马可怎么办呢？"

我们的担心并不是毫无根据的。即便是在理想条件下，要想完好无损地麻醉河马也不是一件容易的事。首先，对河马来说，在麻醉剂发挥药效倒下时，必须胸骨着地。如果它们在倒下时头的位置低于身体其他部位，就可能给横膈膜造成过大的压力从而窒息而死。其次，要想把河马庞大的身体在麻醉状态下重新摆放成我们需要的姿势相当困难。最后，很难找到它的血管，在只有输液治疗才能挽救生命的紧急情况下，这才是最棘手的问题。

行驶在圣萨尔瓦多的街头，当地的现状给了我当头一棒。我们身处一个充满了政治冲突的陌生国度，却正打算去麻醉一头人人都喜爱的河马。城市的每个街角都摆放着数辆绿色巨型军用坦克，即使我想方设法不去注意，它们还是会进入我的视线。我们途经许多受损建筑，被子弹射得千疮百孔的建筑，一路上，枪声不绝于耳。我们的主人对枪声似乎已习以为常：每听到一声枪响，我都会惊得一跳，而他们却纹丝不动。

第二天，我们终于明白为什么安尔福瑞迪罗会如此受欢迎了。大人和小孩都来到河马馆围观，饲养员将一个完整的莴笋头和白菜喂进它的血盆大口里。这种河马通常是喜怒无常，极端危险的，我们从来没见过饲养员走进河马展馆的景象，然而安尔福瑞迪罗和饲养员却显得悠闲自得，所以我和迈克尔也跟着走了进去。

饲养员挠安尔福瑞迪罗的下巴时，我们近距离观察了它的断齿，看着它吃下更多的白菜头。虽然安尔福瑞迪罗很渴望好好地享受这些美味，但很显然它在忍受痛苦。饲养员小心翼翼地把食物从健康的牙齿那边送进它嘴里。看着看着，我似乎也被它迷住了。它很可爱——像一个表演家，而且看起来很享受人们的关注，所以它能拥有这么多的粉丝也就不足为奇了。现在我也成了它的崇拜者。明天，它的生命就掌握在我的手中。

那天下午，我们同苏阿索医生和动物园员工会面，讨论第二天早上的治疗方案。治疗前，安尔福瑞迪罗需要禁食，这是治疗大型食草动物的惯例，因为它们有时候在麻醉状态下反刍会引起呕吐。池塘的斜坡入口也是危险要素之一。如果麻醉剂药效在河马回到池塘的时候发作，他的头会低于身体其他部位先进入水中。若是这样，它腹部器官的重量就会压在横膈膜上，导致肺衰竭。因此我们需要把池塘的水排干，并且在周围围上栅栏。由于烈日炎炎，安尔福瑞迪罗可能会过分燥热，所以我们必须早点动身。苏阿索医生充当翻译，同我们共同讨论了治疗程序和所需物品。

第二天早晨七点钟我们便开始工作。我仔细地把商标名为M99的强效麻醉剂装进麻醉镖，再将麻醉镖置入弹膛，然后慢慢地走近安尔福瑞迪罗，向它开了一枪。麻醉镖射在它右腿背面，但是针头弹起来了，不知道麻醉剂有没有被它足量吸收。河马皮厚如墙，麻醉镖不容易刺入，如果没有垂直射入皮肤，就会像这支一样弹跳起来。我们看着安尔福瑞迪罗，等待着麻醉剂生效，但是好像一点儿迹象也没有。只见它迟缓地挪着步子，一个小时后它虽然已进入了镇定状态，却似乎并不打算睡去。

我更小心地填装了另一支麻醉镖。M99的效果很好，但是如果用错剂量的话就很危险：仅十分之一毫升就可以置人于死地。我又朝安尔福瑞迪罗开了一枪，这一次麻醉镖垂直地刺了进去。但是它依然缓慢地踱着步。20分钟后，我们断定M99根本就没有注入它的体内。我们所用的针头直径（或者说是口径）很大，而这个口径肯定被一小块皮肤组织堵住了，刚好阻挡了麻醉剂注入体内。这时天气开始热起来，我指挥动物园员工给安尔福瑞迪罗准备了一顶帐篷，保护它不被骄阳暴晒。安置好帐篷后，我第三次开枪。这一枪就像一个魔咒，安尔福瑞迪罗终于昏睡了过去。

幸运的是它倒下时刚好胸骨着地，躺在靠近馆区后面的地方，远离人群。迈克尔立即行动起来，开始清洗牙齿，我则负责监控安尔福瑞迪罗的呼吸和心跳状况。麻醉剂起效 15 分钟后，它的呼吸开始变缓，然后突然停止了。我屏住呼吸,顿时感觉自己的心跳也跟着停止了。啊,不,我不能让它就这样死去。

我手持一支麻醉苏醒剂——这是我在那个节骨眼儿上所能想到的唯一办法——搜寻着血管，却一无所获。苏阿索医生递给我一支注射器，里面装有多沙普仑，那是一种呼吸兴奋剂，他说："从舌头上注射。"好办法，我心想，于是迅速地注入多沙普仑剂，然后跳到休克的安尔福瑞迪罗的另一边寻找血管。幸好，我最终找到一根，并顺利地注入了麻醉苏醒剂，与此同时，我感到一股肾上腺素冲击着自己的身体。动物园员工和外面围观河马馆的游客猛然安静下来，让气氛更加紧张。突然人群欢呼雀跃起来：安尔福瑞迪罗深长地吸了一口气。

周围发生的一切并没有阻止迈克尔继续修补牙齿的进程，他奇迹般地在麻醉剂药效消失之前完成了整个治疗。然后，我们为安尔福瑞迪罗注入了抗生素。后来，给我送花的小男孩吉勒莫经过特别允许来到河马馆内近距离参观，四周照相机的闪光灯闪烁不停，我向他保证他最喜爱的河马一定会好起来的。

然而，我们的担心并未就此结束。难度较大的麻醉过程可能刺激动物患上严重的捕捉性肌病,这是一种致命的肌肉疼痛症。在麻醉状态下，河马的重量使压在身下的肌肉产生压力，加上麻醉药会使河马的血流状况和血压也发生改变，就此引发所谓的捕捉性肌病（其症状以运动障碍为主，表现为运动困难、走路蹒跚、肌肉震颤、卧地不起甚至痉挛抽搐等。多由于动物被抓捕追赶受到惊扰、生活环境改变、麻醉药物刺激等引起)。

在接下来的一天里，我们仔细地观察着安尔福瑞迪罗，看它会不会出现什么不良症状。

一切平安无事，这让我们大大地松了一口气。第二天，报纸的头条便登出了我和迈克尔的照片，一篇长长的特写如实地报道了他们能够挖掘到的所有消息。记者详细地讲述了安尔福瑞迪罗的故事，戏剧性地描写了我们医治它的过程，所以整篇报道读起来更像是一部小说，给我们留下了深刻的印象。

当我们再一次回到动物园检查病患时，它已经恢复了从前的模样。孩子们拥在河马馆外，欢天喜地地看着它咯吱咯吱地咬碎了整个儿莴笋和白菜头——没有一点儿疼痛的迹象。

三个月后，动物园邀请我们给安尔福瑞迪罗做一次复查。由于它的身体状况很好，所以动物园邀请我们参与其他的工作。不出三天，我们就麻醉和治疗了一头灰熊、一头狮子和四头美洲豹，迈克尔居然修复了十七个牙根管!

苏珊 · 麦克塔

苏珊 · 麦克塔的野生动物医学生涯开始于她从伊利诺伊州立大学兽医学院毕业之时。她说：“我只是在正确的时间来到了正确的地点。那时候新奥尔良的奥杜邦动物园正在向世界级动物园过渡。进行了两周在职培训后，主治兽医安迪 · 格特博士便去非洲考察，走时给我留下其他两位兽医的电话号码并叮嘱道：‘别把大猩猩杀死了。’幸运的是，我和大猩猩都幸存了下来。”1985 年，麦克塔博士成为动物园第一位全职兽医。在随后的几年中，她担任了鸟类医生协会会长、动物园保护拓展组织主席、奥杜邦动物园兽医服务部部长、奥杜邦濒危物种研究中心的兽医研究和动物健康项目总指挥以及国家动物园和野生动物肺结核工作协会会长。目前，麦克塔博士在和他人联合创办的国际大象保护非营利组织中担任董事长。

在动物数量急剧下降之前，很少有人会想到为自由自在的野生动物进行癌症治疗、预防接种或者特殊护理。甚至十年前，针对被圈养起来的野生动物和生活在自然栖息地的野生动物，大多数动物园兽医都能够轻而易举地说出怎样分别对待它们。水族馆里的兽医只医治水生动物，并且只在他们特有的大同小异的水族馆里工作。而“野生动物兽医”的称号则专指那些治疗生活在自然栖息地的野生动物的兽医。正如我们在引言中已经指出的，这种区别现在不那么重要了。

世界上的箭毒蛙、咸水鳄、大熊猫、海龙、白鲸和山地大猩猩的数量已经所剩无几，而经历过疾病或者自然灾害又幸免于难的狮子、老虎以及其他物种正等待着我们的帮助。无论生活在野外还是被圈养，每一只野生动物的健康都很重要。

随着动物的自然栖息地遭到破坏或被摧毁，“濒危动物”便成了一个家喻户晓的名词。即使是在偏远地区，野生动物也没能逃脱污染，反而因为与人类和家畜越来越多的接触而面临更高的患病风险。这些变化大多数都源于人类的活动。

如今，现代化动物园、水族馆和野生动物公园都在投资创建保护项目，其中许多已升级展馆和教育项目，以此表明保护整体生态系统的重要性。保护区和国家公园也聘请了更多的兽医来监管稀有动物的健康状况，如果需要，他们就对个别动物加以治疗。就兽医职业而言，我们现在必须在各种各样的环境下施展医术。我们拥有一整套特殊技能，在治疗个体动物的同时考虑对它们整体的拯救，我们了解所使用药品背后的科学依据以及为什么有些治疗手段会比另一些更具风险。我们面临的挑战是如何取得更大的进步。

在世界范围内，所有生物的健康都是息息相关的。从整体来看，只有当存在于同一个生态系统下的人类和其他动物都健康时，野生动物才能保持健康。因此，若某一个环节出现问题，就会直接引起消极的连锁反应。一种类似多米诺骨牌的连锁反应影响着加利福尼亚州海岸的海濑。每年，都有几只海濑死于由寄生虫引起的脑感染疾病，寄生虫常常源自流浪猫和弗吉尼亚负鼠。土壤侵蚀和河流淤塞导致大量的雨水流入海洋，当雨水中携带的动物粪便进入海带和鲍鱼的食物链时，海濑就会被传染这种疾病——喜食海鲜的人类也可能成为受害者。

即使前路漫漫，似乎永远有做不完的工作，动物园里的兽医们已经开始在恢复自然平衡的过程中发挥积极作用。通过与其他科学家们的合作，我们近年来已使一部分濒危物种回归大自然。很显然，在我们的共同努力下，这种不健康的连锁反应会得到遏制甚至逆转。遵循“事物之间确实是相互联系”的真理，动物园里的兽医们定会取得骄人的成就。

一位医生治愈一位病患时，无论这位病患是人类还是动物，都能对整个生态系统带来有益的影响。当公共卫生官员根除了麻疹或者小儿麻痹症时，也为野生动物营造了一个更加健康的环境。当健康专家、决策者以及普通市民都能以需要帮助的群体为目标，迅速、明智地行动起来，并且紧密合作时，我们甚至可以遏制新出现的疾病。

野生动物兽医必须将专业知识和世间万物联系起来，这一点至关重要。我们必须和世人分享我们对野生动物的所知和所虑以及它们的健康问题，竭尽全力改善这个世界的生态系统。书中的故事反映了我们在兽医职业中的意愿——同人类对话，更要同动物对话。

露西·斯佩尔曼

鸣谢

感谢为本书辛勤奉献的作者，他们从一开始便热情地投入到这一工作中，感谢故事中的兽医们，他们直接或间接地贡献了自己的专业知识来帮助动物。总之，我们向全世界所有从事野生动物工作的兽医们致以深深的谢意！

我们也代表动物们真诚地感激那些饲养员、动物管理员、生物学家、寻找失踪动物的人员和守护动物园的员工和志愿者们，他们通过不倦的努力，让动物们得到了悉心照料。

感谢书稿代理人乔迪·莱茵的鼓励、支持、建设性批评、专业知识和及时的建议以及她对野生动物的迷恋。没有她，这本书仍然只会被抛在脑后，成为“镜花水月”；没有她，我们不可能找到同样出色的编辑丹尼尔·佩雷斯。

朋友和同事们的鼓励也让我们感激不尽。特别鸣谢：比尔·阿德勒、克拉克·邦廷、艾伦·卡特勒、基杰·杰弗斯、乔·盖尔·霍华德、弗兰冲·史密森、黛安·麦克·特科、罗伊·马修曼、朱莉·马修曼、雅典娜·米洛纳斯、詹妮·赖斯、翠西·西尔柏和玛丽·坦纳。

图书在版编目（CIP）数据

犀牛脚上的鞋子 /（美）露西·斯佩尔曼，（美）泰德·真岛 编著；孙张静，许立红 译．-- 合肥：黄山书社，2013. 10
ISBN 978-7-5461-3821-3

Ⅰ．①犀… Ⅱ．①露… ②泰… ③孙… ④许… Ⅲ．①故事－作品集－美国－现代 Ⅳ．①I712. 45

中国版本图书馆 CIP 数据核字（2013）第 225589 号

版权合同登记号：1211993

犀牛脚上的鞋子
XINIU JIAOSHANG DE XIEZI
【美】露西·斯佩尔曼　泰德·真岛 编著　孙张静 许立红 译

出 版 人　任耕耘
策　　划　任耕耘 杨　雯
责任编辑　张月阳
特约编辑　赵迪秋
装帧设计　齐　娜

出版发行　时代出版传媒股份有限公司（http：//www. press-mart. com）
黄山书社（http：//www. hspress. cn）
官方直营书店（http：//www. hsssbook. taobao. com）
营销部电话：0551-63533762　63533768
（合肥市政务文化新区翡翠路 1118 号出版传媒广场 7 层　邮编：230071）
经　　销　新华书店
印　　刷　安徽新华印刷股份有限公司

开本　880×1230　1/32　　印张　10　　字数　200 千字
版次　2014 年 6 月第 1 版　　印次　2014 年 6 月第 1 次印刷
书号　ISBN 978-7-5461-3821-3　　定价　32. 00 元